Kameras, Zigaretten, Handys, Küsse unterm Sternenhimmel – all das gab es in Irmas Mennonitendorf im Norden Mexikos noch nie. Als der Regisseur Diego die 19-jährige als Dolmetscherin für sein Filmteam anheuert, beginnt sie, nicht nur zwischen den Sprachen, sondern auch zwischen den grundverschiedenen Welten zu springen. Ihre strenge Familie, in der seit dem Tod ihrer Schwester Katie kaum noch ein Wort gesprochen wird, und das fröhliche, wilde Haus der Filmemacher – Irma spürt plötzlich, dass sie lebendig begraben wird, wenn sie nicht abhaut. Heimlich schnappt sie sich ihre zwei kleinen Schwestern und macht sich auf den Weg nach Mexiko City. Das Abenteuer der Freiheit spült auch die tief verborgenen, düsteren Geheimnisse ihres Lebens hervor, und dieses Mal läuft sie nicht davon.

Herzzerreißend und urkomisch zugleich – mit diesem Roman vollbringt Miriam Toews ein literarisches Wunder.

Miriam Toews wurde in Steinbach geboren, einer Mennonitengemeinde im kanadischen Manitoba. Sie studierte Geisteswissenschaften und lebt heute in Toronto. 2007 debütierte sie als Schauspielerin im mexikanischen Film *Stilles Licht*, der in Cannes mit dem Großen Preis der Jury ausgezeichnet wurde.

Miriam Toews bei Berlin Verlag Taschenbuch:

Ein komplizierter Akt der Liebe (978-3-8333-0449-1)
Kleinstadtknatsch (978-3-8333-0581-8)
Die fliegenden Trautmans (978-3-8333-0640-2)
Sommer meines Lebens (978-3-8333-0798-0)

MIRIAM TOEWS

KLEINER VOGEL, KLOPFENDES HERZ

Roman

Aus dem kanadischen Englisch
von Christiane Buchner

Berlin Verlag Taschenbuch

FSC
www.fsc.org
MIX
Papier aus verantwortungsvollen Quellen
FSC® C083411

Januar 2013
Die Originalausgabe erschien 2011 unter dem Titel
Irma Voth
bei Alfred A. Knopf Canada, Toronto

Umschlaggestaltung: Rothfos & Gabler, Hamburg,
unter Verwendung einer Fotografie von © Corbis
Satz: Greiner & Reichel, Köln
Druck und Bindung: CPI – Clausen & Bosse, Leck
Printed in Germany
ISBN 978-3-8333-0852-9

www.berlinverlag.de

ERSTES KAPITEL

Jorge hat gesagt, ich muss erst eine bessere Ehefrau werden, vorher kommt er nicht zurück. Es ist ja okay, hat er gesagt, wenn ich ihn im Bett mit dem Arm oder Bein berühre, sogar mit dem Fuß, falls er sauber ist, aber ich soll ihm nicht so auf die Pelle rücken, dass er halb erstickt. Wie das denn, fragte ich ihn, ich seh dich doch eh kaum mehr, und er antwortete, umso besser für dich. Kein Mensch würde außerdem ehrlich sagen, warum er geht, und die Gründe wären dann ja eigentlich auch egal. Ich stellte mich ihm in den Weg, damit er nicht ging, und flehte ihn an, doch zu bleiben. Er fasste mich an den Schultern, und dann rubbelte er mir die Arme, als wäre mir kalt, und ich umarmte ihn.

Wie soll ich denn eine bessere Ehefrau werden, wenn ich keinen Mann mehr zum Üben habe?, fragte ich ihn, und er meinte, genau durch solche Fragen mache ich mich ja so einsam. Wieso er mir solche Antworten hinpfeffert, wollte ich wissen, die nur dazu da sind, meine Fragen bloßzustellen, wieso er in letzter Zeit so komisch ist und wieso er damit, dass ich beim Schlafen mein Bein über seins lege, überhaupt Probleme hat, wieso er immer wieder abhaut und wieso er dauernd den Macker raushängen lässt statt einfach Jorge zu sein, und dann hielt er mich ganz fest und wollte, dass ich still bin, dass ich aufhöre zu zittern, aufhöre, ihm den Weg zu versperren, aufhöre zu heulen und aufhöre, ihn zu lieben.

Wie ich das denn anstellen soll, fragte ich ihn, aber er meinte, nein, Irma, Schluss jetzt, wir sind doch keine Kinder mehr. Was denn daran kindisch sein soll, dass ich ihn liebe, hätte ich am liebsten noch gefragt, aber ich fügte mich und hielt den Mund. Er sah so traurig aus, die Augen halb geschlossen und ganz leer, und dann gab er mir einen Kuss und ging. Aber bevor er losfuhr, hat er mir noch eine neue Taschenlampe geschenkt, mit dicken Babybatterien, und darüber bin ich heilfroh, denn das ist eine stockfinstere, zappendustere Gegend hier.

Kennengelernt habe ich Jorge in Rubio beim Rodeo. Auch wenn er kein Cowboy war, sondern bloß zuguckte. Wir durften eigentlich gar nicht zum Rodeo, aber mein Vater war weg, auf Besuch bei einer anderen Kolonie in Belize, und meine Mutter meinte, wenn wir die Jungs mitnähmen, dann dürften meine Schwester Aggie und ich mit dem Pick-up zum Rodeo, dann könnte sie sich nämlich ausruhen. Vielleicht war sie da schwanger. Oder sie hatte das Baby grade verloren, das weiß ich nicht mehr so genau. Jedenfalls waren ihr an dem Tag die Regeln egal, und deshalb landeten wir auf einmal beim Rodeo. Wahrscheinlich war ich vor lauter Freude, der Farm mal entronnen zu sein, ganz durchgedreht und deshalb so mutig, auf alle Fälle saß da eben Jorge, ganz allein, guckte zu und ging immer mit den Bewegungen der Cowboys so mit. Das fand ich lustig, deshalb stellte ich mich einfach zu ihm und sagte hallo.

Spielst du Cowboy?, fragte ich ihn auf Spanisch.

Er grinste. Ich glaube, es war ihm ein bisschen peinlich.

Spielst du Mennonitzka?, fragte er.

Nö, ich bin echt eine, sagte ich.

Er fragte, ob ich mich zu ihm setzen will, und ich sagte ja, aber bloß kurz, ich müsse wieder zu Aggie und den Jungs zurück.

Wir unterhielten uns in gebrochenem Englisch und Spanisch, obwohl, unterhalten ist zu viel gesagt, denn kaum hatte ich mich hingesetzt, verflüchtigte sich mein Mut, und mir schlotterten die Knie. Wenn jetzt jemand sieht, dass ich mit einem Mexikaner rede, und bei meinem Vater petzt!, dachte ich. Jorge erzählte, er sei in der Stadt, weil er für seine Mutter, die in Chihuahua City lebte, irgendwas besorgen solle – was, weiß ich nicht mehr. Er habe einen Job, Autos von Juarez über die Brücke nach El Paso fahren, und er kriege vierzig Dollar pro Auto und stelle keine Fragen.

Was denn für Fragen?, wollte ich wissen.

Keine eben, sagte er.

Aber wieso Fragen?

Was in den Autos ist oder wer mich bezahlt und wann oder so. Ich halt einfach die Klappe. Er wirkte jetzt auch ein bisschen nervös, und dann beobachteten wir beide eine Weile die anderen Zuschauer auf der Tribüne und schwiegen die meiste Zeit.

Die Leute starren uns schon an, sagte er.

Ach was, sagte ich.

Doch. Der da drüben zum Beispiel. Jorge hätte beinahe mit dem Finger auf ihn gezeigt, ich hielt ihn gerade noch davon ab.

Dass eine junge Mennonitin auf ein Rodeo geht, sei doch komisch, meinte er, und ich konnte nur sagen: Tja, das stimmt. Ich versuchte ihm zu erklären, welche Regeln mein Vater aufgestellt hatte, dass er aber im Moment nicht da war und meine Mutter immer so müde und so, und dann redeten wir auf einmal über Mütter und Väter, und irgendwann erzählte er die Geschichte von seinem Vater.

Richtig verstanden habe ich davon nur, dass sein Vater seine Mutter verlassen hat, als er noch ganz klein war, und dass seine Mutter eines Tages ankündigte, er werde heute seinen Vater kennenlernen; er solle sich ordentlich anziehen und brav sein. Sie würde ihn an der Ecke vor ihrem Haus absetzen, da würde sein Vater auf ihn warten, und dann könnten sie beide sich unterhalten und vielleicht zusammen was essen, und danach würde ihn der Papa wieder an derselben Ecke absetzen. Jorge war damals fünf und dachte: für seinen Vater ordentlich anziehen, das hieß vor allem, seine Turnschuhe sauberzukriegen. Er wusch sie also mit Shampoo in der Badewanne und stellte sie zum Trocknen in die Sonne. Als es so weit war, setzte seine Mutter ihn an der Ecke ab und verabschiedete sich, und Jorge stand eine ganze Weile allein da. Es wurde immer dunkler. Irgendwann fing es an zu regnen, und er machte sich allmählich Sorgen. Wo blieb denn sein Papa? Ein paar Männer waren vorbeigefahren, aber keiner hatte angehalten und ihn mitgenommen. Es regnete immer heftiger. Jorge ließ den Kopf hängen und musste dabei plötzlich feststellen, dass seine Turnschuhe schäumten. Wolken von Seifenbläschen schwammen um seine Füße herum, und er kannte sich überhaupt nicht mehr aus. Er war noch zu klein, um zu verstehen, dass er seine Schuhe nach dem Waschen nicht ausgespült hatte und dass das jetzt der Regen besorgte, dass sie deswegen so schäumten. Er kam sich vor wie ein Trottel. Wie ein Clown. Er schämte sich in Grund und Boden. Als er die Schuhe gerade ausziehen und an der braunen Erde des Gehwegs abwischen wollte, damit sie mit dem Schäumen aufhörten, kam ein Auto; ein Mann stieg aus und erklärte, er sei sein Vater. Er fragte Jorge, was denn mit seinen Turnschuhen los sei, und Jorge meinte, er wisse es auch nicht. Sie hätten einfach angefangen, so komisch zu schäumen. Sein Vater blickte ihn an und meinte, das würden Schuhe aber sonst nicht tun. Jorge wollte ihm eigentlich erklären, dass er bloß für seinen Papa hatte ordentlich aussehen wollen, aber irgendwie brachte er das nicht richtig heraus, sondern fing vor Scham an zu heulen.

Und dann?, fragte ich.

Hat mein Vater gesagt, dass ihm meine Schuhe gefallen, wie sie sind, dass er sie toll findet und auch solche will, sagte Jorge. Da ging's mir erst mal viel besser. Und dann sind wir Krabbencocktails essen gegangen. Danach hat er mich wieder an der Ecke abgesetzt, und ich hab ihn nie wiedergesehen.

Ach, sagte ich. Wo ist er denn hin?

Keine Ahnung, antwortete Jorge. Aber ich war mir sicher, dass er bloß wegen meiner blöden Schuhe nie wiedergekommen ist. Er hatte mich eben angelogen. Natürlich wollte er nicht auch solche Schuhe, das ist doch totaler Quatsch. Irgendwann habe ich dann beschlossen, mich nie wieder wie ein Trottel zu benehmen.

Aber du hast doch nicht absichtlich den Clown gespielt, sagte ich. Du wolltest einfach saubere Schuhe anhaben, wenn du deinen Vater kennenlernst. Das hatte deine Mutter dir ja eingeschärft.

Stimmt, sagte er, vielleicht ist das alles auch total unlogisch. Trotzdem habe ich da beschlossen, in Zukunft cooler zu sein und nicht mehr alles so ernst zu nehmen.

Das sei wirklich blöd, sagte ich, aber ich müsse jetzt zu Aggie und den Jungs zurück. Dann sehe ich dich wahrscheinlich auch nie wieder, sagte er, mit einem Grinsen. War nett, dich kennenzulernen. Na ja, sagte ich, er könnte mich ja vielleicht mal auf unserem Feld besuchen, bei dem Sprühflieger, der dort den Geist aufgegeben hätte, und dann beschrieb ich ihm den Weg, er solle am Abend dort auf mich warten.

Aber dass du dich ja ordentlich anziehst und benimmst, sagte ich, nur kam das in meinem Spanisch nicht richtig rüber, so dass er den Witz nicht verstand, der sowieso nicht so toll war; jedenfalls nickte Jorge und sagte, er würde die ganze Nacht auf mich warten, notfalls auch das ganze Jahr. Ich war solche romantischen Sprüche nicht gewohnt, deshalb antwortete ich, so lange würde es bestimmt nicht dauern. Am liebsten hätte ich noch gesagt, dass auch ich mein halbes Leben lang alles Mögliche getan hatte, damit die anderen dableiben, und dass es nie funktioniert hatte, aber dann dachte ich, wenn ich so anfing, dann wäre in unserer Beziehung von vornherein mit drin, dass alles nicht klappt.

Ein paarmal kam Jorge dann heimlich vorbei, wenn er von El Paso nach Chihuahua fuhr. Wir legten uns auf die Ladefläche von seinem Pick-up und zählten mit, nach wie vielen Sekunden der Kondensstreifen von Flugzeugen sich auflöste. Wenn man zufällig hier drüberfliegen würde, dann würde man drei Häuser in einer Reihe sehen und sonst nichts als Maisfelder und Wüste. Erst kommt das von meinen Eltern, dann das von Jorge und mir und dann ein leeres, wo meine Cousins und Cousinen drin gewohnt haben. Zwischen den Häusern wäre genug Platz für ein Fußballfeld oder einen Friedhof. Wenn die Luft klar ist, sehe ich im Westen die Berge der Sierra Madre, und dann rede ich manchmal mit ihnen. Ich beglückwünsche sie zu ihrer Kraft und Unverwüstlichkeit, und dabei denke ich dann selber wieder dran, dass solche Wörter nicht umsonst existieren, dass sie ja manchmal passen. Das finde ich beruhigend. Ein paar Dörfer gibt es hier auch. Die einen für Mexikaner und die anderen für Mennoniten, wir werden sortiert wie Knöpfe und sollen gefälligst auch da bleiben, wo wir sind.

Wenn Jorge abends vorbeikam, legten wir uns auf die Ladefläche von seinem Truck, guckten in die Sterne, zeichneten die Sternbilder nach und berührten uns ganz zart, als hätten wir Brandwunden. Du brauchst nicht so nervös zu sein, sagte Jorge. Willst du denn nicht von hier weg?

Doch, eigentlich schon, sagte ich.

Also, selbst wenn dein Vater dahinterkommt, hauen wir halt schlimmstenfalls ab.

Schon, sagte ich, aber dann können wir nicht mehr zurück.

Na und?, sagte er. Das willst du doch dann auch nicht.

Na ja, meine Mutter und meine Schwester würde ich schon vermissen.

Die könntest du doch heimlich besuchen, so wie ich dich jetzt.

Also, ich weiß nicht, sagte ich.

Aber wir sind doch verliebt, sagte er. Und wir sind neunzehn. Wir brauchen unsere Mütter eigentlich gar nicht mehr.

Und dann meinte er, er komme sich vor wie in einem Sternenmuseum, so viele seien da oben, alle möglichen Sterne aus allen möglichen Zeitaltern, und die seien alle mir anvertraut, mir, hier, auf meinem Campo. Ich könnte ja die Leiterin dieses Museums sein.

Lieber nicht, sagte ich.

Ich spinn doch bloß rum, sagte er.

Schon klar, aber ich kann nicht gut auf was aufpassen.

Schon klar, sagte er, war auch nicht ernst gemeint, war doch bloß so eine Idee.

Schon klar, sagte ich, aber ich kann eben nicht auf was aufpassen.

Okay, Irma, sagte er, ich hab's kapiert. Du musst nicht auf die Sterne aufpassen, okay? Ich hab bloß rumgesponnen. Es war einfach Blödsinn.

Wieder hätte ich ihm am liebsten gesagt, was ich alles nicht gut kann: Versprechen halten oder Geheimnisse für mich behalten oder Menschen davon abhalten zu gehen. Die ganze Zeit hätte ich ihm am liebsten was gesagt.

Zu unserer Hochzeit kam keiner, bis auf den Standesbeamten aus Cuauhtémoc, der die ganze Zeremonie blitzschnell hinter sich brachte. Wegen Jorges Wegbeschreibung zu unserem Campo hatte er sich verfahren und tauchte erst auf, als es schon dunkel war. Jorge hatte eine Kerze mitgebracht, die zündete er an und stellte sie neben das Blatt Papier, auf dem wir unterschreiben sollten, und als ich mich vorbeugte, um meinen Namen hinzuschreiben, Irma Voth, fing mein Schleier Feuer, und Jorge riss ihn mir herunter, warf ihn auf den Boden und trat das Feuer aus. Wir standen in einem kleinen Wäldchen nahe dem Haus meiner Eltern. Der Standesbeamte meinte, ich wäre ein Glückspilz, Jorge packte mich an der Hand, und wir rannten los. Jorge hatte ein viel zu großes weißes Hemd und Schuhe aus hartem Kunstleder an. Wir wussten nicht so recht, was wir jetzt machen sollten, ließen aber irgendwann das Rennen bleiben und gingen eine ganze Weile spazieren, und dann gingen wir zu meinen Eltern und erzählten ihnen, dass wir geheiratet hatten, worauf meine Mutter in ihrem Zimmer verschwand und leise die Tür zumachte und mein Vater mir eine knallte. Jorge ging auf ihn los, drängte ihn an die Küchenwand und sagte, wenn er das noch mal probiert, bringt er ihn um. Ich ging zu meiner Mutter, wir umarmten uns, und sie fragte, ob ich Jorge denn liebe, und ich sagte ja. Ich erzählte ihr, dass wir zusammen nach Chihuahua City gehen und erst mal bei seiner Mutter wohnen wollten, bis wir Arbeit gefunden hätten und uns eine Wohnung leisten könnten. Dann kam mein Vater herein und verkündete, Jorge und ich gingen nirgendwohin, wir würden im Haus nebenan wohnen und bei ihm arbeiten, andernfalls würde er Jorge der Polizei übergeben, und die würde sich bei so einem schmierigen Narco nicht lang mit Papierkram aufhalten, sondern ihm gleich eine Kugel verpassen. Er sagte das gar nicht böse oder drohend, sondern ganz nüchtern, klipp und klar. Und dann ging er aus dem Haus, und meine Mutter stellte in der Küche Brötchen und Käse auf den Tisch und dazu einen Rhabarber-*Plautz*, den sie in kleine Stücke schnitt, und Jorge und ich setzten uns links und rechts neben sie, und sie nahm unsere Hände und betete darum, dass wir glücklich werden und unsere Liebe ewig dauert. Sie betete leise, damit die anderen Kinder nicht aufwachten. Anschließend flüsterte sie uns auf Plattdeutsch ihre Glückwünsche zu, und ich übersetzte für Jorge, und die beiden lächelten sich an. Ich hatte ganz vergessen, was sie für ein hübsches Lächeln hat. Jorge bedankte sich für das Geschenk, das sie ihm mit mir gemacht hatte, und sie bat ihn, dieses Geschenk in Ehren zu halten und zu behüten. Dann kam mein Vater zurück, schmiss uns raus und sagte, wir sollten uns in seinem Haus nicht mehr blicken lassen. Jorge und ich gingen zu unserem Haus, und Jorge nahm meine Hand und fragte, ob ich mich auch für einen Glückspilz hielt, wie der Standesbeamte gesagt hatte. Ich blickte nach Westen Richtung Sierra Madre, konnte sie in der Dunkelheit aber nicht erkennen. Jorges Hand war ein bisschen schwitzig, und ich drückte sie, und er war so nett, mir das als Antwort durchgehen zu lassen.

Wir wohnten dann kostenlos in dem Haus und arbeiteten ohne Bezahlung für meinen Vater. Wir passten auf die Kühe auf, damit er auf dem Feld arbeiten und von Campo zu Campo ziehen konnte, um den Leuten einzutrichtern, nur ja die alten Traditionen hochzuhalten, auch wenn uns die Dürre halb umbrachte. Sobald meine kleinen Brüder älter wären, könnten sie ihm auf der Farm helfen, so der Plan meines Vaters, dann würde er Jorge und mich vor die Tür setzen. Jorge meinte aber, er fände das gar nicht so schlimm, er könnte sein Geld auch anders verdienen, außerdem könnten wir dann irgendwann unseren Traum wahr machen und in einen Leuchtturm ziehen. Wir hatten zwar noch nie einen gesehen, aber Jorge meinte, er würde Leute in Yucatán kennen, die würden uns dann schon helfen. Ich wusste ehrlich gesagt nicht mal genau, wo das Meer liegt.

Aber das ist jetzt sowieso alles egal, es ist ja schon peinlich, davon zu erzählen, denn Jorge ist weg, und ich bin noch da, und an meinem Horizont ist weit und breit kein Leuchtturm zu sehen. Jorge war das ganze Jahr über mal da und mal weg, ich wusste nie, wann er auftauchen würde, und wenn er kam, dann blieb er nie lange. Die meiste Zeit war ich mit den Kühen allein.

Neulich hat sich meine kleine Schwester Aggie herübergeschlichen und mir erzählt, dass in das leere Haus neben meinem Filmleute aus Mexico City einziehen wollen, und unser Vater hätte ihr verboten, mit ihnen zu reden oder sie auch nur irgendwie zur Kenntnis zu nehmen.

Außerdem hätte sie einen neuen Traum: Sängerin von Ranchero-Balladen zu werden, das sind schwermütige Lieder über Liebe, Untreue und betrunkene Ehemänner. Sie hatte jeden Tag einen neuen Traum.

Mir fehlt Aggie. Mir fehlt ihr Lachen, und mir fehlen ihre Spinnereien. Sie hat hellblonde Haare, ein braungebranntes Gesicht und blaue Augen, so hellblau, dass sie fast durchsichtig sind, wie bei einem Wolf. Sonne und Mond sind die zwei Augen Gottes, hat sie immer gesagt, und kaum verschwindet das eine, taucht das andere auf und spioniert uns nach. Und wenn beide zugleich sichtbar sind, wird es richtig eng, dann: nichts wie weg. Seit ich mit Jorge verheiratet bin, darf sie nicht mehr mit mir reden, deshalb musste sie sich rüberschleichen, aber so sehr schleichen musste sie auch wieder nicht, denn unsere Mutter weiß meistens, wann sie loszieht, und gibt ihr manchmal was mit.

Meinem Vater zufolge hat sich Jorge immer mehr für den Trubel in Chihuahua City interessiert als für die Kühe und den Mais auf Campo 6.5. Mein Vater hat alle möglichen Gründe, warum er Jorge nicht mag, aber hauptsächlich liegt es daran, dass Jorge kein Mennonit ist. Vor langer Zeit, in den zwanziger Jahren, reisten einmal sieben Mennoniten – alles Männer – von Manitoba zum Präsidentenpalast in Mexico City, um einen Handel abzuschließen. Man hatte ihnen das Land hier billig angeboten, und sie hatten beschlossen, das Angebot anzunehmen und ihre ganze Sippschaft aus der kanadischen Kolonie nach Mexiko zu verpflanzen, wo sie ihre Kinder weder in die staatliche Schule schicken noch ihnen Englisch beibringen oder normale Kleider anziehen müssten. Die Mennoniten haben sich vor fünfhundert Jahren in Holland formiert, nachdem ein Mann namens Menno Simons eine Gruppe von eingekerkerten Wiedertäufern kurz vor ihrer Hinrichtung durch die Spanische Inquisition hatte Kirchenlieder singen hören und davon so gerührt war, dass er sich ihre Sache zu eigen machte und ihr Anführer wurde. Dann verstreuten sie sich über die ganze Welt und bildeten ihre Kolonien, auf der Suche nach Frieden, Freiheit, Einsamkeit und Käseverkaufsmöglichkeiten. Immer wieder nehmen uns Länder auf, sofern wir uns verpflichten, keinen Ärger zu machen und in stiller Abgeschiedenheit als Farmer die Wirtschaft in Schwung zu halten. Wir leben wie Gespenster. Wenn das jeweilige Land dann plötzlich beschließt, wir müssten nun doch richtige Bürger werden, und uns zwingt, zur Armee zu gehen und Steuern zu zahlen, dann schnüren wir mitten in der Nacht unser Bündel und ziehen weiter in ein anderes Land, wo wir vor uns hin leben können – rein und unschuldig, aber irgendwie aus der Welt gefallen. Unser Motto stammt aus dem Jakobusbrief: Wer der Welt Freund sein will, der wird Gottes Feind sein.

Einmal habe ich den Fehler gemacht, meinen Vater zu fragen, ob es nicht verständlich sei, dass sich nach all den Jahren mal eine junge Mennonitin in einen jungen Mexikaner verliebt und ihn heiraten will. Das nennt man Integration, Dad, das ist doch nicht schlimm. Wenn du dir schon das billige Land geben lässt, dann kannst du …, aber da hörte er mir schon längst nicht mehr zu. Als wir uns das letzte Mal richtig unterhielten, ging es um die Absurdität von Leben und Tod. Er hatte in einer alten Zeitung, die es irgendwie aus El Paso oder sonst woher auf unser Feld verweht hatte, etwas gelesen, das ihm nicht mehr aus dem Kopf ging. Wir saßen im Pickup, auf dem Weg nach Cuauhtémoc, und er fragte mich, wie es denn möglich sei, dass eine Menschenmenge auf der Straße vor einem großen Bürogebäude einen Selbstmörder anfeuere, in den Tod zu springen. Ich war völlig überrascht von der Frage und antwortete, ich wüsste es nicht. Was sagt das über uns aus?, fragte Dad. Dass wir grausam sind, antwortete ich. Nein, das glaube er nicht, erwiderte er, für ihn heiße es, dass wir uns verspottet fühlten, dass wir uns in Gegenwart dieses Selbstmordkandidaten, der klugerweise zu dem Schluss gekommen sei, dass das Leben auf der Erde ein Witz ist, feige und dumm vorkämen. Und deshalb wollten wir, dass er möglichst schnell stirbt, damit wir nicht länger unserer Angst und Unwissenheit ins Auge blicken müssten. Findest du das nicht auch?, fragte Dad. Was?, fragte ich zurück. Ich wusste wirklich nicht, was die Frage war. Selbstmord zu begehen war doch eine Sünde. Nein, antwortete ich, meiner Meinung nach heißt es trotzdem, dass wir grausam sind. Nein, sagte mein Vater, das heißt es nicht. Er wurde ein bisschen böse und redete eine Zeitlang nicht mehr mit mir, und dann hat er es sich einfach nie wieder richtig angewöhnt.

Mein Vater hat schon als kleines Kind seine Familie verloren, als sie von ihrem Hof an der Schwarzmeerküste vertrieben wurden. Seine Eltern und seine Schwester wurden irgendwo in Russland am Straßenrand, zwischen Bäumen, von Soldaten niedergemetzelt und im Straßengraben verscharrt. Mein Vater überlebte, weil er den Soldaten Lieder vorsang, deutsche Kirchenlieder wohl, und die Soldaten das niedlich fanden, von so einem kleinen blonden Jungen, aber irgendwann hatten sie es über und drückten ihn einer anderen Mennonitenfamilie aufs Auge, die ihn adoptierte und mit nach Kanada nahm, damit er beim Vieh und beim Heuen mithalf. Er war todunglücklich in seiner Adoptivfamilie und lief mit zwölf weg, auf eine andere Farm, wo er meine Mutter kennenlernte und schließlich heiratete. Mehr weiß ich darüber nicht, denn als ich auf die Idee kam, ihn darüber auszufragen, redete er schon nicht mehr mit mir. Ich versuchte, meiner Mutter noch ein paar Einzelheiten zu entlocken, aber die meinte, mehr wüsste sie auch nicht.

Als ich klein war, hatten wir auch Spaß miteinander, er und ich – richtigen Bauernhof-Spaß; er bastelte mir eine Schaukel, von der ich ins Heu springen konnte, und er verstand meinen Kummer, als mein Lieblingshuhn starb. Er fuhr sogar mit mir zum Stoffladen, damit ich ein Stück Flanell kaufen und meinem Huhn ein Totenkleid nähen konnte, besser gesagt einen Totenanzug aus Hose und Weste und einem kleinen Hut, und dann durfte ich es vor meinem Fenster begraben, statt dass er es ins Feuer geworfen hätte wie die anderen toten Hühner. Aber so verblüffend, gigantisch und schnell wie der Untergang der Titanic war das alles weg, als wir von einem Tag auf den anderen nach Mexiko zogen.

Zwei Wochen nach unserer Ankunft ging meine Mutter mit mir zum ersten Mal zum Arzt in Cuauhtémoc und erklärte ihm, ich glaubte, ich sei tot, und weder sie noch mein Vater könnten mich davon überzeugen, dass das nicht stimmt. Ich war damals dreizehn, so alt wie Aggie jetzt. Der Arzt redete Spanisch mit mir, und ich verstand ihn nicht besonders gut. Seine Praxis war in einer großen Scheune, seine Frau half ihm mit den Patienten. Er hatte einen kleinen Revolver in der Hosentasche, den er allerdings herausnahm und auf den Tisch legte, bevor er mich untersuchte. Er fragte, wie mein Leben denn so gewesen sei, als ich noch lebte.

Keine Ahnung, antwortete ich.

Ist das hier dein Leben nach dem Tod?, fragte er.

Ja, antwortete ich, ich glaub schon.

Und wie bist du gestorben?

Keine Ahnung.

Verdorbenes Essen?

Kann sein, sagte ich. Keine Ahnung.

Schlangenbiss?

Nein.

Herzinfarkt?

Weiß ich nicht genau.

Hast du das Gefühl, dass du auf die Welt gekommen bist und gelebt hast und dann gestorben bist, oder dass du überhaupt nicht gelebt hast?, fragte er.

Ich habe gelebt und bin dann gestorben, sagte ich.

Glaubst du dann, dass du im Himmel bist?

Keine Ahnung.

Wie kommst du denn darauf, dass du tot bist?, fragte er. Sind irgendwelche Glieder von dir taub?

Nein, antwortete ich. Keine Ahnung.

Hast du gesehen, wie du gestorben bist?

Ja.

Und wie bist du gestorben?

Weiß ich nicht genau.

Aber du hast es doch gesehen?

Ja.

Im Traum?

Keine Ahnung.

Wenn du in sechs Wochen immer noch glaubst, dass du tot bist, kommst du dann bitte wieder?, fragte er.

Ich sah meine Mutter an. Sie nickte. Die Frage nach dem verdorbenen Essen hatte ihr gar nicht gefallen. Der Arzt bedankte sich bei ihr, dass sie mich hergebracht hatte, und tätschelte ihr den Arm. Dann steckte er den Revolver wieder in die Hosentasche. Mein Vater wartete draußen im Pick-up auf uns. Er fragte meine Mutter, ob ich immer noch glauben würde, dass ich tot bin.

Keine Ahnung, sagte sie.

Und du?, fragte er mich.

Nein, antwortete ich.

Stimmt das wirklich?, fragte er.

Wieso findet ihr es denn so wichtig, ob ich lebe oder nicht?, fragte ich.

Es geht nicht darum, ob du lebst oder nicht, denn du lebst ja eindeutig, sagte mein Vater. Es geht darum, was du glaubst. Er kniff mich in den Arm. Spürst du das?

Ich nickte.

Hör endlich auf mit deinen Mätzchen, Irma Voth, sagte er.

Irgendwann wirst du heiraten und Kinder kriegen, Irma, sagte meine Mutter. Wirst du dafür wieder lebendig werden? Ich wusste nicht, was ich darauf antworten sollte. Wie sollte ich das wissen? Auf dem Heimweg vergrub ich den Kopf in ihrem Schoß, und sie löste meine Zöpfe und kämmte mir mit den Fingern die Haare. Das war ein schönes Gefühl, sie war so zärtlich. Ich verstehe bis heute nicht, wie sie meine festen Zöpfe so ohne Ziepen aufmachen konnte. Fang einfach an, Irma, flüsterte sie mir zu. Ich wusste nicht, was sie meinte. Zu Hause legte sie sich dann zu mir ins Bett, obwohl ich schon dreizehn war, und streichelte mir den Rücken, immer wieder, ganz langsam.

Aggie und ich saßen auf dem Zaun und unterhielten uns. Um uns herum nichts als drei Farmhäuser, Mais und Himmel. Was machen die Jungs?, fragte ich.

Mich ärgern, sagte sie. Wir hatten zwei kleine Brüder, Doft und Jacobo, die ständig alles, was ihnen unter die Finger kam, mit Strick zusammenbanden.

Binden sie immer noch alles zusammen?, fragte ich.

Ja, und Schuhe verstecken sie auch, antwortete sie. Unser Vater sei außerdem bereits dabei, sich mit dem Filmregisseur anzulegen.

Ist der denn schon da?, fragte ich.

Er ist extra früh angereist, sagte Aggie. Mom und ich haben mitgekriegt, wie er in der Küche mit Dad geredet hat. Dad hat gesagt, wenn der Hund seine Kühe anfällt oder er ihn auch nur auf den Maisfeldern erwischt, dann erschießt er ihn. Es ist ein Pitbull aus Mexico City, Irma, aber der Regisseur hat gesagt, dass er ganz lieb ist und einen Schatten auf der Seele hat. Er soll in dem Film als Familienhund mitspielen. Dad hat gesagt, dass kein Mensch hier einen Kampfhund aus Mexico City hat, schon gar keinen mit einer Seele, und das wäre ja schon der Beweis, dass der Regisseur keine Ahnung hat.

Außerdem habe der Regisseur gesagt, er hätte fast sein ganzes Geld in diesen Film über wunderbare Menschen auf einem wunderschönen Flecken Erde gesteckt, er hätte den allergrößten Respekt vor Mennoniten und würde sie bewundern. Dad meinte dann, der Regisseur würde ihn anlügen, der Hund sei in Wirklichkeit ein Wachhund und nur dazu da, die teure Kameraausrüstung zu beschützen, und der Regisseur widersprach, nein, der Hund würde eine tragende Rolle in dem Film spielen. Und dann sagte unser Vater angeblich, Filme seien wie lecker aussehende Torten, gefüllt mit lauter Mist.

Wie kann er das sagen, wenn er noch nie einen gesehen hat?, fragte ich Aggie.

Er sagt, Kunst ist überhaupt eine Lüge, antwortete Aggie.

Wir saßen auf dem Zaun und schauten uns um. Schauten die kunstlosen Dinge an. Die wahren Dinge. Dinge, die zu uns gehörten und zueinander. Die Wolken, unsere Kleidung, meine Hände. Ein Vogel, der über uns flog, hatte zwei lange Zweige im Schnabel und ließ uns einen direkt vor die Füße fallen, wie ein Geschenk. Hier, ihr Mennonitenmädels, baut euch ein Nest. Könnte aber auch ein Angriff gewesen sein.

Dad hat gesagt, du glaubst zwar an Gott, aber nicht an ein Leben nach dem Tod, sagte Aggie. Und das ist unmöglich, sagt er.

Das stimmt so was von überhaupt nicht, sagte ich. So was habe ich nie gesagt.

Friedas Dad ist auf der falschen Seite der Autobahn nach Cuauhtémoc gefahren, sagte Aggie.

So ein Trottel, sagte ich.

Nein, sagte sie, jetzt ist er tot.

War das Absicht?

Keine Ahnung, sagte Aggie. Er ist die Strecke doch dauernd gefahren, oder? Die haben bestimmt nicht heimlich die Richtungen vertauscht.

Und was machen sie jetzt?, fragte ich.

Keine Ahnung, sagte Aggie, einen neuen Pick-up kaufen? Katharina aus meiner Klasse hat erzählt, dass sie den Narcos Geld schulden.

Aggie, sagte ich.

Ach, was weiß ich?, sagte sie. Hey, hier, ich hab was für dich. Sie zog ein Babyhemd mit einem kleinen ausgebleichten Blümchen am Kragen aus der Tasche. Das hast du in Kanada angehabt, wie du noch ein Baby warst. Mom hat es mir für dich mitgegeben.

Danke, sagte ich. Als ich noch ein Baby war.

Als du noch ein Baby warst?, sagte Aggie. Englisch ist dermaßen schwierig.

Du kannst es aber ganz gut.

Hey, und das hat sie mir auch noch mitgegeben, sagte sie und gab mir einen Kuss auf die Wange.

Lass den Quatsch, sagte ich.

Kann ich bei dir wohnen, Irma?, fragte Aggie.

Klar, wenn du dir dein Leben bis in alle Ewigkeit kompliziert machen willst?

Vielleicht könnte ich ja heimlich bei dir wohnen, sagte Aggie.

Eine Weile blieben wir stumm und hörten den Kühen beim Englischlernen zu. Sie bemühten sich angestrengt, Wörter zu bilden.

Was das wohl heißen sollte?, fragte Aggie.

Hilfe, antwortete ich. Kleiner Insiderwitz zwischen Aggie und mir.

Du musst jetzt los, sagte ich, sonst wird es dunkel, und du landest auf dem Heimweg noch im Graben. Aber sie rührte sich nicht vom Fleck. Aggie ignoriert meine Ratschläge grundsätzlich, als wollte sie ihr Leben unbedingt besser auf die Reihe kriegen als ich, und dann saßen wir noch eine ganze Zeitlang so da. Irgendwann wurden wir steif und fingen an, uns gegenseitig ganz leicht zu treten.

Wann ziehen sie denn ein?, fragte ich.

Keine Ahnung, antwortete Aggie. Heute Abend.

Der Strom war immer noch weg, und Jorges Taschenlampe konnte ich nicht finden. Ich überlegte, ob ich mir eine Kuh ins Haus holen sollte, zur Gesellschaft, bloß eine einzige. Eine kleine. Ich hätte auch im Stall schlafen können, wie Jesus, bloß ohne das ganze Gefolge und den Leistungsdruck. Ich ging ins Bett und überlegte mir, wie ich Jorge glücklich machen konnte, falls er je wieder nach Hause kam. Zum Beispiel durch: Füße waschen, bevor ich ins Bett gehe, und sie richtig abtrocknen. Oder heißer sein. Jorge hatte ja recht, wir waren keine Kinder mehr. Ich jagte ihn aber nun mal so gern über die Viehweiden und lieferte mir mit ihm Kuhfladenschlachten, versteckte mich im Heu oder plante mit ihm unsere Zukunft in Yucatán in einem Leuchtturm mit runden Zimmern und einer Stange in der Mitte, an der wir vom obersten Stockwerk bis ganz nach unten sausen konnten, direkt in ein Boot, mit dem wir – zack! – auf dem Meer waren. Ich hätte das Boot gern Katie genannt, aber er meinte, er müsste es nach seiner Mutter benennen, und nicht mal dagegen habe ich protestiert. Wenn Jorge nicht zurückkam, würde ich den Rest meines Lebens allein sein. Kein junger Mann aus einer Mennonitenkolonie würde eine Frau nehmen, die schon mal verheiratet war und verlassen wurde, schon gar nicht, wenn sie mit einem Mexikaner verheiratet war.

Ich beschloss, rüberzugehen und meine Familie zu beobachten. Vom Dach der Scheune aus sieht man direkt ins große Zimmer. Ich überlegte, wie es wäre, mich vom Scheunendach auf das Dach der Sommerküche zu stürzen, die sie zurzeit nicht benutzen, und dann monatelang tot dort zu liegen – unsichtbar, aber giftig.

Wie lange es wohl dauern würde, bis sie mich fänden? Dann fiel mir ein, dass sie gar nicht suchen würden. Obwohl, Aggie vielleicht schon, und genau deshalb ließ ich es bleiben. Ich hatte nur eine einzige Frage an mich: Wie kann ich meine Würde bewahren, wenn keiner außer mir hinschaut? Indem ich an ein Happy End glaube, antwortete ich mir. Ich musste raus aus dem Haus.

Ich stellte mich auf den Hof und sah, dass die Lichter im alten Haus meiner Cousins und Cousinen an waren. Die Filmleute waren da. Und dann hörte ich Stimmen, Musik und Gelächter, und ich fühlte mich so seltsam und allein wie noch nie im Leben, und das will was heißen. Ich ging wieder in mein Haus, legte mich ins Bett und versuchte zu beten. Gott, sagte ich, hilf mir zu leben. Hilf mir zu leben, bitte. Bitte, Gott, hilf mir zu leben. Gott, ich brauche deine Hilfe. Ich muss leben. Bitte. Ich brauche Hilfe beim Leben. Gott. Hilfe. Ich hatte nie richtig beten gelernt. Es kam mir sinnlos vor, dass ich meinen Schmerz vor Gott aussprechen musste, damit er ihn spürte und darauf reagierte. Ich hätte gern einen Deal ausgehandelt. Natürlich durfte ich mit den Filmleuten nicht sprechen, aber vielleicht war es ja in Ordnung, sie aus der Ferne zu beobachten? Ich schlug mir gegen die Stirn. Was mein Vater erlaubt oder verboten hatte, war doch inzwischen egal. Ich stellte mir noch eine Frage. Wie komme ich auf dieser Welt zurecht, ohne mich nach den Anweisungen von meinem Vater, meinem Mann oder Gott zu richten? Läuft dann alles darauf hinaus, dass ich im Kuhstall schlafe und auf dem Campo herumschleiche, um von Scheunendächern aus Leute zu beobachten?

Ich stand wieder auf, ging hinaus und schlich in der Dunkelheit auf das Haus der Filmleute zu. Ich lehnte mich an die Pumpe im Seitenhof und sah zu, wie ein paar Männer aus einem Auto, einem Pick-up und einem Transporter tausend schwarze Kisten ausluden und ins Haus schleppten. Alle Lichter brannten, die Filmleute lachten und redeten laut, und irgendwo drinnen lief Musik. Ein Hund bellte. Genauer gesagt, ein Hund bellte und rannte in der Dunkelheit auf mich zu, und es sah aus, als brannten seine Augen lichterloh und sprühten Funken. Hm, ich sollte wegrennen, dachte ich, aber ich konnte mich nicht rühren, ich klebte an der Pumpe fest, und dann rief ein Mann: Oveja! Oveja!

Und so lernte ich Diego kennen, den Regisseur des Films.

Vive aquí?, fragte er. Er kniete, hielt Oveja am Halsband fest und sah zu mir hoch.

Nein, antwortete ich. Oder doch. Da drüben. Ich deutete hin. Lächelte schief und zitterte vor Angst. Beinahe hätte ich mir ein Stück Zunge abgebissen.

Me llamo Diego, sagte Diego.

Irma, antwortete ich.

Mucho gusto, Irma.

Mucho gusto.

Irgendwann ließ Diego den Hund los, Oveja trottete ins Haus zurück, und Diego und ich standen im Dunkeln an der Pumpe. Er sprach schnell und klar, aber mit leiser Stimme, als wollte er mir aus einer Notlage heraushelfen. Oveja, der Pitbull, sagte er, sei in Guadalajara ein preisgekrönter Kampfhund gewesen. Oveja brauche wie jedes Lebewesen Liebe, müsse lieben und geliebt werden. Und dass seine Augen von Schmerz und Leiden erzählten und seine kriminelle Vergangenheit ihn heimsuche, ein Leben, das er sich aus freien Stücken nie ausgesucht hätte.

Oveja und ich sind Blutsbrüder, sagte er. Wir waren mal Soldaten, und jetzt sind wir Künstler. Bevor er Filmemacher wurde, erklärte er, sei er in bewaffnete Kampfhandlungen verwickelt gewesen, wenn auch auf der Seite des Gesetzes.

Oveja soll den Familienhund in meinem Film spielen, sagte Diego.

Ich weiß, sagte ich.

Ach ja?, sagte er.

Er schlug vor, näher zum Hoflicht zu ziehen, damit wir uns gegenseitig ins Gesicht sehen könnten. Er lächelte, und ich betrachtete ihn eingehend. Er trug einen dünnen Faden um den Hals, an dem ein briefmarkengroßes Stück Papier hing. Es stand irgendwas drauf, aber das konnte ich nicht lesen. Im linken Auge hatte er einen roten Punkt, wie eine winzige Kontrolllampe auf weißem Untergrund.

Welche Sprachen sprichst du, Irma?, fragte er.

Deutsch, Spanisch und Englisch, antwortete ich.

Möchtest du einen Job?

Ich weiß nicht, antwortete ich, ich glaube, ich habe schon einen.

Welchen denn?, fragte er.

Die Farm. Ich warf über die Schulter einen Blick auf die Scheune hinter meinem Haus. Und … Ehefrau.

Wie alt bist du, Irma?

Neunzehn, antwortete ich.

Und du bist verheiratet?

Ja. Seit einem Jahr.

Wohnst du schon immer hier?

Geboren bin ich in Kanada.

Wo ist denn dein Mann?, fragte er.

In der Stadt.

Welcher Stadt?

Chihuahua. Oder Juarez.

Und wie lange noch?

Weiß ich nicht.

Möchtest du dir als Übersetzerin ein bisschen Geld dazuverdienen?, fragte er.

Diego würde mir auf Spanisch oder Englisch erklären, was seine deutsche Schauspielerin sagen und machen soll, und ich würde es ihr dann auf Deutsch erklären. Es sei eigentlich egal, was die Schauspieler sagen, meinte er, denn die Leute, die den Film ansehen, würden die Sprache sowieso nicht verstehen. Es sei ja auch kein richtiges Deutsch, sondern Plattdeutsch, die Sprache der Mennoniten, die auf der Welt kaum mehr benutzt wird und nirgendwo schriftlich festgehalten ist. Außerdem kämen noch Untertitel dazu.

Meine Schauspieler könnten sagen: Ich habe Würmer, du hast Würmer, wir alle haben Würmer, meinte er, und kein Mensch würde was merken. Verstehst du, Irma?

Ja, antwortete ich.

Aber sie selber sollen wissen, was für einen Text sie sprechen. Damit sie ihn spüren und die entsprechende emotionale Reaktion zeigen. Miguel, der sechzehnjährige Produktionsassistent, würde Marijke, die deutsche Schauspielerin, morgen am Flughafen in Chihuahua City abholen und hierherbringen, zum Campo 6.5, und am nächsten Tag, wenn sie sich ausgeruht hätte, würden wir anfangen zu drehen.

Ich suche innere Energie und Präsenz, erklärte mir Diego. Ich bin die ganze Welt abgereist, um die Frau zu finden, die diese Rolle spielen soll. Sie soll schön sein, aber nicht schön.

Verstehe, sagte ich.

Sie soll ein Gesicht haben wie auf einer antiken Münze, sagte er. Und einen Blick, der mir weh tut. Sie soll zu groß sein für ihren Körper, ein lebendiges Geheimnis, so dass sie hier überquillt, sagte er und berührte meine Stirn.

Und hier auch. Er legte mir die Hand an den Hals. Und besonders hier. Er deckte kurz meine Augen zu.

Und du hast sie gefunden?, fragte ich.

Ja, antwortete er. In Deutschland. In einem ganz kleinen Dorf. Erst hatte ich eine Französin, aber die war zu schön.

Kommst du aus Mexico City?, fragte ich ihn.

Ja, aber die letzten paar Jahre habe ich in Europa gelebt. Seit wann lebst du hier?, fragte er.

Wir sind vor sechs Jahren hergekommen, sagte ich.

Es ist sehr schön hier, sagte er.

Findest du?

Ja, unglaublich schön.

Wie ist denn Mexico City?

Ach, Himmel und Hölle zugleich. Bist du nervös? Du zitterst.

Nein, antwortete ich. Mir ist kalt.

Komm doch mit rein und lern die ganze Bande kennen, sagte er. Drinnen ist es warm. Ich mache dir einen Espresso.

Nein, ich muss ... zurück. Ich deutete ungefähr in die Richtung.

Ins Maisfeld?, fragte er.

Ich deutete noch einmal, auf die düstere Ansammlung von Beton und Metall, die meine Habe beherbergte. Diego lächelte, aber ich konnte nicht sagen, ob traurig oder froh, denn er lächelte schon die ganze Zeit, seit er mich vor seinem Blutsbruder gerettet hatte.

Okay, sagte er. Aber erst möchte ich dir schnell noch ein paar Sachen zu dem Job erklären. Wir haben ein kleines Team, und wir investieren in Zeit, nicht in Equipment oder Löhne. Wir haben alle unsere speziellen Aufgaben, aber jeder muss überall mithelfen. Anders geht es einfach nicht. Siehst du das ein, Irma?

Klar, sagte ich.

Ich hasse Geschichten und Bilder, sagte er. Sie machen mir Angst, sie machen mich fertig, sie sind tot. Bei mir muss die Emotion, das Gefühl, die emotionale Resonanz des Menschen, der Figur, aus einem Bild oder einer Einstellung sprechen. Ich hasse Geschichten. Ich hasse Schauspieler. Es ist sehr wichtig, dass du alles, was ich sage, ganz exakt übersetzt. Machst du das?

Ja, sagte ich.

Und, Irma, glaubst du, dass wir rebellieren können?

Keine Ahnung, sagte ich. Mir war schleierhaft, was er meinte oder auf welchem Wort das Gewicht lag.

Glaubst du, wir können gegen unsere Unterdrücker rebellieren und trotzdem weiter lieben, tolerant sein und verzeihen?

Keine Ahnung, sagte ich und sah mich in der Natur nach einem Hinweis um – einem Vogel, einem Windstoß, einem Stern. Aber da war nichts, als hätte die Natur gespürt, dass ich schummeln wollte, und sich ihre Antworten schnell verkniffen. Diego legte mir, immer noch lächelnd, die Hand auf die Schulter.

Perfekt, sagte er. Du passt perfekt.

Am nächsten Morgen hatten Aggie und ich auf der Straße zwischen unseren Häusern wieder mal eins von unseren Zackzackgesprächen. Das ist eine alberne Angewohnheit von uns, wir tun so, als würde unsere erzwungene Trennung uns nicht das Herz brechen, als wäre sie nicht eine Ohrfeige gegen alles, was liebevoll und gerecht ist, sondern nur ein langer, absurder Witz wie die Berliner Mauer.

Du arbeitest als Dolmetscherin für die Filmleute? Du

spinnst doch! Dad bringt dich um! Er kann sie eh schon nicht ausstehen!

Ich weiß, antwortete ich, also sag's ihm auch nicht. Aber Diego wird mich bezahlen, und mit dem Geld kann ich dann nach Chihuahua oder Juarez fahren und Jorge suchen. Hier, ich hab was für dich.

Was denn?

Ein Springmesser. Hab ich noch aus Kanada. Drück auf den Knopf.

Das ist ein Kamm!

War ein Scherz!

Mann, wie lahm.

Okay, dann gib wieder her.

Nein, den behalte ich.

Ich geh jetzt, sonst sitzt du bis zum Hals in der Scheiße.

Irma, sagte sie. Sie sagte noch mehr, aber ich hatte schon meinen Rock gerafft und lief die Straße entlang, weg von ihr, und flehte den Wind an, ihre Stimme zu übertönen. Sie wollte bei mir wohnen. Sie vermisste mich. Sie wollte, dass ich wieder nach Hause komme. Sie wollte weglaufen. Das alles rief sie mir nach, und ich wünschte mir verzweifelt, dass sie den Mund hielt. Als sie ein paar Sekunden schwieg, blieb ich stehen und drehte mich um. Sie war nur noch ein fingerhutgroßes Wesen am Straßenrand, ein Fleckchen Leben. Ihre weißblonden Haare loderten ihr um den Kopf wie ein kleines Feuer, und mehr sah ich nicht, alles andere verschwamm mit der Landschaft ringsum.

Was wollte er dir machen?, brüllte sie.

Einen Espresso!, brüllte ich zurück. Es war, als würde ich gegen einen brizzelnden Kurzschluss oder einen brennenden Busch anbrüllen.

Was ist das?, fragte sie.

Kaffee!, brüllte ich.

Irma, kann ich bitte bei dir –

Ich drehte mich um und rannte weiter.

ZWEITES KAPITEL

Den Rest des Tages verbrachte ich damit, das Haus zu putzen, die Kühe zu melken, gefährliche Wörter in die Innenseite meiner Kleider zu sticken – Wörter wie *Lust*, *Qual* und *Jorge* –, Brot zu backen, Gemüse aus der Erde zu rupfen und Apfelmus zu machen – aus den Äpfeln, die meine Tante mir am Ende der Einfahrt mit einem Zettel hingestellt hatte, auf dem stand, auch Sünder müssten etwas essen, und dazu einer frommen Zeitschrift mit der Titelzeile: Wenn du in den Himmel kommen willst, gib zu, dass du auf der ganzen Linie ein Versager bist –, sowie mit Fenster putzen, Zeug verbrennen, Schlangennester ausräuchern und Ratten vergiften. Aggie sah ich an dem Tag nicht mehr. Natürlich war sie mir böse. Ich sah vor mir, wie sie durchs Haus stampfte, gegen alle aufmuckte und mit ihrem kleinen, nutzlosen Schwert rasselte.

Am Abend zog ich mich nackt aus und betrachtete meinen Körper. Ich hatte ihn schon vergessen. Ich pikte hier und dort hinein, wie ein Arzt das machen würde, und fragte mich, ob ich *das* spürte, und *das*? Dann sah ich mir ins Gesicht und versuchte, mit zwei Fingern die beiden Falten zwischen meinen Augenbrauen glattzuziehen. Ich bürstete mir das Haar, bis mir die Arme weh taten, und drapierte es über meine Brüste wie Eva, wenn sie im Paradies zum Flirten aufgelegt war.

Ich hatte immer noch keinen Strom. Und konnte die Taschenlampe nicht finden. Das silberne Auge Gottes schien zu meinem Zimmerfenster herein. Aus dem Haus der Filmleute drang Musik; inzwischen war Marijke, die deutsche Schauspielerin, wohl angekommen. Nackt und allein, wie ich war, schlief ich ein.

Am nächsten Morgen klopfte es an der Tür. Es war Miguel, Diegos junger Assistent, der mir eröffnete, dass ich sofort rüberkommen sollte. Er hatte eine schwarze Röhrenjeans und überdimensionale weiße Turnschuhe an. Diego müsste Marijke noch ein paar Sachen erklären, bevor sie mit dem Drehen anfingen, und dafür bräuchte er meine Hilfe. Miguel war ausgesprochen höflich. Wenn du fertig bist, sagte er. Ich müsste erst noch die Kühe melken, erklärte ich ihm, was ein Stirnrunzeln hervorrief. Ob er helfen könnte, fragte er, denn Diego wäre auf hundertachtzig und wir müssten uns beeilen. Er sprüht schon Funken in alle Richtungen, sagte er.

Was ist denn das?, fragte ich. Er hatte einen eckigen Gegenstand in der Hand.

Ein Funkgerät, antwortete er. Horch mal. Er drückte einen Knopf und legte den Finger an die Lippen.

Stimmengewirr drang heraus, eine davon am deutlichsten.

Wer ist das?, fragte ich.

Diego, antwortete Miguel und deutete auf das Haus der Filmleute.

Ist er wütend?, fragte ich.

Nein, sagte Miguel, er hält eine Motivationsansprache.

Ich erklärte Miguel, dass ich schnell und allein melken wollte und in einer halben Stunde drüben im Haus sein könnte. Falls Diego irgendwas noch vorher mit mir besprechen wollte, sollte er in den Kuhstall kommen und es mir beim Melken sagen. Marijke könnte auch mitkommen, wenn sie wollte.

Roger, sagte Miguel. Das sagt man doch so, oder?

Roger?, fragte ich.

Ja, in Kanada. Du kommst doch aus Kanada, oder?

Ich bin mit dreizehn schon dort weg, sagte ich. Vielleicht meinst du over and out?

Over and out, Irma, sagte Miguel.

Okay, sagte ich.

Miguel zog ab, und ich stand ein paar Sekunden in der warmen Sonne und überlegte, was es noch für verschlüsselte Ausdrücke für ja, verstanden, auf Wiedersehen gab.

Eine halbe Stunde später wendete ich eine weitere Attacke von Oveja ab, indem ich ihn mit Wiener Würstchen und Apfelmus bestach. Für einen zum Künstler konvertierten Soldaten war er immer noch reichlich aggressiv.

Die Filmleute hatten über die ganze Vorderveranda Plastiktüten voll Wasser gehängt, um die Fliegen in Schach zu halten. Die Wassertüten glitzerten in der Sonne wie kleine Kronleuchter. Ich stand vor der Tür und wollte gerade klopfen; Oveja lag neben mir und verschlang meine Essensreste. Dann ging die Tür von selber auf, na ja, nicht von selber, aber von innen, und das Geschrei verstummte, und Diego kam heraus, küsste mich auf die Wange und führte mich in die Küche, um mich mit dem Team bekanntzumachen.

Das Haus, das früher meinen scheuen Farmercousins und -cousinen gehört hatte, war von tätowierten Künstlern bevölkert, die rauchend, Espresso schlürfend und über Politik und Kamerawinkel debattierend herumfläzten. Diego fragte, ob mir die Musik gefiele. Ich nickte. Sagt dir Tuberculosis was?, fragte er. Ich nickte wieder. Ist meine Lieblingsband, sagte er.

Einer nach dem anderen stand auf, küsste mich auf die Wange und stellte sich mir auf Spanisch oder Englisch oder beidem vor. Miguel war nirgends zu sehen. Diego erläuterte mir die Aufgaben jedes Einzelnen. Kamera, Ton, alles mögliche andere, von dem ich noch nie gehört hatte. Wir erschaffen hier eine kleine Welt, sagte er. Eine Welt, die echter ist als die, die wir kennen. Er habe gerade entdeckt, dass ein wichtiges Kamerateil fehle, erklärte er. Zeig mir deinen Daumen, sagte er. Ich streckte ihn ihm hin. Genauso klein ist es, aber es entscheidet über Leben und Tod. Könntest du ohne deinen Daumen die Farm bewirtschaften?, fragte er. Ich schüttelte den Kopf und dachte daran, wie böse Jorge sein würde, wenn ich meine Daumen nicht mehr hätte. Miguel und noch einer vom Team seien nach El Paso gefahren, sagte Diego, um ein Ersatzteil abzuholen, das aus Los Angeles geschickt worden sei.

Es ist eine alte russische Kamera aus den Sechzigern,

sagte er. Dafür kriegt man nicht so leicht Ersatzteile. Jetzt müssen wir auf die beiden warten. Das nervt zwar, aber wir müssen zenmäßig drüberstehen.

Ich war furchtbar nervös und kam mir völlig idiotisch vor. Ich stand da und starrte die anderen an. Mit meinem langen Kleid und dem *Dok* sah ich bestimmt seltsam aus. Meine Schuhe stanken nach Kuhmist. Ich kam mir vor wie Jonas, nachdem ihn der Wal an die Ufer des verderbten Ninive gespuckt hat. Ich wusste nicht, was ich sagen sollte. Nirgends im Haus waren Frauen.

Wo ist Marijke, der deutsche Star, platzte ich schließlich heraus.

Sie liegt in ihrem Zimmer und heult, flüsterte Diego mir ins Ohr. Komm, reden wir mit ihr. Wir gingen den langen Flur im hinteren Teil des Hauses entlang. Bis zum Ende kamen wir an sechs oder sieben Zimmern vorbei. Diego deutete auf jedes einzelne und sagte, welches Teammitglied darin wohnte. Mir haben sie ein auf dem Kopf stehendes Kreuz an die Tür gemalt, sagte er. Wusstest du, Irma, dass der heilige Petrus extra darum gebeten hat, kopfüber gekreuzigt zu werden?

Nein, sagte ich, warf Diego einen Blick zu und lächelte ihn an. Es war ein langer Flur, der von biblischen Zeiten in die Gegenwart und wieder zurück führte.

Aus Demut, sagte Diego. Um sich von Jesus zu unterscheiden. Da muss ihm doch das ganze Blut in den Kopf gelaufen sein. Ich nickte. Aber mein Team hat es wohl eher als Symbol für den Antichristen gemeint. Machen immer gern Faxen, die Jungs.

Marijke hatte das ehemalige Schlafzimmer von meinem Onkel und meiner Tante bekommen, das größte. Sogar die Möbel waren noch dieselben, und das Bettzeug auch. Meine Verwandten waren offenbar überstürzt aufgebrochen, weil Wilf, der älteste Sohn, ein Narco war und jeden Moment von rivalisierenden Narcos hochgenommen werden sollte, so die Version meines Vaters. Meinem Vater zufolge war jeder, der Campo 6.5 verließ, automatisch ein Narco, denn warum sollten sie sonst abhauen? Wenn mein Vater recht hatte, wimmelte es hier nur so von Narcos, und nicht nur Feld-Wald-und-Wiesen-Narcos, sondern Satano-Narcos mit Langeweile (so wie Jorge angeblich), denen das Blutschlürfen aus Schädeln zu fade geworden war und die auf mehr Nervenkitzel aus waren, während wir anderen, die wir unserer Bestimmung gemäß hart und ehrlich für sehr wenig Geld arbeiteten, das Nachsehen hatten. Aber das habe ich ihm nie abgekauft. Ich glaube, mein Onkel hat in Kanada einen Job als Autoverkäufer bekommen, Wilf wollte Geige studieren und meine Tante wollte endlich eine Dauerwelle, die fand sie nämlich cool. Aber wer weiß, vielleicht sind sie inzwischen eine Familie von Drogenbaronen, stoßen Leichen aus Helikoptern und kegeln mit den Köpfen von Verrätern. Das wäre so die Theorie meines Vaters.

Marijke war schön, auf eine eigene Weise schön, wie Diego gesagt hatte. Alles an ihr wirkte verlängert, irgendwie ausladend, wie bei einem Kran oder einem großen Vogel, der nicht fliegen kann. Ich hätte mir vorstellen können, im Regen unter ihren Flügel zu kriechen. Sie war Mennonitin, zog sich aber ganz anders an als ich. Eher so wie ich damals in Kanada, so ähnlich jedenfalls. Sie trug eine schwarze Röhrenjeans, wie Miguel, und dazu ein grünes T-Shirt. Sie hatte aufgehört zu weinen, saß im Schneidersitz auf ihrem Bett, dem Bett meiner Tante und meines Onkels, und rauchte eine Vantage Slim. Diego begrüßte sie auf Spanisch und küsste sie auf die Wange; sie murmelte etwas, lächelte mich an und fragte mich auf Deutsch, ob ich die Dolmetscherin sei. Ich bejahte, wir schüttelten uns die Hand, und dann meinte Diego, er würde uns jetzt allein lassen, damit wir reden könnten.

Was hat er gesagt?, fragte sie mich.

Einfach nur hallo, wie geht's?, sagte ich.

Er ist sehr höflich, was?, sagte sie.

Ja, erwiderte ich. Sie sah sich im Zimmer um, trat ans Fenster und schaute hinaus. Sagte nichts, schaute, und dann drehte sie sich um und lächelte mich wieder an.

Wie alt bist du?, fragte sie.

Neunzehn, antwortete ich. Und Sie?

Was glaubst du?, fragte sie.

Schwer zu sagen, sagte ich. Vielleicht dreißig?

Ich werde in drei Wochen einundvierzig, sagte sie.

Wie einundvierzig sehen Sie aber nicht aus, sagte ich.

Das kommt daher, dass ich mit vierzehn ein traumatisches Erlebnis hatte, dessen Folgen meine Weiterentwicklung verhindert haben, sagte sie.

Ach so, sagte ich. Aber Sie werden in drei Wochen einundvierzig?

Rein technisch ja, antwortete sie. So gesehen lebe ich

schon einundvierzig Jahre lang, aber anders gesehen hat meine Entwicklung mit vierzehn aufgehört.

Was ist denn passiert, als Sie vierzehn waren? Ich setzte mich neben sie aufs Bett, und sie hielt mir die Zigarettenschachtel hin.

Das erzähl ich dir ein andermal, sagte sie. Ich habe einen Sohn, der nicht viel jünger ist als du.

Wie alt ist er denn?, fragte ich.

Sechzehn, antwortete sie. Aber spirituell ist er viel älter. Eher achtzig, würd ich sagen.

Hoffentlich fragt mich mal jemand, wo ich war, als ich meine erste Zigarette geraucht habe, damit ich sagen kann, ach, weißt du, im Bett meines Onkels und meiner Tante mit einer vierzehnjährigen deutschen Schauspielerin, die einen achtzigjährigen Sohn hatte, war ganz nett. Marijke erzählte von ihrem Sohn, er fehlte ihr. Sie machte sich Sorgen, dass sie ihm in letzter Zeit zu sehr Freundin gewesen sei und nicht genügend Mutter.

Freunde sind gut und schön, aber Kinder brauchen jemanden, der mal sagt, hey, lass die Finger von der Spritze.

Kommen Sie aus Russland?, fragte ich.

Sag doch du zu mir, antwortete sie, ich bin Marijke. Ja, ich bin dort geboren, auch wenn mein Geburtsort heute nicht mehr existiert.

Wie meinst du das?, fragte ich. Ich konnte unserem Gespräch nur schwer folgen. Offenbar verstand ich von der sozialen Bedeutung von Vogelgezwitscher mehr als von menschlichen Interaktionen.

Wir redeten über Diego und das Team und über das Drehbuch, das ich noch nicht zu Gesicht gekriegt hatte; Marijke sagte, es gebe zu dem Text jede Menge kleine Zeichnungen, und in ein paar Szenen müsse sie sich vermutlich ausziehen.

Soll ich Diego sagen, dass du dich nicht ausziehen willst?, fragte ich.

Ach was, antwortete sie. Das macht mir nichts aus. Es ist ja seine Geschichte.

Worum geht es denn?, fragte ich.

Seelenqualen. Und Schwimmen. Ich weiß es nicht. Aus den Bildern kriege ich es nicht so ganz raus, und der Text ist auf Spanisch.

Sie fragte, ob ich das Drehbuch sehen wollte, und ich sagte klar, aber dann konnte sie es in ihrem Zimmer nicht finden, und nachsehen, ob sie es im Wohnzimmer hatte liegen lassen, wollte sie nicht, weil sie sich dort mit lauter Leuten hätte befassen müssen, mit denen sie sich abgesehen von Tequila und *Dankeschön* nicht verständigen konnte, oder mit Devilsticks jonglieren lernen oder was die da sonst dort so trieben.

Ich muss langsam los, sagte ich. Womöglich kam Aggie mich hier noch suchen, und was dann?

Wieso denn?, fragte Marijke. Du bist doch schon neunzehn. Sind deine Eltern so streng?

Nein, nein, sagte ich. Mein Mann.

Wie bitte?, fragte Marijke, du bist verheiratet?

Ja, antwortete ich.

Hat dein Mann was dagegen, dass du als Dolmetscherin für mich arbeitest?

Nein. Nicht so direkt. Also, eigentlich weiß er es gar nicht. Er ist schon eine ganze Weile nicht mehr da.

Dann brauchst du dir doch keine Sorgen zu machen, sagte sie. Wieso musst du nach Hause? Sie legte vorsichtig den Finger auf die verknotete Stelle zwischen meinen Augen. Hier ist deine Energiequelle, sagte sie. Sie massierte die verknotete Stelle sanft. Ich wollte etwas sagen, aber sie kam mir zuvor: Schsch, sag nichts, konzentrier dich auf das Licht. Siehst du das Licht?

Ich weiß nicht genau, sagte ich. Ich muss zum Melken, sonst platzen die Kühe.

Küsst dein Mann gut?, fragte sie.

Wie? Jorge? Keine Ahnung. Ich habe keinen Vergleich.

Wir blieben wieder stumm, rauchten und dachten an Jorge, ich zumindest. Ich glaube schon, dass er gut küsste. Ich nahm mir vor, ihm das zu sagen, falls ich ihn je wiedersah. Mir wurde schwindelig von der Zigarette, und ich bemühte mich, nicht zu husten.

Kennst du das vierfache Heilmittel, Irma?, fragte sie.

Nein, antwortete ich. Heilmittel wofür? Ich stand auf und sah mich nach irgendwas für meinen Zigarettenstummel um.

Hier, sagte Marijke, nahm ihn und versenkte ihn in einem Glas Wasser neben ihrem Bett.

Sie hätte eine neue Philosophie ergoogelt, ein vierfaches Heilmittel eben, und damit könnte sie nun das Leben nach den Spielregeln des Lebens leben. Nämlich folgendermaßen:

Fürchte dich nicht vor Gott.
Sorge dich nicht um den Tod.
Alles Gute lässt sich leicht erringen.
Alles Schlimme lässt sich leicht ertragen.

Das ist Epikur, sagte sie, tausend Jahre alt. Heutzutage wird Epikur natürlich falsch interpretiert, heutzutage wird ja alles falsch interpretiert.

Außerdem habe ich gelernt, sagte sie, dass Gedanken einfach Atome sind, die in völlig willkürlichen Formationen herumfliegen.

Ach ja?, sagte ich.

Ja, mehr sind sie nicht, sagte sie. Das wird mir für die Wüste helfen. Im Übrigen vertraue ich auf meine Seele. Angst, das ist der Killer.

Tja, das stimmt. Darf ich dich was fragen?

Alles, sagte sie. Sie drückte meine roten, aufgesprungenen Hände, und plötzlich roch es im ganzen Zimmer nach Milch.

Wieso hast du vorhin geweint?

Ach, sagte sie. Okay, ich erklär's dir. Ich habe zwar ein neues Heilmittel gefunden, das mir hoffentlich hilft, im Leben klarzukommen, und ich kann manchmal auch ganz schön zickig sein, aber Tatsache ist doch: Ich bin eine nicht mehr ganz junge Frau irgendwo am Arsch der Welt, genaugenommen in der mexikanischen Wüste, ich soll hier was machen, das ich noch nie gemacht habe, und ich fühle mich sehr, sehr allein und bin furchtbar unsicher und komme mir lächerlich vor und habe Angst.

Warum hast du dann zugesagt, in dem Film mitzuspielen?, fragte ich.

Schwer zu sagen, antwortete sie. Warum hast du zugesagt, für mich zu dolmetschen?

Auch schwer zu sagen, sagte ich.

Ich glaube, ich weiß es doch, sagte sie.

Ach ja? Warum denn?

Weil man uns gefragt hat, sagte sie.

Oveja war zugedröhnt und lief mir mit einigem Abstand nach. Elias, der Kameramann, hatte mir beim Hinausgehen gesteckt, dass Oveja seinen Pot-Vorrat aufgefuttert habe und jetzt so leicht philosophisch drauf sei. Jetzt überlegt er sich's dreimal, ob er angreifen soll. Elias war witzig. Er redete die ganze Zeit, von »Schweigen ist Gold« stand einfach nichts in seinem Wörterbuch. Er hatte sich in dem Laden in der Stadt Klamotten gekauft, eine Wrangler, ein Karohemd und Arbeitsschuhe. Jetzt bin ich ein Mennonit, verkündete er. Er würde Mennoniten aus seiner Kinderzeit in Mexico City kennen, erzählte er mir. Er hätte sie immer auf der Straße Käse verkaufen gesehen und wollte damals gern zu ihnen gehören. Er hätte sogar mal ein Selbstporträt von sich als Mennonit in der Badewanne gemalt. Ist schon erstaunlich, dass ich jetzt einen Film über sie mache. Er zeigte mir ein Foto von sich als Kind am Strand in Acapulco. Da, guck mal, sagte er. Als Kind habe er noch einen Hintern gehabt, aber irgendwie sei ihm der auf dem Weg zum Erwachsensein abhandengekommen. Siehst du?, sagte er und drehte sich um, so dass ich ihn begutachten konnte. Ich fand, dass er durchaus einen Hintern hatte, wenn auch einen kleinen. Schau dir Wilson an, sagte er. Der hat zwei Hintern und ich keinen. Das ist doch unfair.

Wilson ignorierte ihn. Er schrieb. Dann blickte er auf, lächelte mich an und zuckte die Achseln. Ich bin Wilson. Ist okay, sagte ich. Wie konnte mir bloß so was Dusseliges rausrutschen? Ich hätte ihm, im Gegenzug, gern gesagt, dass ich Irma heiße, aber das wusste er wohl schon.

Bevor ich nach Hause ging, erkundigte sich Diego, ob es Marijke wieder besser gehe und worüber wir geredet hätten. Alles klar bei ihr, sagte ich. Die anderen seien mit dem entscheidenden Kamerateil wiedergekommen, sagte er dann noch, und morgen würden wir anfangen zu drehen.

Jetzt, da Oveja unter die Philosophen gegangen war, hatte ich weniger Angst vor ihm, aber nervös war ich trotzdem, als er mir hinterhertrottete. Ich malte mir aus, wie sich seine braunen Zähne grüblerisch, auf der Suche nach etwas kaum Fassbarem, in meine linke Wade gruben. Ich musste an Marijkes Worte denken. Oveja, sagte ich, würdest du bitte aufhören, mir nachzulaufen? Aber Bitten ließen Hunde natürlich kalt.

Aggie stand am dunklen Ende meiner Einfahrt wie ein Dieb in der Nacht. Ihr Haar war straff zurückgebunden, richtig bösartig. Ihr Kopf glänzte wie ein Ei.

Was ist los?, fragte ich.

Was ist das?, fragte sie und deutete auf Oveja.

Was ist los?, fragte ich noch einmal.

Alle hassen dich, sagte sie und kickte Sand in meine Richtung. Oveja seufzte. Und wenn schon. Sterne fielen vom Himmel.

Das stimmt nicht, Aggie, sagte ich. Sie finden mich gar nicht so wichtig, dass sie mich hassen könnten. Höchstens du.

Ich hasse dich aber nicht, sagte Aggie.

Ich weiß, sagte ich. Wie findest du meinen neuen Freund?

Potthässlich, sagte Aggie. Er ist saublöd und stinkt wie die Pest. Hoffentlich kommt er unter den Traktor.

Wir standen stumm da und blickten in die Nacht. Wir wohnten in einer dunklen, leeren Parzelle. Nicht mal das Hubble-Teleskop hätte uns auf der Erdoberfläche entdecken können.

Ach komm, Aggie, sagte ich, hör auf zu heulen. Ich hätte ihr so gern von dem vierfachen Heilmittel erzählt. Hätte sie so gern davon überzeugt, dass alles Gute leicht zu erringen war und alles Schlimme leicht zu ertragen.

Hey, Aggie, sagte ich, weißt du was?

Was, sagte sie.

Oveja ist bekifft und hält sich für einen Philosophen. Wenn sich das Zeug verflüchtigt hat, wird er bestimmt wieder angriffslustig. Wir haben also nicht viel Zeit. Aggie erzählte, der Vater ihrer Freundin Aughte, Alfredo, solle in dem Film den Mann spielen. Diego hatte ihm und seiner Frau und den Kindern einen zweiwöchigen All-Inclusive-Urlaub in Cancún versprochen, sobald alles vorbei war, und jetzt waren alle auch auf Alfredo böse, und vielleicht würde nach dem Film die ganze Familie nach Veracruz ziehen, und dann würde sie ihre beste Freundin verlieren, und Alfredo würde natürlich dahinterkommen, dass ich auch für den Film arbeitete, und würde es unserem Vater erzählen, und das wär's dann, Schluss, aus, Ende.

Außerdem ist Mom wieder schwanger, sagte Aggie. Und will nicht mehr aufstehen und lacht nicht mehr, und jetzt muss alles ich machen, und Dad brüllt bloß noch rum und betet, und ich hab die ganzen Beine voller Sandflohbisse. Wieso musstest du bloß so blöd sein und einen Cholo heiraten!

Er ist kein Cholo, Aggie, sagte ich. Zeig her.

Sie hob ihr Kleid an. Ihre Knöchel und Schienbeine waren voller rot entzündeter Stellen, wo sich die Flöhe unter ihre Haut gegraben hatten.

Bitte darf ich heute Nacht bei dir schlafen, Irma? Bitte.

In der Nacht träumte ich von meiner Mutter, und am nächsten Morgen sah ich sie zum ersten Mal seit Monaten wieder. Ich war früh aufgestanden, um meinen neuen Job anzufangen, stand im Hof und wartete darauf, dass die Sonne auch mal den Tag begann und mich ein bisschen wärmte. In dem Traum sah ich vor mir, wie mein Vater schimpfte und betete, und fragte mich, ob er sich nicht manchmal vertat und nicht mehr wusste, wen er vor sich hatte. In dem Traum kam plötzlich meine Mutter die Straße herauf, langsam, stolz und majestätisch, oder vielleicht auch bloß erschöpft, wie so eine

Giraffe, die im goldenen Licht der Savanne auftaucht und wieder verschwindet. Sie sah nicht echt aus, und einen Augenblick lang dachte ich, mein Kopf hätte einfach das hergezaubert, wonach ich mich am meisten sehnte, so wie schwangere Frauen weinen, damit sie das Salz schmecken, das ihr Körper braucht. Was übrigens eine Lüge ist, die meine Mutter uns erzählt hat, um ihre vielen Tränen wegzuerklären. Aber an all das dachte ich, als ich auf sie zurannte, und dann umarmte ich sie, und es war klar, dass sie echt war, weil sie mich so fest an sich drückte, dass es weh tat, und ich rang hustend nach Luft, und es duftete nach frischem Brot und Seife. Ich fasste an ihren Bauch. Sie war weiter, als ich gedacht hatte.

Noch eins?, fragte ich.

Ist Aggie bei dir?, fragte sie.

Die schläft noch.

Schick sie nach Hause, Irma, schnell.

Ich wollte ihr von meinem Traum erzählen, aber sie ging schon wieder zurück, und ich stand da, wie immer, wie auf immer und ewig, so kam es mir vor, mitten auf der Straße, und wartete auf etwas oder jemanden, der mich zum Leben erweckte, Gott oder ein Elternteil oder mein Mann oder irgendwas oder irgendwer, eine Idee oder ein paar Worte, die per definitionem Liebe versprachen.

Diego schlug vor, ich solle Tagebuch über »den Dreh« führen, da ich ein paar Sachen erwähnt hatte, nach denen Marijke gefragt hatte, zum Beispiel, warum ihre Figur immer so gelassen bleibe. Ob sie in einem depressiven Nebel sei oder kein echter Mensch oder einfach nicht ganz dicht? Er meinte, er bekäme zu manchen Ideen leichter Zugang, wenn er sie aufschrieb oder filmte, und ich könnte ja dasselbe probieren, indem ich ein Tagebuch über den Dreh führte, statt mir über *seine* Ideen Gedanken zu machen. Oder so ähnlich. Er schenkte mir ein schwarzes Notizbuch und einen Kugelschreiber mit einer kleinen Glühbirne am oberen Ende.

Leuchtet der?, fragte ich.

Ja, er hat einen Schalter, antwortete er. Ist zugleich eine Taschenlampe.

Danke, sagte ich.

Als Erstes schrieb ich in mein Notizbuch:

WIR MÜSSEN ALLE BEREIT SEIN ZU STERBEN

Das hatte Diego am Morgen zu uns gesagt, bevor wir zu unserem ersten Drehort aufgebrochen waren. Wir machen hier Commando-Filmmaking sagte er. Die kleine Kontrolllampe in seinem linken Auge leuchtete heller als sonst, wie frisches Blut im Schnee.

Wir machen Guerilla-Filmmaking, sagte er. Wenn hier gearbeitet wird, wird gearbeitet. Wenn ihr nicht bereit seid, euer Leben zu riskieren, dann haut lieber jetzt ab.

Irma, sagte er, hast du Angst?

Vor dem Tod? Ich lachte laut.

Was sagt er?, fragte Marijke.

Er will, dass wir Spaß haben, uns entspannen und tapfer sind, antwortete ich.

Ich starrte auf mein Notizbuch. Ich presste es mir an die Stirn. Es war schön kühl auf meiner warmen Haut. Ich fuhr mit dem Fingernagel über den Ledereinband und versuchte, meinen Namen reinzuritzen. Dann kam ich auf die Idee, den Stift zu benutzen. Ich schrieb meinen Namen innen in den Deckel und strich ihn wieder durch. Was, wenn mein Vater es fand? Ich zeichnete den Umriss meiner linken Hand auf einer leeren Seite nach und malte ihn mit Lebenslinien aus, die so ähnlich aussahen wie meine.

Diego hat Marijke in ein Kleid gesteckt, das so aussieht wie meins, ihr die Haare mit einem Kopftuch zurückgebunden und das ganze Make-up abgeschrubbt. Ich habe ihr erklärt, dass in der Szene, die wir als Erstes drehen werden, die Familie auf ihrem Hof steht und einen neuen Traktor begutachtet. Die Fahrt zu der Farm, wo die Szene gedreht werden sollte, würde ungefähr eine Stunde dauern. Marijke stand mitten auf dem Hof wie ein qualmender Baum, während wir anderen die Ausrüstung zu den Autos schleppten.

Dann tauchte Alfredo mit Frau und Kindern auf; die ganze Familie machte ein finsteres Gesicht. Ich winkte ihnen zu, weil ich sie schon von klein auf kenne, und Peter, der Kleinste, der es noch nicht besser weiß, winkte zurück. Das älteste Mädchen war Aggies Schulfreundin. Sie blieben alle in ihrem Pick-up sitzen und starrten vor sich hin. Alfredo ignorierte mich und ging zu Diego, um ihm zu sagen, dass er kündigen musste. Wie, kündigen?, sagte Diego. Was redest du da? Wir haben ja noch nicht mal angefangen! Alfredo erklärte Diego, seine Frau und seine Eltern machten ihm zu viel Druck. Sie wollten nicht, dass er in einem Film mitspielt, er solle lieber weiter Gräben ausheben, außerdem sei seine Frau eifersüchtig auf seine Filmbeziehung mit einer anderen Frau.

Como lo arreglamos¿, fragte Diego. Er wollte wissen, wie sie noch einen Kompromiss finden konnten. Alfredo zuckte die Achseln.

Diego lächelte mir zu, nahm Alfredo am Arm und ging mit ihm hinter die Scheune, um es auszudiskutieren, und alle Herumstehenden hörten, wie die beiden sich auf Spanisch anbrüllten. Oveja galoppierte hinter die Scheune, um nachzusehen, was los war, und Alfredo drohte, Oveja die Schnauze abzureißen und platt zu fahren, wenn der Hund noch einen Schritt näher kam. Diego rief Wilson zu, er solle kommen und Oveja an der Pumpe festbinden.

Was ist das Problem?, fragte Marijke.

Nichts, sagte ich. Diego bereitet Alfredo auf seine Rolle vor.

Zuerst warf Diego ihm allerlei zumeist gewalttätige Drohungen an den Kopf (ich brenn dein Scheiß-Haus nieder), dann entschuldigte er sich, schlug die Hände vors Gesicht, es würde ihm leidtun, aber sie hätten doch eine Abmachung gehabt, oder nicht?, dann wechselte er die Strategie und schmeichelte Alfredos Ego (kein anderer, KEIN anderer kann der Rolle die menschliche Tiefe geben, die sie braucht), und dann versuchte er es noch mal anders und bot ihm mehr Geld, und kurz darauf verstummte das Gebrüll, die beiden kamen hinter der Scheune hervor, und Alfredo redete mit seiner Frau und den Kindern, und sie fuhren ab, ohne zu winken, und ohne Alfredo.

Mich soll er aber nicht so anbrüllen, sagte Marijke, falls er vorhat, mich auch so vorzubereiten. Ich kann damit nicht umgehen.

Wird er nicht, sagte ich. Deine Rolle ist anders.

Wir stiegen in die Trucks und fuhren los, um die erste Szene zu drehen. Elias fuhr den Pick-up mit mir und Marijke und setzte ihn in Rubio, dem ersten Dorf nach unserem Campo, beim Rückwärtsrangieren in einen Zaun, worauf Diego, der das gesehen hatte, ihn anfunkte, er solle mich ans Steuer lassen, weil ich die Straßen in der Gegend besser kannte.

Wir mussten eine Weile warten, bis Diego sich mit dem Besitzer des Zauns geeinigt hatte. Alfredo kam zu Marijke und mir herüber und fragte, ob Jorge wüsste, dass ich für Diego arbeite. Dann kam Diego wieder und schlug vor, Alfredo solle doch lieber bei mir mitfahren und sich neben Marijke setzen, damit sich die beiden kennenlernten, sie sprächen ja dieselbe Sprache, aber Marijke erwiderte, ihre Dialekte seien doch sehr verschieden, sie sei eine russische Mennonitin, die in Deutschland lebe, und er ein kanadischer Mennonit, der in Mexiko lebe, außerdem sei Alfredo besoffen und stinke nach Alkohol und würde schon nuscheln, also … nein.

Sie will ein bisschen Zeit für sich, um ihre Gedanken zu ordnen, erklärte ich Diego.

Was für Gedanken?, fragte er zurück. Ist sie wieder unglücklich?

Eine ganze Weile fuhr ich an Campos vorbei und Schotterstraßen entlang und durch Maisfelder und kleine Flüsse und Schlamm und Wüste. Elias und Sebastian, der Tontechniker, schliefen auf der Rückbank; Wilson saß dazwischen und schrieb in sein Notizbuch.

Was schreibt er?, fragte mich Marijke.

Was schreibst du?, fragte ich Wilson auf Spanisch, und er antwortete, Geschichten, kleine Geschichten. Er habe sie eigentlich bei einem Festival in Guadalajara vorlesen wollen, aber das könne er jetzt nicht, weil er zur Arbeit mit Diego abkommandiert worden sei und das Geld brauche.

Marijke, sagte ich, macht es deinem Mann was aus, dass du hier in Mexiko einen Film drehst?

Nein, antwortete sie, überhaupt nicht. Macht es mir was aus, wenn er arbeitet? Macht es mir was aus, wenn er scheißt oder atmet?

Mist, dachte ich, das hätte ich zu Alfredo sagen sollen, als er mich nach Jorge gefragt hat. Elias wachte auf und steckte sich eine Zigarette an. Ich habe meinen Belichtungsmesser vergessen, sagte er, ich bin ein toter Mann. Wilson blickte von seinem Notizbuch auf.

Wir fuhren schweigend durch Staubwolken. Kamen an ein paar Tarahumara-Indianern vorbei, die am Straßenrand standen, eine Mutter und ihre Töchter in wunderschönen bunten Farben. Sie wollten anscheinend nirgends hin. Standen einfach da und waren schön bunt. Ich drehte mich ein paarmal um, immer blitzschnell, um zu sehen, ob sie sich bewegten, aber sie durchschauten den Trick.

Marijke und ich saßen in einem leeren Stall auf umgedrehten Futtereimern und redeten über das Drehbuch, Sex und das Nervensystem. Sie fragte, ob Jorge ein Kind mit mir hatte haben wollen.

Weiß ich nicht genau, sagte ich.

Habt ihr nicht drüber geredet?

Ich glaube nicht, sagte ich.

Wäre er ein guter Vater, was meinst du?, fragte sie.

Hm, antwortete ich, weiß ich nicht genau. Was meinst du damit?

Ich meine, ob er mithelfen würde, sich um das Baby zu kümmern, und ob er es mehr lieben würde als sich selbst.

Ich blieb stumm und dachte an Väter, an meinen eigenen und an Jorges, der seine kleinen Schuhe hatte überschäumen sehen und dann verschwunden war.

Na, was glaubst du, fragte Marijke. Weinst du?

Diego hatte mich gebeten, Marijke die gleiche Frisur zu machen, wie ich sie trug. Als ich anfing, sie zu kämmen, segelten lange Strähnen auf den nackten Erdboden. Das sind meine Extensions, sagte sie. Die hätte man ihr mit einer Heißklebepistole an den Kopf geklebt. Für die meisten Einstellungen müsste ihr Haar wahrscheinlich geflochten und unter ihr Dok gesteckt werden, aber eine Szene gebe es wohl, da sollte es ihr aus dem Tuch rutschen, und da bräuchte sie dann die Extensions.

Einen Augenblick hatte ich das Gefühl zu fallen, wie im Traum. Um wieder Boden unter die Füße zu bekommen, versuchte ich, mich an die Bedeutung des Wortes *samizdat* zu erinnern. Und dann hörte ich Schreie. Ein

Kind kam in den Stall gerannt, packte mich an der Hand und zog mich nach draußen in den Hof, wo ein paar andere Kinder um eine ein Meter zwanzig lange Tigerschlange standen. Ich schnappte mir eine Harke aus dem Stall und schnitt das Ding sauber (ohne anzugeben, aber so war's) mittendurch. Die Kinder starrten noch eine Weile hin, ein paar Jungen traten dagegen, und dann spielten sie weiter. Marijke kam heraus und fragte, was los sei. Die ist erledigt, sagte ich.

Wir standen mit den Händen in den Hüften da und betrachteten die Schlange. Marijkes Frisur war halb fertig und wallte auf der einen Seite wie die Flagge einer wunderschönen Erdenregion irgendwo. Sie fuhr sanft mit den Fingern über die festen Zöpfe auf der anderen. Saubere Arbeit, sagte sie.

Schau mal, sagte ich, nahm ein Stück Schlange und zog ihm die Haut ab. Ich zerrieb den festen Panzer und hielt Marijke die winzigen Krümel hin. Die kann man sich übers Essen streuen wie Salz, sagte ich.

Sie leckte einen Finger an und stippte ihn in die Krümel in meiner Hand.

Hm, sagte sie. Bist du sicher?

Im selben Moment verkündete Diego, er bräuchte Marijke, wir sollten ihre Haare einfach unter dem Tuch verstecken und sofort kommen, das Licht sei gerade richtig, und die Mennoniten, denen das Haus gehöre, würden unruhig. Das Team hatte alles aufgebaut, die Mennonitenkinder, die die Mennonitenkinder spielen sollten, saßen und standen auf ihren Plätzen, und ihre Eltern, Alfredo und Marijke, sollten mit der ganzen

Familie den neuen Traktor begutachten und dabei miteinander reden. Eines der Kinder wollte nicht dableiben, und Miguel versuchte erst, es auf Spanisch zu überreden, was das Kind allerdings noch nicht verstand, und dann, es mit Schokolade zu bestechen. Irgendwann sagte er na gut, dann geh spielen, und pickte sich aus der Menge, die sich inzwischen versammelt hatte, ein anderes, unkomplizierteres blondes und blauäugiges Kind und setzte es neben den Traktor.

Diego bat Alfredo, seine Bierdose von der Kühlerhaube des Pick-ups zu holen, damit man sie bei der Einstellung nicht sah, und dann nahm er mich beiseite und erklärte, das sei die Szene mit der gesamten Familie, die einführende Schlüsselszene, die müsse perfekt werden. Alfredo werde Marijke sagen, er hätte in der Stadt zu tun, und Marijke solle durch ihre Körpersprache signalisieren, dass sie das zwar nicht glaubt, um des lieben Familienfriedens willen aber akzeptiert, was er sagt. Alfredo werde ein paar Schritte weggehen, dann noch einmal zurückkommen, ihr die Hand auf die Schulter legen und sagen, dass er sie liebt. Marijke werde ihm sagen, dass sie ihn auch liebt. Okay?, fragte er. Das ist doch ganz einfach, oder?

Ich nickte. Alles klar, sagte ich. Soll ich es ihr jetzt sagen?

Ja, bitte, Irma, sagte Diego. Wir sind so weit. Und bitte sag ihr dazu, dass sie möglichst nicht in die Kamera schauen soll.

Ich ging zu Marijke hin und gab weiter, was Diego über das Nicht-in-die-Kamera-Schauen gesagt hatte.

Und wenn Alfredo zu dir sagt, dass er dich liebt, sagte ich, lächelst du ein bisschen traurig, legst ihm sanft die Hand auf die Hand und sagst leise, dass dir sein Quatsch allmählich zu blöd wird. Nein, nicht zu blöd, dass er dich fertigmacht.

Das sage ich zu ihm?, fragte sie.

Hm, ja, antwortete ich. Leise und traurig.

Okay, sagte sie.

Und denk an die Kamera, sagte ich. Dass du nicht reinschaust.

Auf dem Heimweg rauchten Elias und Sebastian Faros und teilten sich einen Kopfhörer.

Irma, sagte Elias, kennst du Neil Young?

Klar, sagte ich.

Wirklich?, fragte Elias.

Nein, antwortete ich.

Der kommt aus Kanada, sagte Elias. Er gab mir seinen Kopfhörer, ich steckte ihn mir ins Ohr und hörte zu. Neil Young sang von einem Himmel, der nach Regen aussah.

Was heißt das da am Schluss?, fragte Elias.

Keine Ahnung, sagte ich. Dann ließ ich es mir kurz durch den Kopf gehen.

Keine Ahnung, sagte ich noch einmal.

Das kommt total unvermittelt, passt aber perfekt, sagte Elias. Ich hab auch keine Ahnung, was es heißt, aber es ist saugut. Er nahm sich seinen Kopfhörer wieder und hörte sich ein anderes Lied an. Als es zu Ende war, setzte er den Kopfhörer ab und erzählte uns, es ginge um einen Typen, der sich verfährt und alles verliert, seine Karte, sein Fernglas, er weiß nicht mal mehr, wo die Küste ist. Das ist so genial, alles ist weg, sogar die Wörter! Deshalb singt er dann bloß noch La la la la, und das wird immer fröhlicher, steigert sich zu einem irren Crescendo, er ist völlig begeistert, weil er endlich frei ist, er hat sich zwar hoffnungslos verfranst, aber er ist frei!

Marijke schlief, die Füße auf dem Armaturenbrett, und Wilson schrieb in sein Notizbuch.

Hey, Wilson, sagte Sebastian. Was schreibst du da?

Nichts, sagte Wilson. Er klappte das Notizbuch zu und legte es neben sich.

Ach komm, du schreibst doch da was, sagte Sebastian. Was denn? Einen Liebesbrief? Was über uns?

Nein, sagte Wilson. Kümmer dich um deinen eigenen Scheiß.

Komm schon, sagte Sebastian. Was schreibst du? Sag doch mal.

Ich schreibe über Träume, dass Träume wie Kunst sind und beides Dinge heraufbeschwört, die wir zum Überleben brauchen.

Deswegen träume ich immer von Sex, sagte Elias.

Auch wenn das in einem unbewussten oder unterbewussten Akt geschieht, sagte Wilson. Kunst ist natürlich ein willentlicherer Akt als ein Traum, kommt aber aus demselben Drang zu leben.

Ich habe mal geträumt, dass ich die Welt ficke, sagte Elias. Ich weiß nicht, wie alt ich da war, aber ich war irgendwo in Montevideo in einem Haus, und mir war langweilig, also lauf ich ein bisschen rum, und plötzlich hab ich ne Idee: Ich geh zur Hintertür, mach sie auf, geh raus, hol meinen Schwanz raus und vögle die Nacht. Ich hab einfach mal die Nacht gevögelt. Aber die Nacht war natürlich dunkel und hat nirgends aufgehört, von wegen Horizont und so, und deshalb war die Nacht irgendwie die ganze Welt, und die hab ich gefickt.

Du hast nicht die Welt gefickt, sagte Sebastian, du hast im Dunkeln gewichst wie jeden zweiten Abend.

Überhaupt nicht, sagte Elias, es kommt vielleicht so rüber, aber in meinem Traum war es anders.

Bei mir geht es um Träume von Schuld und Erlösung, sagte Wilson.

Wir lenken unsere Träume unbewusst, sagte Sebastian. Wir gestalten Gedanken und Erlebnisse um oder von Grund auf neu, um unserer Erlösung sukzessive näher zu kommen.

Gib her, sagte Wilson. Du bist ein Arschloch.

Unsere Träume sind kleine Geschichten oder Rätsel, die wir in uns lösen müssen, um frei zu sein, sagte Sebastian. Er las aus Wilsons Notizbuch vor. Mein Traum bin ich, der mir eine Lösung für das Rätsel meines Lebens anbietet. Mein Traum bin ich, der mir etwas anbietet, was ich brauche, und ich habe vor mir selbst die Verantwortung, nach Möglichkeit zu verstehen, was das bedeutet. Unsere Träume sind ein dünner Schleier zwischen Überleben und Untergang.

Sebastian, sagte Wilson. Gibst du mir das bitte?

Ich find es gut, sagte Sebastian. Hey, im Ernst, das ist richtig tiefsinnig, das macht mir einiges klar.

Sebastian, sagte Wilson. Bitte.

Sebastian gab Wilson sein Notizbuch zurück und entschuldigte sich, dass er daraus vorgelesen hatte. Wilson winkte ab und lächelte mir zu, als wollte er sagen: Hilfst du mir bitte, das Universum in die Luft zu jagen?

Wilson starrte aus dem Fenster; Elias und Sebastian hörten wieder ihre Musik. Ich warf einen Blick auf Marijke. Sie schlief immer noch. Sie machte ein Auge halb auf, sah mich an, als wollte sie mich in ihren Traum einbauen, und machte es wieder zu. Ich fuhr langsam, weil ich mich fühlen wollte wie in einem Traum, und starrte aus dem Fenster, in der Hoffnung, meine Tarahumara-Familie wiederzusehen, bevor der Traum zu Ende war.

DRITTES KAPITEL

Es war schon spät, als wir ins Haus der Filmleute zurückkamen. Wilson lud mich noch zu einem Kaffee ein, aber ich lehnte ab, das ginge nicht. Dann entschied ich mich um und sagte okay, meinetwegen. Er wollte mir etwas zeigen. Marijke ging in ihr Zimmer und machte die Tür zu, und man hörte sie lachen oder auch weinen; Diego redete mit jemandem über Funk und winkte mir zu. Wilson fragte, ob ich mit in sein Zimmer käme. Ich blieb stocksteif stehen und brach innerlich in Panik aus, aber dann sagte er, keine Angst, so hätte er das nicht gemeint. Er wollte bloß ein bisschen Ruhe vor den anderen, also ging ich mit in sein Zimmer, er machte die Tür zu, ich stellte mich ans Fenster und er setzte sich aufs Bett.

Ich möchte dir was vorlesen, Irma, wenn ich darf, sagte er. Er schlug sein Notizbuch auf und las halb auf Spanisch, halb auf Englisch eine Geschichte über einen aufgebrachten Zirkusclown vor, der gerade mitten in der Scheidung steckte.

Die Menschen in meinen Geschichten sind immer grauenhafte Typen, sagte er. Ich stimmte ihm zu.

Warum schreibst du nicht über Menschen, die keine solchen Blödmänner sind?, fragte ich.

Weil das zu schmerzhaft wäre, antwortete er.

Ich sah mich im Zimmer um und musste daran denken, wie ich mit meinen Cousins und Cousinen dort gespielt hatte. Einmal bin ich aus dem Fenster geklettert und habe dabei den Rahmen kaputt gemacht. Ich sah genauer hin: Er war immer noch schief und krumm.

Als Kind habe ich hier immer gespielt, sagte ich.

Ehrlich?, fragte Wilson.

Ja, meine Cousins und Cousinen haben hier gewohnt.

Bloß eine Familie?, fragte Wilson. Das Haus hat doch so viele Zimmer.

Massenweise Kinder, sagte ich. Eine ganze Fußballmannschaft.

Oder ein Filmteam, sagte Wilson.

Also, Filme haben die nicht gemacht, sagte ich.

Ich weiß, sagte Wilson, war bloß ein Scherz. Wahrscheinlich haben sie nicht mal Fußball gespielt.

Doch, klar, sagte ich. Wir haben hauptsächlich Fußball gespielt.

Ach, sagte Wilson. Spielst du gut?

Nicht so richtig.

Hast du Lust, mal ein bisschen zu kicken?, fragte Wilson.

Hm ... ich weiß nicht, sagte ich. Jetzt bin ich ja eigentlich verheiratet.

Na und?, sagte Wilson.

Vom Fenster aus konnte ich sehen, wie Elias und Sebastian auf der Straße standen, sich unterhielten und eine Zigarette hin und her gehen ließen. Elias gestikulierte, Sebastian rührte sich nicht vom Fleck. Hinter ihnen war Mais, eine endlose Weite von Mais. Elias griff sich ein paar Steine vom Boden und warf sie ins Maisfeld, aus dem eine schwarze Wolke von Krähen aufstob.

Wieso ist es so schmerzhaft, über Menschen zu schreiben, die keine solchen Blödmänner sind?, fragte ich Wilson.

Weil ich mich dann in sie verlieben würde, antwortete er.

Ich blickte immer noch durch das kaputte Fenster. Wusste nicht, was ich sagen sollte. Wilson seufzte. Darf ich dir jetzt was zeigen?, fragte er. Ich trat ans Bett und stellte mich neben ihn, und er zog sein Hemd hoch. Er hatte überall auf der Brust und dem Bauch Narben, von denen sich manche bis auf den Rücken zogen.

Was ist da passiert?, fragte ich.

Ich sterbe, sagte er. Ich setzte mich neben ihn aufs Bett.

Woran?, fragte ich.

Meine Adern bleiben nicht durchlässig. Manchmal machen sie einfach dicht. Die Ärzte mussten mich schon zigmal aufschneiden, um eine zu reparieren, aber ein paar Monate später gibt dann die nächste den Geist auf, und sie müssen wieder rein. Dann hatte ich dieses superstarke Medikament, das ich mir über einen Schlauch im Bauch in den Körper spritzen musste. Sie haben mir hier direkt über dem Bauchnabel ein Loch gebohrt und einen kleinen Stöpsel reingesetzt, an dem ein langer Schlauch mit einer Pumpe hing, die hatte ich in der Hand und musste mir jede Stunde einen Tropfen in den Körper spritzen, der ging dann durch den Schlauch in meine Gedärme. Es war ungefähr so, als wenn TNT durch meine Adern gerauscht wäre, damit das Blut wieder fließen konnte.

Aber diesen Stöpsel hast du nicht mehr?, fragte ich.

Nein, antwortete Wilson, da hat sich immer alles entzündet, so dass sie ihn alle drei Wochen auswechseln mussten, und irgendwann wurde das unerträglich. Jetzt ist es also bloß noch eine Frage der Zeit. Aber ich bemühe mich, nicht dran zu denken.

Hast du Angst?, fragte ich.

Eine Scheißangst, sagte er, wer hätte die nicht?

Und dann erzählte ich ihm, was ich in dem Zimmer als Kind immer für Blödsinn angestellt hatte, und auch ein bisschen von unserem früheren Leben in Kanada, dass wir im Winter zum Teil unsere eigenen Mütter nicht mehr erkannten, so warm waren wir alle eingepackt, worüber er sich sehr amüsierte. Und ich erzählte ihm von dem Eishockeyfeld, das mein Vater für uns Kinder im Garten angelegt hatte, indem er erst tonnenweise Schnee wegschaufelte und daraus ringsrum hohe Wände auftürmte und anschließend den Boden festtrampelte, bis er spiegelglatt war, obwohl er ja nur aus gepresstem Schnee bestand. Und wie ich einmal mitten in der Nacht aufgewacht war und der Gartenscheinwerfer noch brannte, so dass ich neugierig wurde, aus dem Fenster sah und mitbekam, wie mein Vater auf allen vieren auf der glitzernden Fläche kauerte, neben einem sauber gemalten roten Kreis; konzentriert kauerte er da und pinselte rote und blaue Linien auf den festgepackten Schnee, damit es richtig offiziell aussah, und die Linien waren schnurgerade und wunderschön bunt auf dem weißen Schnee. Er malte ziemlich lange, und schließlich stand er auf, stemmte die Arme in die Hüften und starrte seinen Kreis und die Linien an, mit einem breiten Grinsen im Gesicht.

Hat er dich am Fenster gesehen?, fragte Wilson.

Nein, ich glaube nicht, sagte ich.

Sollte das eine Überraschung für euch sein?, fragte Wilson.

Ja, antwortete ich. Als wir am nächsten Morgen runterkamen und rausgingen, stand er da und hatte sogar neue Hockeyschläger für uns alle. Wir mussten uns Namen für unsere Mannschaften ausdenken und die Nationalhymne singen.

Wunderschön, sagte Wilson. Habt ihr auch drauf gespielt?

Ja, und wie. Nicht mit Schlittschuhen, einfach in unseren Stiefeln. Meine ältere Schwester Katie hat manchmal den Schiedsrichter gespielt, bis es ihr dann zu langweilig wurde und sie zu ihren Freundinnen abgedampft ist. Wir haben jeden Abend ewig lang gespielt, als alle anderen schon längst im Bett lagen. Mom und ich gegen Dad und Aggie. Die war noch ganz klein, und er hat aufgepasst, dass sie ab und zu schießen durfte, und dann haben Mom und ich so getan, als wäre es wirklich schwierig, den Puck nicht ins Tor zu lassen.

Aber irgendwie kam er doch rein, sagte Wilson.

Genau, und dann führten Dad und Aggie ihren Siegertanz auf.

Meinst du, das Feld steht noch?, fragte Wilson.

Na ja, antwortete ich, du weißt doch, was mit Schnee manchmal passiert, oder?

Als ich nach Hause kam, saß jemand im Dunkeln am Küchentisch. Erst dachte ich, es wäre Jorge und hätte mich beinahe auf ihn gestürzt, aber dann merkte ich: Es war mein Vater.

Das war die erste Überraschung. Und die zweite war, dass er mit mir sprach. Allerdings erst nach einer langen, gespenstischen Stille. In der er einfach nur dasaß und mich ansah oder die Küche betrachtete.

Was gibt's Neues, fragte ich schließlich. Geht's Mom gut?

Du hast mit den Filmleuten zu tun?, fragte er. Ich antwortete nicht.

Und Aggie ist manchmal bei dir?, fragte er.

Sie ist meine Schwester, sagte ich.

Und meine Tochter, sagte er. Ich überlege, ob ich dein Haus verkaufe.

Aber wo soll ich dann wohnen?, fragte ich.

Das solle ich mit Gott ausmachen, das Haus gehöre ihm, und er habe Jorge und mir nur erlaubt, dort zu wohnen, weil wir auch seine Kühe versorgt hätten, aber mittlerweile ließe ich ja Aggie die Arbeit machen und triebe mich mit Künstlern herum, dabei sollte eigentlich mein Mann für mich sorgen, und jetzt brächte ich Schande über alle, über meinen Mann, meine Mutter, meinen Vater, meine Verwandten, das ganze Campo, die Kirche und Gott.

Und die Kühe, sagte ich. Vergiss die Kühe nicht.

Du bist nicht lustig, Irma, sagte er.

Du auch nicht, sagte ich. Der Apfel fällt nicht weit vom Stamm.

Welcher Apfel?, fragte er.

Ich, sagte ich. Ich bin der Apfel und du der –

Du spinnst, sagte er.

Jorge hat mich nicht verlassen, sagte ich. Mein Vater blickte sich demonstrativ um, als würde er nach Jorge suchen. Ich stand auf. Um meinetwillen hatte ich keine Angst vor ihm, bloß wegen Aggie, aber ich musste hier raus.

Irma, sagte mein Vater, was willst du eigentlich vom Leben?

Ich setzte mich neben ihn und legte ihm ganz kurz die Hand auf den Arm. Das kam so überraschend, dass er nicht einmal zuckte. Eine Antwort erwartete er nicht. Wenn ein Mann seine Tochter überhaupt etwas fragte, dann war das hier in der Gegend schon eine freundliche Geste. Am liebsten hätte ich seinen Arm noch einmal berührt, aber diesmal wäre er darauf gefasst gewesen und hätte ihn sicher weggezogen.

Hast du kein Licht hier?, fragte er.

Nur manchmal, sagte ich. Mit dem Generator stimmt was nicht. Ich hatte eine Taschenlampe, aber die finde ich nicht mehr. Einen Moment lang dachte ich, er würde versprechen, mir den Generator zu reparieren. Er hätte es bestimmt gern getan. Ich wartete schon darauf, dass er etwas sagte. Aber dann stand er auf und ging. Das Ganze kam mir vor wie eine Filmszene. Er hätte sich umdrehen können und sagen: Hey, wie war das? War ich gut? Und ich: Och, es war nicht schlecht, aber lass es uns lieber noch mal probieren.

Wir drehten in einem Obstgarten mit Apfelbäumen und einem vermoosten Becken in der Mitte. Eine verhutzelte Mexikanerin in einem Nike-T-Shirt hatte uns das Tor aufgemacht und uns zu dem Becken geführt. Ich war mal kurz im Gebüsch verschwunden, und während ich da so hockte und die Sonne den Boden sprenkelte, kam plötzlich ein riesengroßes Pferd aus dem Nichts und wollte mich mit der Nase umstoßen. Hau ab, sagte ich, entschuldigte mich aber gleich wieder. Ich hob einen faulen Apfel vom Boden auf und warf ihn sanft Richtung Pferd, worauf es ein paar Schritte zurückwich und schnaubte, als wolle es gleich durchgehen, aber dann kam es doch wieder her und stellte sich neben mich, eigentlich eher über mich, bis ich fertig war. Wenn ich doch bloß meine Träume deuten könnte, dann wüsste ich, was ich von diesem Leben will, und könnte es meinem Vater erklären. Ich war so müde. Am liebsten hätte ich mich kurz hingelegt und das Pferd auf mich aufpassen lassen. Pferd, sagte ich, was tust du hier? Es ließ die Frage unbeantwortet, und ich stand auf.

Es war wieder eine Einstellung mit der ganzen Familie, diesmal beim Schwimmen und mit unterschwelligen Spannungen. Oberflächlich betrachtet sollte es heiter und freundlich sein, eine nette kleine Pause für die sich abrackernde Familie. Diego nahm sich gerade Alfredo zur Brust und erklärte ihm, er müsse sich unbedingt in der verlassenen Umkleidekabine ausziehen.

Marijke hat kein Problem damit, sich auszuziehen, sagte Diego.

Die kommt auch aus Europa, sagte Alfredo.

Das wird eine Totale, Alfie, sagte Diego. Du wirst so groß sein. Er deutete mit Daumen und Zeigefinger zwei Zentimeter an. Außerdem ist es dunkel da drin. Es geht nur um eine Sekunde im ganzen Film.

Marijke lag rauchend in der Sonne und las ein Buch mit dem Titel *Das Gespenst der Liebe*, und Miguel tobte mit den Mennonitenkindern herum, damit ihnen nicht langweilig wurde, bis die anderen alles aufgebaut hatten. Etliche Anwohner aus dem nächstgelegenen Campo, darunter die Mütter und Geschwister der Kinder, die im Film mitspielten, standen herum und gafften.

Eine der Mütter, sie hieß Tina, kam zu mir her und fragte, wie es meiner Mutter gehe, und ich antwortete, ich wüsste es nicht so genau, außer dass sie wieder schwanger sei, und dann fragte Tina, ob ich schon wüsste, dass Aggie nicht mehr in die Schule geht, damit sie zu Hause mithelfen kann.

Seit wann?, fragte ich.

Seit heute wohl, sagte sie.

Ich dachte an meinen Vater, der in Minutenschnelle einem Schwein den Bauch aufschlitzt, es ausbluten lässt und seine Gedärme herausholt. In Sekundenschnelle. So schnell, wie sich hier Nachrichten verbreiteten.

Das wunderte mich nicht, und ich wollte so gern mit Tina noch weiter über Aggie reden, nur um mit Zunge und Lippen ihren Namen zu formen, Aggie, aber dann rief Diego *meinen* Namen, und ich musste los.

Tina, sagte ich, würdest du Abe bitten, mit meinem Vater zu reden, damit Aggie in der Schule bleiben kann?

Was soll ich denn sagen?, fragte Tina.

Keine Ahnung, sagte ich. Aber mein Vater konnte Abe schon immer gut leiden, und vielleicht findet der ja die richtigen Worte.

Tina nickte und legte mir die Hand auf die Schulter. Sie werde für unsere Familie beten, sagte sie. Abe könne meinen Vater auch gut leiden, fände ihn aber zu streng. Andererseits seien sie und Abe meinem Vater immer noch dankbar, dass er damals nicht die Polizei gerufen habe, als einer ihrer Söhne eine unserer Kühe erschossen hatte, bloß aus Jux.

Danke, sagte ich. Und grüßt du bitte meine Mutter schön von mir?

Diego rief mich wieder, und Tina und ich verabschiedeten uns. Er versuchte immer noch, Alfredo zum Ausziehen zu bewegen; Alfredo saß auf einem Stein, trank einen Vampiro, rauchte und schüttelte den Kopf, und Diego trug mir auf, Marijke zu sagen, wenn Alfredo sie in der Szene lobe, was für eine gute Mutter sie sei, solle sie antworten, er sei auch ein guter Vater. Und wenn Alfredo dann auf ihre Seifensiedekünste zu sprechen komme, solle sie ein paar passende Worte zum Dank sagen.

Ich ging zu Marijke rüber, und Diego fing an, Alfredo anzubrüllen, okay, dann zieht er sich eben für diese Einstellung auch aus, basta. Und dann bat er das Team, sich ebenfalls auszuziehen, damit Alfredo sieht, dass er nicht der einzige Mann auf der Welt ist, der Eier und einen Schwanz hat, und alle meinten, na klar, kein Problem, und zogen sich aus bis auf die Unterwäsche, und Marijke sah sich das alles ganz ruhig an, mit der Zigarette im Mundwinkel, aber ich kriegte die Panik, rannte zu Diego und erklärte ihm, dass er das nicht machen kann, dass alle Mennoniten, die da rumstanden, ernsthaft ausrasten würden und das Team zusammentreiben und erschießen und auf offenem Feld liegen lassen und aus den Köpfen Fußbälle nähen.

Gut, sagte Diego, dann drehen wir den Teil eben wann anders, wenn keiner zuschaut. Er zog seine Hose wieder an, aber mittlerweile waren Elias, Sebastian und Wilson schon in Unterwäsche im Wasser und versuchten krampfhaft, die Kamera, die sie auf einem alten Reifenschlauch festgebunden hatten, nicht nass werden zu lassen. Einige Zuschauerinnen hatten ihre Kinder weggeholt, ein paar standen mit den Händen in den Hüften da, lachten die halbnackte Crew aus und tuschelten. Ich lief zu Marijke zurück und setzte mich mit ihr in die Sonne, und sie legte mir den Arm um die Schultern und fragte mich, wie es so ginge.

Manchmal ist das Leben echt hart, was?, sagte sie.

Also in der Einstellung jetzt, sagte ich, wenn Alfredo zu dir sagt, dass du eine gute Mutter bist, dann lächelst du schwach, ungefähr so, und schaust ihn an und sagst danke, aber woher willst du das wissen? Und wenn Alfredo sagt, dass du gute Seife machst oder was er sich da so abringt, dann nickst du und sagst, ja, schön, aber du hast keine Lust mehr, Seifen zu sieden, und willst sie in Zukunft eigentlich lieber im Laden kaufen. Und noch mal, sagte ich, pass auf, dass du nicht direkt in die

Kamera schaust. Marijke nickte und stand auf. Danke, Irma, sagte sie.

Kein Problem, sagte ich.

Wir lächelten uns an, und ich machte ihr ein Kompliment, wie gut sie aussehe, richtig strahlend. Ihr Hals sei mindestens so lang wie mein Unterarm, wie bei Nofretete. Sie antwortete, sie käme sich in dem Kleid so grässlich vor, und dann guckte sie meins an und entschuldigte sich, und ich sagte, es sei ja schon komisch, dass ihr Kleid ein Kostüm ist und meins einfach ein Kleid, obwohl die beiden praktisch gleich aussehen, und dann entschuldigte sie sich noch einmal und fuhr sich mit der Hand an die Kehle, als würde von daher alles kommen, was einem hinterher leidtut, und ich winkte ab; alles halb so wild. Immerhin hatte ich in dem Kleid schon mit einem Pferd Freundschaft geschlossen. Irgendwie hätte ich es lustig gefunden, Marijke das zu erzählen, aber sie war schon in Richtung Diego und der anderen entschwunden.

Am nächsten Tag war allen schlecht, wahrscheinlich von der Brühe in dem Becken, und keiner mochte viel reden. Durchs Küchenfenster sah ich, wie Oveja unter dem Pick-up ein Nickerchen machte. Ich zog das Notizbuch aus der Tasche in meinem Kleid und drückte es an die Stirn. Es fühlte sich auf meiner warmen Haut kühl an.

Diego hat mich gefragt, ob ich eventuell auch das Haus putzen und für das Team Wäsche waschen würde. Marijke und das Team sitzen vor dem Fernseher und gucken irgendwas ohne Ton, und alle sehen erschöpft aus und grün im Gesicht. Ich würde Diego gern fragen, ob er mich fürs Putzen extra bezahlt, weiß aber nicht, wie. Außer dem Wort *samizdat* beschäftigt mich jetzt auch das Wort *despondent*. Mein Englisch ist gut. Ich habe dreizehn Jahre in Kanada gelebt und bin mit normalen Kindern auf eine normale Schule gegangen. Aber manche Wörter schwirren mir im Kopf rum wie Überbleibsel aus den Zwanzigerjahren. Ich will sie benutzen, habe aber kein richtiges Gefühl dafür. Da kommt Diego wieder. Ende.

Okay, sagte ich. Ich putze.

Diego meinte, er würde trotzdem mit dem Team rausfahren und ein paar Sachen drehen, aber Marijke könnte freihaben und im Bett bleiben oder was sie sonst machen wollte.

Wo ist eigentlich Wilson?, fragte ich.

Zurück nach Caracas, antwortete Diego.

Wieso das denn?, fragte ich.

Wir haben uns gestritten, antwortete Diego. Ich vergesse immer wieder, wie empfindlich er ist. Er flippt völlig aus. Er explodiert wie eine Granate und wird dann innerlich taub. Sein Blick rutscht weg. Ich verstehe ihn nicht. Er will, dass ich ein Vorwort für sein Buch schreibe. Aber wir haben doch alle schon Extraarbeit. Irma, ich muss dich was fragen. Kennst du den Song »A Hard Rain's A-Gonna Fall«? Kennst du das? *A-Gonna?*

Nein, sagte ich.

Diego ging wieder ins Wohnzimmer, um mit den anderen zu reden, und ich schlenderte in Wilsons Zimmer und sah mich um. Er war nicht da. Das stimmte immerhin. Ich setzte mich auf sein Bett und spürte, wie die Matratze nachgab. Sein Notizbuch hatte er natürlich mitgenommen.

Als die anderen weg waren, ging Marijke in den Hof und kotzte neben die Pumpe. Sie wusch sich das Gesicht, dann steckte sie den ganzen Kopf unters Wasser, zog ihr T-Shirt aus, legte sich auf den Rücken ins Gras und streckte die nackten Brüste der Sonne, dem Wind und Gott entgegen. Ich legte mich neben sie, auf die Seite.

Marijke, sagte ich, was bist du bloß für eine Mennonitin? Leise und auf Spanisch. Vielleicht habe ich es auch überhaupt nicht gesagt.

Irma, sagte sie, hast du eine Ahnung, worum es in diesem Film eigentlich geht?

Na ja, um den Sinn des Lebens? Also nicht des Lebens an sich, sondern dem von den Figuren? Mehr fällt mir dazu nicht ein. Und ums Abschiednehmen.

Wie war das?, fragte sie.

Abschiednehmen, sagte ich. Ich war mir nicht sicher, wie man das Wort im Satz richtig verwendet. Unser Abschiednehmen von Kanada war abrupt und endgültig gewesen. Unser überstürztes Abschiednehmen lag mir auf der Seele und ... Ich war mir nicht sicher.

Dir fehlt Wilson, sagte sie. Ich antwortete nicht. Ich konnte sie nicht sehen. Sie legte mir die Hand auf den Rücken, und ich wurde steif wie ein totgeborenes Kalb. Ich kam mir vor, als würde mir jemand ein Brandzeichen aufdrücken. Fast hätte ich angefangen zu weinen.

Nein, sagte ich. Mir fehlt Jorge.

Als wir frisch verheiratet waren, war Jorge die ganze Zeit zu Hause, aber dann ist er einmal übers Wochenende zu seiner Mutter nach Chihuahua gefahren, und da haben ihm irgendwelche Typen angeboten, richtig Geld zu verdienen. Er müsse nur ihre Kisten mit *hierba* in unserer Scheune lagern, weil wir hier in einer gottverlassenen Gegend wohnen, aber bloß ein paar Stunden von der Grenze, das wäre also alles perfekt, und Jorge meinte klar, klingt gut, und dann nahm er meine Hand und sagte, das wäre doch eine tolle Gelegenheit für uns, damit könnten wir vielleicht genug Geld verdienen, um vom Campo abzuhauen, dann müsste er nicht mehr umsonst für meinen Vater arbeiten, er würde für mich sorgen, und wir könnten Kinder kriegen und hier wegziehen und das Boot kaufen, von dem wir immer geredet hätten. Und dann fing er an, das Zeug zu uns nach Hause zu bringen.

Ich glaube, Diego will mit mir schlafen, sagte sie.

Wie?, sagte ich. Wieso glaubst du das? Du verstehst ja nicht mal, was er sagt.

Was er sagt, muss ich auch nicht wissen, sagte sie.

Also ich würde das an deiner Stelle bleiben lassen, sagte ich.

Und wieso?, sagte sie. Wenn ich doch aber einsam und allein bin?

Bist du das?

Na klar, Irma, sagte sie. Sieh dich doch um. Kann ich mit irgendjemandem reden, außer mit dir? Habe ich meinen Mann und meinen Sohn bei mir? Habe ich

Freunde? Weiß ich, was ich tue? Kapiere ich die Story? Hab ich irgendwas zu tun, außer rumzuliegen und daran zu denken, dass ich nicht direkt in dieses Ding glotze, das dauernd mich anglotzt?

Nein, sagte ich. Sieht nicht so aus.

Ich gebe mir alle Mühe, meine Wut nicht hochkochen und mir die Laune verderben zu lassen, sagte sie. Hast du schon mal auf einer losen Küchenfliese herumgetrampelt? Die ploppt immer wieder hoch. Ich schlaf schon nicht mit ihm, keine Sorge.

Ich mach mir keine Sorgen.

Meine Wut, sagte ich im Stillen vor mich hin. Der Klang gefiel mir. Ich brauchte etwas Eigenes, etwas, das ich behalten konnte. Meine Wut. Könnte ich mir in die Wäsche sticken. Ich kam mir vor wie Frankenstein. Schlug mir mit der Faust an die Stirn. Als Baby habe ich mich immer gebissen und mir Haare ausgerissen. Meine Mutter dachte schon, ich wäre behindert. Na ja, wem sollte ich denn sonst die Haare ausreißen?, hab ich sie gefragt, als sie mir davon erzählt hat.

Also, die Fliese muss man einfach ankleben, sagte ich.

Sag mal, würdest du Diego netterweise fragen, ob man hier in der Gegend ein bisschen mehr Blattgemüse kriegt?, fragte sie. Ich habe heute früh im Spiegel mein Augenweiß gesehen, und ich glaube, ich kriege Anämie.

Ich sah ihr tief ins Augenweiß und versuchte, irgendein Problem zu entdecken.

Dann sagte sie, sie würde gern meine Familie kennenlernen, und ich erklärte ihr, warum das so ziemlich unmöglich war, und ausgerechnet in dem Moment, als hätten wir sie hergezaubert, stand Aggie mit einem Koffer in der Hand neben uns, und da waren wir nun, drei Mennonitenmädels auf einem leeren Feld, die eine oben ohne, die andere fassungslos und die dritte auf der Flucht.

Diego und das Team kamen in zwei Trucks auf den Hof gebrettert, und Elias und Oveja rannten auf uns zu, wir müssten sofort zum Drehen mitkommen, sofort. Wegen Licht, sagte er. Und wir müssten Oveja mitnehmen, warum, verstand ich nicht so ganz. Entweder, weil wir Schutz brauchten, oder weil er, Oveja, Schutz brauchte.

Was hast du gesagt?, fragte Aggie.

Wer ist das?, fragte Elias, lächelte Aggie zu und küsste sie auf die Wange.

Aggie, antwortete ich. Meine Schwester. Das ist Elias, der Kameramann. Das ist Marijke.

Kommst du vom Flughafen?, fragte Elias und deutete auf ihren Koffer.

Nö, von da drüben, antwortete Aggie und deutete auf unser Haus.

Komm doch mit, sagte Marijke, zog ihr T-Shirt wieder an und nahm Aggies Koffer. Das wird lustig.

Nein, sagte ich. Sie muss wieder zurück.

Muss ich nicht, sagte Aggie.

Musst du schon, sagte ich.

Ich geh aber nicht, sagte sie.

Agatha, sagte ich.

Irma, sagte sie.

Diesmal fuhren wir auf der Ladefläche, während Diego am Steuer saß und mit einem der Filmproduzenten, José, über Geld redete. Wir sahen sie wild gestikulieren. Elias erklärte, José sei extra aus Mexico City gekommen, weil er sich Sorgen mache über die Summen, die Diego hier in Chihuahua ausgab. Diego müsse nämlich an all die Mennoniten, die ihm halfen, seinen Traum zu realisieren, Kohle abdrücken, und zwar nicht zu knapp. Elias erklärte uns Diegos Begründung gegenüber den Campo-Bewohnern: Ich verstehe und respektiere den Standpunkt eurer Religion gegenüber Fotos und künstlichen Bildern, aber andererseits glaube ich, dass wir mit diesem Film dazu beitragen können, dass eure Kultur weiterbesteht, statt zu verschwinden. Daraufhin seien die Mennoniten immer erst mal perplex und wüssten nicht mehr, was sie sagen sollten. Dann füge Diego hinzu, er würde ja gern dafür bezahlen, wenn sie ihn auf ihrem Land oder in ihrem Haus oder wo er sonst drehen wollte, drehen ließen, und daraufhin würden die Mennos wieder nicken, und dann wäre die Sache ganz schnell perfekt.

Tja, darüber reden sie gerade, sagte Elias. Diego versucht José zu erklären, warum die Mennoniten so widerspenstig sind. Sorry.

Aber ich hörte schon nicht mehr hin, denn inzwischen lagen Aggie und ich uns in den Haaren.

Marijke und das Team pafften, starrten höflich in die Wüste hinaus und taten so, als merkten sie nicht, wie Aggie und ich uns im Fahrtwind angifteten. Aggie ließ den Griff ihres Koffers nicht los, drehte aber jedes Mal den Kopf weg, wenn ich etwas zu ihr sagte.

Und wo willst du hin?, fragte ich.

Kann dir doch egal sein, antwortete sie.

Ist mir aber nicht egal, sagte ich. Spinnst du jetzt total, oder was?

Genießen wir doch den Moment, Irma, sagte sie. Das war ein Zitat von Marijke. José und Diego brüllten sich an und warfen Zigaretten aus dem Fenster. Ein Funke landete auf Elias' Arm, er fluchte auf Spanisch, *puta*, und löschte ihn mit Spucke. Pick-ups voller Mexikanerfamilien oder Mennonitenfamilien überholten uns, alle winkten und lachten oder guckten entschieden in die andere Richtung, so wie Aggie, als ich ihr zu erklären versuchte, dass sie ihr Leben aufs Spiel setzt, wenn sie von zu Hause wegrennt.

Ich weiß, sagte sie. Na und? Darauf fiel mir keine Antwort ein, und ich wünschte mir, selber zu rauchen oder dass Funken auf mir landeten.

Wegen Licht, sagte Aggie.

Was ist los?, sagte ich.

Wegen Licht, sagte sie. Hat der da gesagt. Sie deutete auf Elias, der ihr eine Kusshand zuwarf. Klingt witzig, sagte sie.

Klau nicht immer meine Sachen, sagte ich und deutete auf den Koffer.

Du kriegst ihn ja wieder, sagte sie.

Wir stehen, liegen, sitzen auf einem freien Feld und warten auf den Regen. Diesmal ist Aggie dabei, lernt von Miguel und Elias Frisbeespielen und genießt offensichtlich den Moment, als wär's ihr letzter. Oveja ist – dank einer Packung Zwieback, die sie im Koffer hatte – inzwischen dick mit ihr befreundet. Alfredo ist mit seinem eigenen Pick-up angereist, allein, aber er hat richtig miese Laune, und Diego befürchtet, dass er abhaut, bevor es endlich regnet. Alfredo meckert, er hätte seine Zeit nicht gestohlen, er könnte in seinem normalen Beruf längst mehr Geld verdienen, außerdem gäbe es zu Hause ständig Knatsch wegen des Films. Diego hat mich beiseitegenommen und noch mal gebeten, Marijke zu beknien, dass sie sich ein bisschen mehr mit Alfredo beschäftigt. Ob sie jetzt vielleicht bei Alfredo in seinem Transporter mitfahren könne, damit sich die beiden kennenlernen und Alfredo sich nicht so einsam und missachtet vorkommt?

Ich ging hinüber zu Marijke und gab Diegos Bitte weiter. Ich hielt ihr meine Flasche Wasser hin.

Er möchte, dass du ein bisschen mehr Zeit mit Alfredo allein verbringst.

Warum das denn?, fragte Marijke.

Damit sich eure Beziehung festigen kann.

Welche Beziehung?

Eure Filmbeziehung.

Das ist Diegos Job, sagte sie. Sie trank die Flasche leer und gab sie mir zurück.

Diego trabte zu uns herüber. Er wirkte angespannt. Er trug eine dünne weiße Hose, deren Beine sich beim

Laufen wie Segel bauschten. Sein Kopf sah aus der Ferne aus wie der Mastkorb dazu. Diego erkundigte sich, ob ich Marijke ausgerichtet hätte, dass sie sich ein bisschen mit Alfredo beschäftigen sollte.

Hab ich, sagte ich, aber sie zieht nicht so recht mit.

Sag ihr bitte, dass das für die Energie des Films wichtig ist, sagte Diego. Sag ihr bitte, wenn ich einen wunderschönen Fisch sehe, dann wächst er mir sofort ans Herz. Dann warte ich bis zur allerletzten Sekunde, bevor ich ihn brate. Und diese innere Verbindung bringt dann den köstlichen Geschmack.

Marijke, sagte ich. Diego lässt dir sagen, dass ihm wunderschöne Fische manchmal ans Herz wachsen, bevor er sie isst, und dass sie dadurch dann besser schmecken.

Ist der bekifft?, fragte sie.

Warte, sagte ich und wechselte ein paar Worte auf Spanisch mit Diego. Das versteht sie, sagte ich. Aber sie will trotzdem nicht mit ihm fahren, weil er immer besoffen ist und sie nicht bereit ist zu sterben.

Irma, sagte Diego, als ich gesagt habe, dass wir alle bereit sein müssen, für diesen Film zu sterben, habe ich doch nicht gemeint, bei einem Autounfall mit einem Betrunkenen am Steuer. Falls du darauf hinauswillst. Sag ihr, dass ich mit Alfredo rede wegen seiner Trinkerei.

Okay, sagte ich. Außerdem hat sie Angst, dass sie Anämie kriegt. Sie braucht mehr Blattgemüse.

Wir warteten weiter auf dem Feld auf Regen. José und Diego spielten ein Spiel, bei dem sie sich gegenseitig heftig ohrfeigten. José schien zu gewinnen, aber Diego wollte nicht aufgeben. Wieso machen die das?, wollte Aggie von mir wissen.

Elias grillte auf einem vergammelten Rost über einem Feuer Würstchen. Ich brachte Marijke bei, wie man mit einem kussartigen Schmatzen die Klapperschlangen verjagt, wenn man zum Pinkeln in die Büsche geht. José und Diego beendeten ihr seltsames Spiel mit einer Umarmung. Die Sonne brannte auf uns nieder. Diego überredete Marijke, mit Alfredo einen Kuss zu proben, und war irgendwann so frustriert über Alfredos linkische Versuche, dass er Marijke packte und die Sache selber erledigte. Ist das denn so schwierig?, fragte er Alfredo.

Hinterher kam Marijke zu mir und fragte, ob ich jetzt wüsste, warum sie gesagt hätte, Diego würde auf sie stehen, und ich sagte ja. Wir setzten uns auf die Erde und blätterten das Drehbuch durch. Es war klar, dass Diego im Lauf der Zeit alles Mögliche dazugedichtet hatte.

Aggie setzte sich zu uns und warf einen Blick in das Skript. Ich fragte sie nach ihrer Meinung. Ich verstehe das Spanisch nicht so ganz, eine Idee hochtrabend vielleicht, meinte sie. Es gefiel mir, wie lässig sie Wörter neutralisierte, die eigentlich gewichtig klingen sollten. Dann fingen die Männer plötzlich alle an, sich über den mexikanischen Präsidenten und den Wahlbetrug zu ereifern. Auf dem Zócalo in Mexico City seien gerade Tausende von Demonstranten versammelt. Sie seien da schon seit einer Woche und ließen sich einfach nicht vertreiben. In der Wüste auf Regen zu warten, meinte Diego, sei immer noch sinnvoller als in Mexico City auf Gerechtigkeit.

Die Wolken zogen hierhin und dorthin, ballten und verdunkelten sich, aber das war's. Es wurde spät, und ich musste Aggie nach Hause bringen, bevor Dad vom Feld kam oder aus der Stadt oder wo er sich sonst aufhielt. Wir hatten uns gestritten. Es ist mordsriskant für dich, mit dem Filmteam hier draußen rumzuhängen, habe ich zu ihr gesagt, kapierst du das nicht? Deine Sturheit nervt.

Und warum bist du dann hier, Irma?, sagte sie. Sei doch nicht so scheinheilig.

Ich bin hier, weil das mein Job ist und weil ich kein Geld und keine Familie habe. Gar nichts!, sagte ich. Bei mir ist sowieso alles zu spät. Aber du solltest nach Hause und dich von mir fernhalten.

Ich klang schon wie Jorge.

Ich lass mir von dir überhaupt nichts sagen, erwiderte sie.

Du bist so blöd, sagte ich. Du hast ja keine Ahnung.

Die meisten aus dem Team waren auf einer Plane eingeschlafen, mit verstreuten Ausrüstungsgegenständen und leeren Wasserflaschen um sich herum; Diego und José saßen im Pick-up und unterhielten sich leise. Ich klopfte ans Fenster.

Ich muss Aggie nach Hause bringen, sagte ich.

Diego stieg aus und blinzelte in den Himmel. Geben wir's auf für heute. Ich dachte, es ist Regenzeit.

Ist es auch, sagte ich.

Meinst du, dass Gott uns bestraft?, fragte Diego.

Wieso, was hast du denn angestellt?, sagte ich. Das sei bloß ein Witz gewesen, sagte er. Kannst du für das Team kochen, wenn wir zurück sind? Eigentlich sollte eine Frau aus dem Dorf kommen, aber die hat mein Geld eingesteckt und sich nie blicken lassen. Ihr Bruder meinte, sie ist nach Amerika. Oder tot, eins von beiden.

Ich weiß nicht genau, ob ich Zeit habe, sagte ich. Aggie muss nach Hause, und ich mache mir Sorgen …

Jetzt machst du dir Sorgen. Erst Marijke, dann du. Ihr *chicas* seid die reinsten Profi-Befürchter.

Ich geh nicht nach Hause, Irmie, also zerbrich dir wegen mir nicht dein hübsches Köpfchen, sagte Aggie.

Wo hast du das denn aufgeschnappt, sagte ich.

Tja, du hast die Weisheit eben nicht gepachtet, sagte Aggie.

Wir kaufen auf dem Weg noch ein paar Sachen ein, leckeres Grünzeug für deine Anämie, sagte Diego.

Marijkes, nicht meine, sagte ich.

Okay, sagte Diego. Ich würde ja selber kochen, aber José und ich müssen Papierkram erledigen und die Jungs sind noch nicht wieder fit. Außerdem steht in den Verträgen, dass es Essen gibt, und ich befürchte eine Meuterei. Bitte, Irma, ich brauche wirklich deine Hilfe.

Ich schwieg und wartete auf den vertrauten Schmerz in der Brust, mich breitschlagen zu lassen.

Ich koche, sagte Aggie.

Nein, tust du nicht, sagte ich. Kommt nicht in Frage.

Wieso denn nicht?, sagte Diego. Du oder sie, das ist doch egal.

Ich mache es gern, sagte Aggie.

Nein, ich mach schon, sagte ich. Alles klar. Kein Problem.

Aggie sagte auf Plattdeutsch etwas zu mir, aber Diego schnitt ihr auf Englisch das Wort ab. Du und Aggie, ihr könnt mit José und mir vorne im Pick-up sitzen. Marijke fährt mit Alfredo.

Was?, sagte ich. Ich hab dir doch gesagt, dass Marijke nicht bei Alfredo mitfahren will. Sie macht sich Sorgen, dass …

Schon gut, sagte Diego. Ich habe mit Alfredo geredet. Viermal um die Weide, danach war er vernünftig.

José machte Aggie und mir die Beifahrertür auf, und wir stiegen ein. Oveja sprang wie ein Irrer auf der Ladefläche herum und warf sich jaulend gegen die Scheibe, und Aggie wollte ihn mit nach vorn nehmen, aber Diego sagte, unmöglich, wenn, dann müsste er im anderen Pick-up mitfahren, und Aggie sagte, gut, dann wollte sie da auch mit, aber der andere Pick-up war schon weg, also musste Diego Oveja vorne bei Aggie mitfahren lassen. Erst blieben wir im Schlamm stecken und mussten schieben, und José fiel beim Mithelfen in den Dreck, worauf er stinkwütend wurde, weil er aus Mexico City keine anderen Klamotten mitgebracht hatte, und dann hielten wir alle paar Meter und kauften Vorräte, Essen, Wasser, Bier, Benzin und eine neue Hose für José.

Aggie, Oveja und ich setzten uns vor einem Laden auf eine Kiste und sahen uns um. Aggie konnte sich überhaupt nicht mehr erinnern, wann sie das letzte Mal in der Stadt gewesen war. Sie blödelte herum, aber ich versuchte, sie zu ignorieren. Wusstest du, dass es ein Land gibt, von dem keiner weiß, in einem Bürogebäude in Paris?, sagte sie.

Ein Mädchen kam an und fragte, ob sie sich zu uns setzen dürfe, und wir rückten ein Stück und warteten ab. Sie sah nicht viel älter aus als Aggie und trank Saft aus der Tüte. Sie heiße Lindsay-Beth und komme aus Indianapolis, sagte sie; wir seien Irma und Aggie von hier aus der Nähe, sagten wir, und der Hund heiße Oveja.

Wieso habt ihr so komische Klamotten an?, fragte sie. Wir zuckten die Achseln und schauten weiter in die Gegend. Ist das ein Pitbull?, fragte sie. Wir nickten.

Bist du ganz allein hier?, fragte Aggie.

Ja, sagte sie. Die mussten mich einsperren.

Wer hat dich eingesperrt?, fragte Aggie.

Entzug, sagte sie. Sie hätten ihr eine Kiste Seifen in die Zelle geworfen, damit sollte sie ihren sehnlichsten Wünschen Form geben, und sie hätte natürlich einen Riesenschlüssel modelliert.

Für ein paar Oxycontin würde ich über Leichen gehen, sagte sie.

Wieso darfst du dann allein durch die Gegend ziehen?, fragte ich.

Vertrauensbildende Maßnahme, sagte sie.

Was ist Oxycontin?, fragte Aggie.

Das ist das letzte Mal, dass mich meine Eltern raushauen, sagte Lindsay-Beth. Außerdem bin ich gar nicht allein.

Sie hatte eine Schlafanzughose an, auf der immer wieder hintereinander *dark side of the moon* stand. Ein kleiner Junge, der ein Stück weiter in der Erde gewühlt hatte, kam herüber und übte an ihren Beinen lesen. Er zupfte an der Hose herum und fuhr mit seinem kleinen Finger die Wörter nach. Dark. Side. Of. The. Moon, sagte er. Dark side of the moon. Dark side of the moon. Dark side of the … er zog eine Stofffalte glatt … moon.

Das ist der Sohn von meinem Bruder, sagte sie. Wir winkten ihm zu. Und wo ist dein Bruder?, fragte ich.

Da drin, sagte sie. Wir sind auf dem Weg zum Hotel *Letzter Versuch*. Da soll's super Smoothies geben, mehr weiß ich nicht, und mehr verträgt mein Magen auch nicht. Mein Bruder bringt mich hin und holt mich nur wieder ab, wenn ich am Ende clean bin. Ansonsten werd ich einfach verklappt wie Säure, oder ich irre durch die Wüste wie Neal Cassady oder so, und irgendwann leg ich mich dann auf die Eisenbahnschienen schlafen.

Sie schickte den Jungen los, seinen Vater holen. Ihr Gehirn sei schon so zersetzt, meinte sie, dass ihre Augäpfel ein Eigenleben führten, also, sogar wenn sie absichtlich geradeaus schaute, täten die Augäpfel einfach, was sie wollten, und sähen woanders hin, zur Seite oder nach oben. Nicht mal die Entzugsklinik in Malibu für tausend Dollar am Tag mit Reittherapie und allem Drum und Dran hätte bei ihr funktioniert. Die meinen, mein Bruder wird mir schon helfen, aber das wird er nicht. Er hat die Schnauze voll. Sie deutete auf den Laden. Ich muss mich entscheiden, ob ich leben will oder nicht. Sieht schon so aus, als würdest du wollen, sagte ich.

Und, willst du?, fragte Aggie. Sie war aufgestanden und stand Lindsay-Beth herausfordernd gegenüber.

Also, dass mir die Haare nicht mehr so ausgehen, will ich schon. Lindsay-Beth zog sich ein Büschel aus und zeigte es uns. Hielt es zärtlich in der Hand wie einen verletzten Vogel. Aggie starrte eine ganze Weile hin und war untröstlich, als Lindsay-Beth es schließlich hochwarf und vom Wind wegtragen ließ, Richtung El Paso. Wir redeten noch über dies und das, spielten mit dem Jungen eine Runde Verstecken und warteten und warteten und warteten.

VIERTES KAPITEL

Als wir endlich nach Hause kamen, hatte sich ein kleiner Weltuntergang zusammengebraut. Ich sah vom Feld hinter meinem Haus Rauch aufsteigen, befahl Aggie zu bleiben, wo sie war, und rannte hinüber, um nachzusehen, was los war. Ich sah das Auto. Ich sah das Feuer. Ich sah Jorge.

Du bist wieder da!, rief ich, rannte auf ihn zu und wollte ihm um den Hals fallen. Ich wollte ihn anfassen, wollte die sehnige Kurve in seinem Rücken spüren, ich wollte mit dem Kopf unter sein Hemd und ihn in die Erde drücken und sein Herz schlagen hören, aber er war ganz damit beschäftigt, Zeug ins Feuer zu werfen.

Wo warst du?, fragte er.

Wo warst *du*?, sagte ich.

Hilf mir, den Kram zu verstauen. Wir trugen seine Kisten in die Scheune hinterm Haus, und er hievte sie hoch unters Dach. Danach war er ein bisschen ruhiger, lächelte, machte sogar ein paar Witze und war fast wieder der Alte. Wir gingen ins Haus, ich machte ihm was zu essen, und er schenkte mir eine neue Sonnenbrille, die ich gleich aufsetzte, und dann schenkte er mir eine neue Jeans, die ich auch gleich anzog, unter dem Kleid.

Eine Weile blödelten wir herum, warfen uns gegenseitig Trauben in den Mund und schauten dann, ob wir sie erst an die Wand werfen und dann immer noch mit dem Mund auffangen konnten.

Wie geht's deiner Mutter?, fragte ich.

Gut, sagte er. Viele Grüße.

Dann wollte er mir eine Tanzfigur beibringen, die er in Chihuahua City gelernt hatte. Du stellst dich so hin, sagte er und drehte mich um, so dass er hinter mir stand.

Woher kannst du den Tanz denn?, fragte ich.

Und dann drehst du die Hüften und schraubst dich langsam nach unten, so, sagte er. Und machte es mir vor.

Aber wo hast du das gelernt?

So wie die Rotoren bei einem Hubschrauber, sagte er, und während du das machst, steh ich hinter dir und hab die Hände auf deinen Hüften, so, und schraub mich auch runter. Okay, los. Schön langsam.

Ich versuchte, mir seine Anweisungen zu merken. Das Ziel war, irgendwann in der Hocke am Boden zu landen, so viel war klar.

Nein, sagte er, du gehst viel zu schnell runter, als ob du dich ducken willst. Du sollst langsam mit den Hüften kreisen, ganz kleine Kreise, bis du unten bist. Ich probierte es noch einmal. So schwer ist das doch nicht, Irma, sagte er. Was ist denn los? Schau her. Er zeigte mir, was ich machen sollte. Siehst du?, sagte er. Hör auf zu lachen. Versuch's noch mal.

Ich stand auf und schüttelte den Kopf. Ich kann das nicht, sagte ich. Tut mir leid, aber …

Zieh dein Kleid aus, sagte er. Okay?

Ich hab aber kein Oberteil drunter, sagte ich.

Ich weiß, sagte er. Macht nichts, ist doch schön. Das wird richtig gut. Ich zog mein Kleid aus und stand in meiner neuen steifen Jeans, ohne Oberteil und mit Sonnenbrille da.

Mmh, du siehst gut aus, sagte er. Richtig gut. Okay, probieren wir's noch mal. Er stellte sich hinter mich, legte mir die Hände auf die Hüften, und wir schraubten los. Er flüsterte mir ins Ohr, langsam, Irma, noch langsamer. Er wanderte mit den Händen rauf zu meinen Brüsten und spielte mit den Nippeln. Kreisen, Irma, sagte er. Kreisen sollst du mit den Hüften. Ja, genau. Spürst du mich? Er atmete hörbar. Okay, und jetzt runter, Irma, aber langsam, ganz – ach, Scheiße! Irma. Warum hast du's denn so eilig? Mann, ich bin immer noch hier oben, und du hockst da unten, als ob du kacken wolltest.

Ich weiß nicht, sagte ich. Ich kapier das nicht. Tut mir leid. Fühlt sich komisch an.

Jorge setzte sich an den Tisch, rieb sich die Augen und seufzte.

Irma, sagte er. Ich versuche doch nur, alles ein bisschen besser für uns zu machen.

Ich weiß, sagte ich, tut mir leid. Können wir's noch mal probieren?

Ich bin so müde, sagte er, nahm meine Hand und küsste sie.

Es tut mir leid, sagte ich.

Mir auch, sagte er.

Du fehlst mir, sagte ich.

Irma, ich bin so müde, sagte er. Ich kann nicht mehr schlafen.

Dann schlaf doch jetzt ein bisschen, sagte ich. Ich könnte mich zu dir legen, bis du einschläfst.

Ich bin doch kein Kleinkind, sagte er. Er legte den Kopf auf den Tisch, und ich massierte ihm den Rücken und drückte ihm einen Kuss aufs Haar.

Hast du keine Lust mehr, ein Mann zu sein?, fragte ich.

Was ist denn das für eine bescheuerte Frage?, sagte er. Was soll das? Hast du keine Lust mehr, ein Mädchen zu sein?

Manchmal, sagte ich.

Vergiss es, wie kommst du überhaupt darauf?, sagte Jorge. Irma, das ist doch Schwachsinn, hör auf damit. Willst du vielleicht ein Mann werden?

Nein, das ist es nicht, sagte ich. Ich frage ja bloß, ob –

Leck mich, sagte er. Vergiss es.

Ich hab doch gesagt, dass es mir leidtut, Jorge. Ich kann das mit dem Tanz nicht. Die Jeans ist zu –

Halt einfach die Klappe, sagte er. Das mit dem Tanz ist mir scheißegal, okay?

Wieso soll ich die Klappe halten?, fragte ich. Wie soll ich denn was erklären, wenn ich nicht den Mund aufmache? Ich kann mich in dieser blöden Jeans nicht bewegen und –

Jetzt setz dich einfach mal in die Ecke und konzentrier dich aufs Atmen, sagte er.

Wie bitte?, sagte ich. Das ist aber eine etwas blöde Ansage, wenn jemand –

Es klopfte; ich schnappte mir mein Kleid, zog es wieder an, riss mir die Sonnenbrille herunter und ging zur Tür. Es war Miguel, in seiner schwarzen Röhrenjeans und den weißen Riesensneakers. Er lehnte im Türrahmen und lächelte mich scheu an.

Mist, sagte ich. Ich hab das mit dem Kochen vergessen. Da war ein Feuer bei mir hinterm Haus, und ich musste … Entschuldige, ich bin gleich da. Ist Aggie noch bei euch?

Nein, nein, ich muss mich entschuldigen, Irma, sagte Miguel. Ich wollte dich nicht stören. Er blickte an mir vorbei ins Haus.

Nein, nein, kein Problem, sagte ich. Aber ist Aggie noch drüben?

Diego hat mich geschickt, sagte er. Ja, Aggie ist noch drüben, alles klar bei ihr. Sie lernt jonglieren.

Jorge kam zur Tür, und ich stellte die beiden einander auf Spanisch vor. Dann ging Miguel wieder, und Jorge machte die Tür zu und sagte: So, Irma, wer zum Teufel ist das, und was geht hier vor?

Gute Fragen eigentlich. Jorge ist weg. Jorge ist wieder abgehauen. Ich habe versucht, ihm zu erklären, dass mein Vater damit droht, das Haus zu verkaufen, und dass ich irgendwo wohnen muss, am liebsten mit ihm, meinem Mann, zusammen, vielleicht könnten wir bei seiner Mutter in Chihuahua leben, ich könnte Käse verkaufen, mir einen Job suchen, tanzen lernen, aber Jorge meinte, das wären nur Sprüche.

Tja, dann haben wir hier nur ein Problem, sagte ich. Und du bist nur ein Mann.

Du kannst ja nicht mal richtig streiten, sagte Jorge.

Und du wirst langsam alt, finde ich. Du hast noch nicht mal den Generator repariert, sagte ich.

Was soll das denn jetzt?, fragte er. Wir sind genau gleich alt. Du redest bloß dummes Zeug, damit ich nicht gehe.

Wieso sollte dummes Zeug dich davon abhalten zu gehen?, fragte ich. Ich will, dass du bleibst. Du bist mein Mann. Du sollst hier wohnen. Wahrscheinlich bin ich sogar stärker als du.

Was soll denn das wieder heißen?, fragte er. Inzwischen rannte ich neben dem Auto her.

Wieso willst du immer wissen, was alles heißt?, schrie ich.

Nimm die Hand vom Lenkrad, sagte er. Irma, bitte.

Ich rannte lange, wie ein Hund, wie Oveja. Dumm. Ich war dumm. Aber nicht dumm genug, um Jorge vom Gehen abhalten zu können. Ich hatte verschiedene Möglichkeiten. Ich hätte wie versteinert stehen bleiben und warten können, wie die Tarahumaras. Ich hätte alle meine Sachen demolieren können. Hätte toben und schreien können. Aber ich wollte nur eins: rennen. Ich fiel ein paarmal hin und zerriss mir die neue Jeans – *stove pipe* stand auf dem Label, Ofenrohr, kein Wunder, dass sie so steif war –, schürfte mir die Beine auf, kam hoch und rannte weiter. Als ich schließlich keuchend haltmachte, stand ich vor meinem Elternhaus; drinnen war Licht, meine Mutter saß in der Küche, es sah so aus, als würde sie was schneiden, sie sah immer wieder hoch, wahrscheinlich gab sie meinen kleinen Brüdern was zu essen, aber die waren so klein, dass ich sie im Fenster nicht sehen konnte, und sie redete auch mit ihnen. Sie lag nicht im Bett. Hoffentlich ging es ihr gut. Dann drehte ich um und rannte zu unserem Haus, Jorges und meinem, und da war niemand in der Küche, keiner gab irgendwem irgendwas, und schließlich stand ich vor dem Haus der Filmleute, steuerte auf die Tür zu und rannte mit dem Kopf gegen eine der mit Wasser gefüllten Plastiktüten, die die Fliegen abhalten sollten; vor lauter Wut boxte ich dagegen, worauf sie platzte und ich ganz nass wurde, aber das war mir egal, ich riss die Tür auf und marschierte hinein. Alle, Aggie eingeschlossen, saßen vor dem Fernseher und bemerkten mich überhaupt nicht; ich grüßte trotzdem in mehreren Sprachen und ging in die Küche, riss einen Topf aus dem Schrank, knallte ihn auf den Herd, zerrte Sachen aus dem Kühlschrank, ließ Wasser in den Topf laufen, schnappte mir das größte, schärfste Messer, das ich finden konnte, schnitt Gemüse und Fleisch klein und kippte es in den Topf. Dann nahm ich noch ein paar Stücke Fleisch, ging hinaus, warf sie Oveja hin, damit er nicht vergaß, dass wir Freunde waren, und ging zurück zu meinem Kupferkessel.

Irma, rief Diego aus dem Wohnzimmer, über den Fernseher hinweg.

Sí, antwortete ich.

Für morgen ist wieder Regen angesagt.

Na Gott sei Dank.

Elias machte eine Bemerkung über den superknackigen Arsch eines Mädchens. Der wäre so fest, dass man

»Wipeout« drauf spielen könnte. Er machte ein paar seltsame Geräusche, und Diego nannte ihn einen Idioten. Sie beleidigten gegenseitig ihre Mütter, im Scherz. Dann fing Elias an, eine Frau zu spielen. Ich schmiss noch mehr Zeug in den Topf und rührte so wild um, dass der Matsch überschwappte und zischend auf den Herd spritzte.

Ich hörte Aggie wissend lachen, als sei das alles nichts Neues für sie. Geh nach Hause, sagte ich. So leise, dass es keiner hörte. Du musst doch nach Hause. Diego kam in die Küche und wollte mit mir reden.

O Gott, sagte er, Irma, was ist denn hier los?

Tut mir leid, flüsterte ich. Ich bin nicht ... das Essen ist praktisch fertig. Ich deutete auf den Topf.

Was machst du da?, fragte er und legte mir den Arm um die Schulter. Was hast du denn?

Ich weiß es nicht, sagte ich.

Bitte hör auf zu weinen, sagte er. Irma. Bitte.

Er klang wie Jorge vorhin, als er mich bat, nicht mehr zu schreien und dem Auto nicht mehr nachzulaufen: ruhig und ernst. Er stellte sich hinter mich. Ich rührte weiter in der Pampe, die ich fabriziert hatte. Hoffentlich erwartete er nicht, dass ich mich jetzt und hier am Herd hüftkreisend zu Boden schraubte.

Ich ging raus, rüber zur Scheune, setzte mich auf den Betonpfosten und lehnte den Kopf gegen die Tür. Diego kam mir nach, fragte, wie es mir gehe, was los sei. Er erzählte, dass seine Eltern vor zwanzig Jahren bei einem schlimmen Verkehrsunfall ums Leben gekommen seien und dass sein Bruder daraufhin beschlossen habe, zu Fuß nach Amerika zu gehen. Der Bruder war damals fünfzehn. Er ging aus der Tür, stapfte los nach Norden, und seitdem hat er ihn nie wieder gesehen.

Glaubst du, er lebt noch?, fragte ich.

Ja, sagte Diego.

Woher willst du das wissen?, fragte ich.

Manchmal klingelt mein Telefon, und keiner sagt was, sagte er.

Du meinst, dass er das ist?, fragte ich.

Ja, sagte er. Ich weiß, dass er's ist. Ich erzähle ihm ein bisschen, die einfachsten Dinge. Von meinem Leben, meiner Arbeit.

Und er sagt nie was?, fragte ich.

Nein. Er hört zu, und wenn er genug gehört hat, legt er auf.

Aber wieso will er nicht mit dir reden?, fragte ich.

Ich weiß es nicht, sagte Diego. Aber es ist auch egal. Es ist nicht wichtig. Ich erzähle, und er hört zu. So ist das jetzt. Wie ein Gebet.

Irgendwann saßen dann alle beim Essen, außer Marijke und José, die Diego zufolge in Marijkes Zimmer fickten. Sie ist mir bitterböse, weil ich sie gezwungen habe, mit Alfredo im Pick-up mitzufahren, sagte er. Deshalb will sie mich mit José eifersüchtig machen. Ich kenne ihr Sternzeichen. Ganz schwierig. Seid ihr schon mal von jemandem abserviert worden, mit dem ihr gar nicht richtig zusammen wart? Ich schon. Sehr seltsam.

Ach, sagte ich. Und, bist du eifersüchtig?

Nur ein bisschen, sagte Diego.

Wo ist Alfredo?, fragte ich.

Der ist nach Hause zu Frau und Kindern, sagte Diego. Marijke und er haben sich gestritten.

Worüber denn?, fragte ich.

Tja, sagte Diego, wenn ich Marijkes Körpersprache richtig deute, hat Alfredo sie in seinem Pick-up wohl angemacht. Ich habe ihn zur Rede gestellt, und er behauptet, da war nichts. Er hätte ihr die Hand aufs Knie gelegt, ungefähr so, wie einer Schwester, und sie sei maßlos wütend geworden. Sie hätte angeblich am liebsten den Außenspiegel zertrümmert, mit einer Scherbe Alfredo die Hand abgeschnitten und sie aus dem Fenster geworfen, den Kondoren zum Fraß.

Hat sie aber nicht, sagte ich.

Nein, sagte Diego.

Sie hat ihm eine geklebt. Jetzt ist er stinksauer, und ich bin ein bisschen genervt von ihr, aber das behalte ich für mich, sonst haut sie mir noch ab. Europäische Frauen sind schwierig, sagte er. Überreagieren leicht. Französinnen mögen zum Beispiel keine Papayas. Sie schmecken wie Urin, sagen sie. Ich kenn das schon. Also wenn sie mit José schlafen will, soll sie doch.

Diego ging raus, um in den Himmel zu sehen. Er brauchte Regen. Ich wäre auch so gern eine schwierige Europäerin gewesen. Marijke war genauso alt wie meine Mutter, fiel mir auf. Elias drückte mir ein Bier in die Hand, weil er sah, dass ich geweint hatte. Es schmeckte scheußlich. Ich trank noch eins. Wir saßen auf der Bank vor dem Haus, denn Aggie sollte mich nicht mit dem

Bier in der Hand sehen. Ich hatte es aufgegeben, sie dazu zu bringen, dass sie nach Hause ging. Elias zeigte mir, wie man mit seiner Bong Gras raucht. Er fragte, ob er mir was vorsingen solle, und ich sagte klar.

Frankie Valli oder Van Morrison?, fragte er. Keine Ahnung, sagte ich, ist mir egal. Frankie Valli. Er stand auf und nahm sich ein imaginäres Mikro.

Ich hielt ihm seine Bong hin. *Like heaven to touch*?, fragte ich.

Klar, sagte er.

Er sang. Beim Singen kann man keine schlechte Laune haben, sagte er. Du musst dir die Seele aus dem Leib singen. Hier musst du's spüren. Hier. Sing doch mit.

Ich kann keine richtigen Lieder, sagte ich.

Wieso denn nicht?, fragte er. Ich dachte an die Lieder, die ich in Kanada so ungefähr gekonnt hatte.

Your love is lifting me higher and higher, sagte ich. Ist das ein Lied?

Er sagte, er wollte wieder reingehen, um den Film fertig anzuschauen. Ich sah durchs Fenster. Aggie saß ganz nahe neben Miguel auf der Couch. Beide hatten die Knie angezogen und die Arme darum geschlungen, wie kleine Kinder. Sie sahen aus wie russische Puppen. Ich überlegte fieberhaft. Ich brauchte einen Plan. Ich machte die Augen zu und sah lauter Schlingpflanzen und Wasserfälle. Ich stand auf und ging ein Stück weg vom Haus, damit ich die Sterne besser sehen konnte. Denen waren meine Pläne scheißegal. Ich überlegte, was ich mit Aggie bloß machen sollte, und dann hörte ich Geräusche und eine vertraute Stimme.

Buenas noches, chiquita, sagte Wilson. *Como estás*?

Was machst du denn hier?, sagte ich. Bist du schon zurück? Wo kommst du denn her?

Bis Rubio hat mich einer mitgenommen, den Rest bin ich gelaufen.

Ganz schön weit, sagte ich. Alles in Ordnung?

Schon, sagte er. Etwas müde.

Wieso bist du denn abgehauen?, fragte ich.

Ist doch logisch, oder?, sagte er. Diego und ich haben uns gestritten, aber jetzt haben wir uns wieder vertragen.

Worüber habt ihr euch denn gestritten?, fragte ich.

Keine Ahnung, sagte Wilson. Dieser Leichtsinn. Das macht mich wahnsinnig. Ich arbeite nicht zum ersten Mal für ihn, und jedes Mal haben wir denselben Streit. Er ist ein Genie, aber er macht mich fertig. Er presst immer was aus mir raus. Das tut einfach weh. Und ich lass das mit mir machen und find's auch noch gut. Ach, ich weiß nicht. Ich will einfach ein bisschen Geld verdienen und dann eine Weile nach Paris gehen und schreiben. Oder bloß lesen, einen Monat lang nur lesen, sonst nichts.

Was denn lesen?, fragte ich.

Jung, sagte er. Mich interessieren seine Tagebücher und alles, was er sonst noch geschrieben hat. Seine Auffassung vom menschlichen Denken, aber nicht nur davon. Kennst du ihn?

Gehen wir doch rüber zu dem Zaun und reden da weiter, sagte ich. Da ist es dunkler. Ein bisschen mehr Logik könnte nicht schaden, Irma, dachte ich mir.

Er ging vor mir, und ich beobachtete ihn. Als wir am Zaun waren, schlang ich ihm die Arme um den Hals und küsste ihn. Er lehnte sich lächelnd zurück.

Ist der Zaun geladen?, fragte ich.

Ich glaube nicht, sagte er, ich habe keinen Schlag gekriegt. Er fasste an den Draht und ließ die Hand ein paar Sekunden drauf. Nein, sagte er. Vielleicht ist die Batterie leer.

Gut, sagte ich, küsste ihn wieder, nahm seine Hände und legte sie mir auf die Hüften.

Hast du eine Freundin?, fragte ich.

Nein, aber du hast einen Mann, sagte er.

Tja, sagte ich, oder so ähnlich. Möchtest du mit mir schlafen? Oder irgend so was? Meinst du, du könntest, oder bist du zu müde von deiner Tour?

Hier?, fragte Wilson und sah sich um. Nichts als Gras, Dunkelheit, Sterne.

Na ja, vielleicht … ein bisschen weiter drüben, sagte ich und zog ihn ein Stück vom Zaun weg.

Wir legten uns ins Gras; Wilson schälte mich aus der Jeans, zog mir das Kleid über den Kopf und schob mir dann alle Klamotten ordentlich zusammengelegt als Kissen unter den Kopf. Er setzte sich im Schneidersitz neben mich und ließ seine Hände ganz zart über meinen Körper gleiten. Ich rührte mich kaum. Blickte zu den Sternen hoch. Zwischendurch ein paarmal zu ihm hin.

Deine Knie sind ganz zerkratzt, sagte er.

Diese Jeans … auf dem Label steht *stove pipe*, flüsterte ich.

Du hast ja einen Knopf zum Ein- und Ausschalten,

sagte er und berührte das Muttermal in der Mitte meines Brustbeins.

Aggie sagt immer, das ist Zacatecas, sagte ich. Wenn man meinen Körper als Landkarte von Mexiko nimmt.

Und was ist das?, fragte er.

Mexico City?, sagte ich, lächelte und drehte den Kopf weg.

Und das?, fragte er, den Finger auf meiner Augenbraue.

Juarez, sagte ich.

Du bist wunderschön, sagte er.

Ich mag deinen Gang, sagte ich.

Und ich mag dein Stöhnen, sagte er.

Danach fragte Wilson, ob ich ihm was erzählen wollte, irgendwas, er könne Geheimnisse für sich behalten.

Nein, danke, sagte ich. Lächelnd. Ich zog mich wieder an.

Ich hab dir erzählt, dass ich todkrank bin, sagte er.

Ist das ein Geheimnis?, fragte ich.

Eigentlich schon, sagte er. Bei den Leuten hier jedenfalls.

Also gut, sagte ich. Ich hatte noch eine Schwester.

Ach?, sagte er. Die, mit der du immer Eishockey gespielt hast? Und was ist mit ihr?

Sie ist gestorben, sagte ich. In Kanada. Vermutlich sind wir deshalb überhaupt hergezogen.

Wie ist sie denn gestorben?, fragte er.

Keine Ahnung, sagte ich. Das wollte mir keiner sagen.

Bist du sicher, dass sie tot ist?, fragte er.

Ziemlich sicher, sagte ich. Sonst wäre sie doch schon mal aufgetaucht, oder?

Wie alt war sie denn?

Sechzehn, sagte ich.

Sah sie dir ähnlich?, fragte er.

Sie war viel hübscher, sagte ich. Und mutiger. Vor einiger Zeit hab ich mal von ihr geträumt. Ich saß in einem Van mit lauter anderen, keine Ahnung, wer das war, und wir fuhren irgendwo durch die Gegend, in Kanada, Manitoba, und plötzlich sehen wir, dass an der Straße so ein Jahrmarkt ist: Imbissbuden, Schießstände, ein paar Karussells und so, also halten wir an, um das anzugucken, und dann laufen wir so rum, und ein Stück abseits von dem Rummel stehen ein paar Stühle, da geh ich hin, weil ich mich setzen will, und plötzlich sitzt da Katie, meine Schwester, und zwar als Wahrsagerin! Ich hab mich so gefreut. Und sie sich auch. Ich hatte eine Dattelecke in der Hand, Hochzeitsecken heißen die bei meiner Mutter, Katies Lieblingsnachtisch, das gebe ich ihr natürlich und frage, wie es ihr geht, und sie sagt super, und wenn ich will, liest sie mir aus der Hand. Ich strecke also die Hände aus, und sie hält sie, und dann guckt sie hoch und lächelt mich an, und dann war der Traum aus.

Wilson nahm meine Hand. Das ist ein schöner Traum, sagte er. Jung hätte bestimmt gesagt, ein positiver.

Das heißt aber noch lange nicht, dass sie nicht tot ist, sagte ich.

Das stimmt, sagte er. Kennst du das Lied von Nezahualcóyotl?

Nein, sagte ich. Ich dachte an Marijke. Wie sie gefragt hatte, ob ich das vierfache Heilmittel kennen würde, ich solle mir aber keine Sorgen machen, wenn nicht, denn das Heilmittel bestünde ja gerade daraus, sich keine Sorgen zu machen.

Mit Blumen
bemalst du die Dinge,
Spender des Lebens.
Mit Gesängen färbst du sie,
schattierst in Nuancen
alles, was zu leben hat auf dieser Erde.

Der Kriegerorden der Adler und Jaguare wird zerfallen:
Nur auf deinem Gemälde haben wir gelebt auf Erden.

Kannst du das noch mal sagen?, bat ich Wilson. Er musste es fünf-, sechsmal aufsagen, bis ich es auswendig konnte und im Kopf mitsprach. Auf dem Weg zurück ins Haus hielten wir uns zwar nicht an der Hand, aber wir hatten einander Geheimnisse anvertraut.

Das Wohnzimmer war leer, bis auf Aggie und Miguel, die Seite an Seite eingeschlafen und umgekippt waren, Mund offen, die Arme immer noch um die Knie geschlungen.

Wer ist das?, flüsterte Wilson.

Meine Schwester, sagte ich.

Sie lebt noch!, sagte er.

Das ist eine andere, sagte ich.

Ich fasste Aggie am Arm und sagte, dass wir gehen müssten, aber sie machte die Augen nicht auf und rührte sich nicht.

Ich weiß, dass du wach bist, Ag, sagte ich. Komm schon. Du musst nach Hause.

Miguel wachte auf, räusperte sich laut, blinzelte, streckte die Beine von sich und klatschte Wilson ab: Hey, du bist wieder da. *Qué tal*? Er stand auf, um uns beide zu umarmen.

Está bien, sagte Wilson und strubbelte Miguel durchs Haar.

Aggie, sagte ich. Steh auf, und zwar sofort. Du musst los.

Ich hab sie mit Drogen abgefüllt, wie Roman Polanski, sagte Miguel in spanischer Gangstersprache, die er mir nicht zutraute.

Anders kriegst du auch keine rum, sagte Wilson.

Immerhin steh *ich* auf Mädchen, sagte Miguel.

Deine Schwester zählt nicht, sagte Wilson.

Aggie machte die Augen auf. Wir verstehen das übrigens, Irma und ich.

Scheiße, sorry, sagte Wilson. Entschuldige dich, Arschloch, sagte er zu Miguel.

Sorry, sagte Miguel. Wir haben bloß rumgeblödelt. Euer Spanisch ist top.

Aggie, ich mein's ernst, los jetzt, sagte ich. Steh auf. Ich zog sie am Arm, sie entwischte mir und kuschelte sich wieder auf dem Sofa zusammen.

Wieso kann sie nicht einfach hier schlafen?, sagte Miguel. Kissen und Decke kriegt sie von mir. Augenblick.

Nein, sagte ich. Miguel war schon unterwegs, um sein Bettzeug zu holen. Wilson fragte, ob ich auch ein Bier wollte.

Komm, Aggie, sagte ich. Jetzt lass den Quatsch, ja? Wir müssen los.

Ich hab dir doch gesagt, dass ich nicht zurückgehe, sagte sie.

Aggie, sagte ich. Im Ernst. Du musst los. Diesmal packte ich sie am Arm und zog sie halb von der Couch hoch.

Was bist du denn so böse?, fragte Aggie. Lass mich in Ruhe. Lass mich los.

Ich ließ ihren Arm los, und sie kuschelte sich wieder in die Couch. Ich setzte mich neben sie und schaute vor mich hin. Ich atmete tief durch. Ich redete auf Plattdeutsch mit ihr. Ich gab ihr ein Versprechen.

Sie war kurz still, dann stand sie auf und verabschiedete sich von Wilson, Miguel und dem stinkenden Oveja, der über Nacht im Haus bleiben durfte, und ich ging mit ihr aus der Tür und blickte ihr nach, wie sie nach Hause ging, in ihr Zuhause, zu dem hellen Hoflicht, zu ihrem Bett, zu unseren Eltern, und ich stand noch eine ganze Weile so da, weil ich nicht wusste, wo ich sonst hingehen sollte. Ich stand da, bis mir kühl wurde. Die Sterne blinkten gleichgültig am Himmel. Ich sagte das uralte Lied von Nezahualcóyotl auf. Ich blieb noch so lange stehen, bis ich meine Familie singen hörte. Warum sangen sie denn um zwei Uhr nachts? Ich hörte die hohe, zittrige Stimme meiner Mutter und die falschen, aber tapferen Töne meiner kleinen Brüder.

Gott ist die Liebe
Lässt mich erlösen
Gott ist die Liebe
Er liebt auch mich.

Sie sangen noch eine Strophe. Ich hörte zu. Und noch eine, und ich hörte immer noch zu. Und dann fiel mir plötzlich auf, dass etwas fehlte: die Stimmen von meinem Vater und von Aggie, warum sangen die denn nicht mit, und dann begriff ich und rannte zum Haus. Meine Mutter wischte sich die Tränen aus dem Gesicht, und meine kleinen Brüder waren bleich und starr vor Angst. Sie saßen am Tisch, hielten sich an den Händen und sangen laut und kräftig – so entschlossen, als gelte es, ein Feld von Steinen freizuklauben.

Wo ist sie?, fragte ich. Meine Mutter deutete nach hinten, Richtung Sommerküche, ich rannte hin, riss die Fliegentür aus den Angeln und befahl meinem Vater, mit dem Prügeln aufzuhören, er verprügelte sie mit einem Gürtel, und Aggie befahl ich, sofort mitzukommen. Sofort. Mein Vater und ich sahen uns an. Sein Blick war ganz irr vor Angst und Verzweiflung, er brach in Tränen aus und bat mich um Verzeihung. Flehte mich an, ihm zu verzeihen.

Gott ist die Liebe
Lässt mich erlösen
Gott ist die Liebe
Er liebt auch mich.

Das ist gelogen. Mein Vater sagte kein Wort. Aber dass wir uns ansahen, kurz und direkt, das stimmt. Als ich ihm in die Augen sah, fielen mir Diegos Worte ein. Ihr Blick soll mir Schmerz zufügen, hatte er gesagt. Sie soll zu groß sein für ihren Körper, ein lebendiges Geheimnis, hier überquellen soll sie, *hier*, *hier* und vor allem *hier*.

FÜNFTES KAPITEL

Aggie und ich liefen los, stundenlang liefen wir, bis nach San Juan, einem kleinen Dorf ein paar Meilen weiter. Wir gingen nicht richtig hinein in den Ort, das hätte noch mehr Probleme gegeben, sondern blieben am Rand, dort, wo er ausfranste. Es war noch dunkel, alles war still, aber wir hätten so gern den zappeligen kleinen Jungen gesehen, der sich ein ganz hohes Einrad gebaut hatte und sich jetzt dauernd neue Tricks einfallen lassen musste, um auf- und abzusteigen. Wir haben ihn nicht gesehen. Eigentlich hatten wir ihn schon jahrelang nicht mehr gesehen, aber wir dachten, weil gerade alles dermaßen danebenlief, dass wir vielleicht Glück hätten. Dann sind wir zurück zu mir, und Aggie bat mich, sie an die Kälte in Kanada zu erinnern. Wie Körperteile da taub wurden und man sich immer weiter bewegen musste, weil man sonst einfach starb.

Genau das hätte ich jetzt gern, sagte Aggie.

Was, dass dein Körper taub wird, oder dass du dich bewegen musst?, fragte ich.

Weiß ich nicht genau, sagte sie.

Das ist ganz normal, sagte ich.

Woher willst ausgerechnet du wissen, was normal ist und was nicht?, sagte sie.

Gute Frage, du Klugscheißerin, sagte ich, ich wollte dich bloß trösten.

Wir lagen nebeneinander im Bett. Aggie fing an zu weinen, und ich nahm sie in den Arm.

Irgendwann schlief sie ein; mein Arm war unter ihr eingeklemmt, aber ich wollte sie nicht wecken, deshalb ließ ich sie die ganze Nacht so liegen, und als sie morgens aufwachte, sagte ich zu ihr, dass sie in Zukunft nie mehr nach Hause müsse, dass ihr Zuhause jetzt woanders sei, dass Zuhauses genauso wie Gedanken laut Marijke einfach nur zufällige Atomverbindungen seien, die im All herumfliegen, ohne je zu landen. Am liebsten hätte ich noch hinzugefügt: Und wenn Gedanken und Zuhauses nur zufällige Atomverbindungen sind, dann sind Handlungen das auch, alle Handlungen, ob zärtliche, verzweifelte, liebevolle oder gemeine, und genauso die Versprechen, die wir halten oder brechen, die Geheimnisse, die wir mit toten Venezolanern teilen, und die Blutergüsse und Platzwunden auf ihrem Rücken. Alles zufällige Verbindungen. Die überhaupt nichts bedeuten.

Der Regen, der für heute angesagt war, ist noch nicht da. Diego schaut die ganze Zeit besorgt in den Himmel, denn wenn es nicht bald regnet, kann er seinen Film vergessen, sagt er. Er denkt laut vor sich hin, mit welchen Mitteln man Regen künstlich erzeugen könnte. Er hat schon bei den *bomberos* angerufen, der Feuerwehr, wie viel Wasser die in ihren Tanks transportieren können und wie weit man mit den Schläuchen spritzen kann.

Wir sitzen alle am Tisch und schlingen Obst und Toast mit Eiern hinunter, damit wir bald loskommen. Ich weiß nicht genau, wo der Drehort für heute ist, ich glaube aber, auf einem Hügel irgendwo südlich von hier. Ich bin wegen allem nervös. Aggie kann nicht zurück nach Hause, und in die Schule kann sie auch nicht, denn wenn sie dort auftaucht, schicken sie sie sofort nach Hause. Marijke erzählt ihr gerade was von Astralprojektion und legt ihr dabei sanft die Hand auf die Wange. Elias lässt sich über die Konsistenz von Avocados aus; wenn er reinbeißen würde, hätte er immer das Gefühl, in ein Baby zu beißen. Alfredo ist noch nicht da, aber ich glaube, er kommt sowieso direkt zu dem Hügel. Mir sagt man immer nur die Hälfte. Ich kriege mit, wie Wilson zu Sebastian sagt, sein Zuhause sei immer da, wo er seine Kunst machen kann, und Sebastian hört zu und nickt respektvoll. Er will nicht, dass Wilson wieder abhaut, deshalb hört er sich bereitwillig seine Theorien an. Wilson hat mich angelächelt, als ich ihm sein Toast mit Ei in die Hand gedrückt habe, und mir irgendwas zugeflüstert, aber das habe ich nicht verstanden. Miguel ist schon aufgestanden und schleppt Ausrüstung zu den Trucks. Diego und José schauen zusammen auf ein Blatt Papier; Diego deutet darauf, redet wie ein Wasserfall und reibt sich wie wild den Arm. Der Rebellengeist meines Großvaters führt bei diesem Film die Regie!, hat er gerade gerufen. José sitzt stocksteif da, wie ein Kind, das beim Fangen darauf wartet, dass es erlöst wird. Keiner der beiden hat Marijke heute schon angesprochen oder überhaupt angeschaut. Aggie hat eine aufgeplatzte Lippe und fünf rote Finger auf der linken Wange, und Marijke hat ihre Hand immer noch darauf liegen. Ich glaube, sie leitet irgendwie Energie um, bin mir aber nicht sicher. Ich bin nervös. Ich muss mit Diego reden, ob ich jetzt extra Geld kriege, und ob Aggie auch Geld kriegt, wenn sie bei dem Film mithilft, aber der wirkt im Moment so aufgewühlt und macht sich sowieso schon so viele Sorgen, weil alles so teuer ist, deshalb warte ich lieber bis heute Abend, wenn er hoffentlich die Einstellung im Kasten hat, die er und der Rebellengeist seines Großvaters sich vorstellen, und die Welt für ihn wieder in Ordnung ist. Jetzt sieht er ein bisschen traurig aus und lächelt mir wehmütig zu, als würde ich ihn an jemanden von früher erinnern, den er immer gern mochte, aber aus den Augen verloren hat.

Wir stehen oben auf dem Hügel, Alfredo ist immer noch nicht da, weil es in der Familie irgendwelche Probleme gab, und Diego regt sich auf. Elias muss sich anhören, dass Diego, wenn er im Flugzeug sitzt und Angst hat, es stürzt gleich ab, oder in einem Auto, das jeden Moment über die Klippen schießen könnte, dass er da nicht an seine Familie denkt. Sondern an seinen Film. Dass er den Film fertig machen muss, weil es seine verdammte Pflicht ist, den Film fertig zu machen. So würde er nun mal denken. So wichtig wie mein ungeborenes Kind, hat er gesagt, einen Stock aufgehoben und ihn in hohem Bogen ins Gestrüpp geschmissen.

Ich hasse Sinn!, sagt er. Warum suchen immer alle nach Sinn? Elias steht da und hört ihm zu, blickt gen Himmel und nickt, als hätte Gott ihm eingeflüstert, schon gut, Elias, mein Sohn, hab Geduld, Diego wird nicht ewig wütend sein, hör ihm einfach noch ein bisschen zu.

Aggie und ich haben alle möglichen Vorräte den Hügel raufgeschleppt: Obst, Saft, Wasser, Müsliriegel. Wir tragen Cowboystiefel, wegen der Schlangen. Marijke schläft in einem der Pick-ups, die unten am Fuß des Hügels stehen und wahrscheinlich im Dreck feststecken. Ihre Beine schauen zum Beifahrerfenster raus. Sie bräuchte heute gar nicht dabei zu sein, sie spielt in der Szene nicht mit, aber sie wollte nicht allein im Haus bleiben, weil sie sich sonst vorkommt, als wäre sie tot. José, der Produzent, ist mit ein paar Filmrollen wieder zurück nach Mexico City. Alle sind erschöpft und am Ende. Es ist so heiß hier, und wir sind so hoch oben, es kommt mir vor, als ob uns die Sonne wegen Hausfriedensbruch bestraft.

Wieder eine Kussszene. Diesmal ist eine Frau aus Cuauhtémoc da, um Alfredo zu küssen, der inzwischen aufgetaucht ist. Es sollte eigentlich eine Mennonitin aus Campo 6.5 werden, aber Diego hat keine Einheimische gefunden, die auch nur zum Schein Alfredos Geliebte sein wollte, deshalb musste er diese relativ blasse Mexikanerin nehmen. Sie haben ihr die Haare hochgebunden und sie in Mennonitenkleider gesteckt, und bei der Aufnahme soll ihr Kopf ganz weit nach links kommen, so dass man hauptsächlich Alfredos Gesicht sieht und ihres kaum. Die beiden sollen jetzt hier auf diesem Hügel gleich ganz leidenschaftlich werden.

Sebastian, der Tontechniker, bringt Alfredo weiter das Küssen bei. Ich versuche mitzulernen. Es könnte zum Beispiel ganz gut funktionieren, wenn ich Jorge die Hand auf den Nacken legen und sie dann langsam Richtung Haaransatz wandern lassen würde. Diego weist Alfredo an, dass er diese Szene mit Liebe und Zärtlichkeit durchdringen soll, dass er seine Leidenschaft zart und cremig über die ganze Einstellung buttern soll wie Mayonnaise. Er ermuntert ihn, sich selber einen romantischen Satz für die Frau auszudenken. Wörter sind Schmieröl, Alfie, sagt er. Alfredo kneift die Augenbrauen zusammen und denkt angestrengt nach. Da, er hat was. Er öffnet die Augen, richtet einen glühenden Blick auf die Frau und sagt: Du bist mir nicht egal.

Diego kriegt einen Schreianfall. Nicht egal?, sagt er. Nicht *egal?* Er hält es im Kopf nicht mehr aus und stampft davon, um sich am nächsten Ast aufzuhängen. Von Ferne sehen wir ihn noch mit den Armen fuchteln, die Hände ringen, sich die Haare raufen, Steine in die Gegend schleudern, aber hören können wir ihn nicht mehr. Es sieht aus, als würde er beim Scharadespielen das Wort *Apokalypse* darstellen.

Alfredo hat die Schnauze voll. Er nennt ihn Hitler und köpft noch einen Vampiro. Die anderen streunen herum, schauen in die Kamera und in den Himmel und bereiten alles für die Aufnahme vor. Sebastian hat die Frau aus Cuauhtémoc inzwischen mindestens sieben Mal geküsst, sie kichert schon, und Alfredo steht daneben, lächelt schief und nickt. Aggie und ich sitzen ein bisschen abseits auf zwei Kisten, flechten Gras und reden. Oveja liegt hechelnd in der Hitze neben uns und furzt. Diego fragt seine Schauspieler, was verdammt noch mal an einer Kussszene so komisch sein soll.

Alfredo hat Oveja vorhin mit der Waffe bedroht. Sie sind jetzt offiziell verfeindet. Vor dem eigentlichen Kuss soll Alfredo voller Leidenschaft auf die Frau zulaufen und sie stürmisch umarmen. Als Alfredo diesen Teil proben wollte, ging Oveja auf ihn los, worauf Alfredo seine Pistole aus der Hose zog und sie ihm auf den Kopf drosch. Oveja wich zurück und knurrte Alfredo an, der wie von Sinnen losbrüllte und den Hund am liebsten mit Kugeln durchsiebt hätte. Er feuerte in die Luft. Jetzt brüllt Diego auch, Wilson soll mit dem Hund den Hügel runter und ihn zu Marijke ins Auto setzen. Diego versucht Alfredo zu erklären, dass Oveja einfach durchgedreht ist und gedacht hat, Alfredo will die Frau umbringen statt küssen, woher solle er das auch wissen, er sei ja schließlich bloß ein Hund. Bist du nicht schlauer als ein Hund, Alfie?, brüllt Diego. Der kapiert nicht, was du tust, aber du kannst doch kapieren, was er tut, schließlich bist du ein Mensch. Jetzt lass den Quatsch und steck die Knarre weg. Alfredo droht wieder damit, endgültig das Handtuch zu schmeißen, und Diego baut sich vor ihm auf und flucht ihm die Hucke voll. Ich lege jetzt mein Notizbuch weg und gehe mit Wilson und Oveja den Hügel runter.

Aggie, sagte ich, du bleibst hier.

Wieso?, fragte sie.

Ich gehe runter und rede mit Marijke.

Ich komme mit.

Nein, du bleibst hier. Ich bin gleich wieder da.

Ich will aber mit.

Nein, du bleibst hier. Ich bin gleich wieder da.

Ich komme mit.

Wir holten Wilson und Oveja ein, und ich redete mit ihm leise und schnell in einem Straßenspanisch, das ich von Jorge gelernt hatte und bei dem Aggie hoffentlich nicht ganz mitkommen würde. Wilson fragte, ob er den Arm um mich legen dürfte.

Wieso?, sagte ich. Geht's dir nicht gut? Das war natürlich eine selten dumme Frage, aber sie war mir einfach rausgerutscht. Aggie ging mit Oveja voraus, und Wilson legte mir den Arm um die Schultern und machte mir ein Kompliment. Ich antwortete, dass ich nicht mehr solche Sachen machen könnte wie nackt mit ihm im Gras liegen. Ich hätte ein furchtbar schlechtes Gewissen und grässliche Angst, dass Jorge dahinterkommen und mich umbringen würde. Das würde er verstehen, sagte Wilson. Aber, sagte ich, ich will unbedingt mit dir befreundet sein und dir das Leben retten. Das klang auch schon wieder total schief. Er meinte, ich wäre ja lustig, das Leben könnte ich ihm nicht retten, aber befreundet könnten wir schon sein. Irgendwie drehten wir uns im Kreis, eine Banalität nach der anderen. Ich fühlte mich bemüßigt, etwas Wichtigeres, etwas Einmaliges zu sagen.

Wilson, sagte ich.

Ja, Irma?

Wenn du wüsstest, dass heute dein letzter Tag auf Erden wäre, was für eine Geschichte würdest du dann schreiben?

Vorausgesetzt, ich würde die Zeit dazu nutzen, eine Geschichte zu schreiben?

Ja.

Ich weiß es nicht.

Ach.

Aber das ist eine gute Frage.

Mein Herz jubelte stumm. Ich hatte eine gute Frage gestellt. Und nicht nur das, ich hatte sie sogar jemandem gestellt, mit dem ich befreundet sein wollte, nicht mir selbst. Eine Frage, die atmete, die meinen Körper verlassen hatte. Jorge wollte nie, dass ich Fragen stelle, er konnte es nicht ausstehen, er ahnte es immer schon vorher, wenn ich eine stellen wollte, hob abwehrend die Hand und sagte bitte, nein. Bitte. Betrog ich Jorge jetzt dadurch, dass ich Wilson eine gute Frage gestellt hatte?

Als wir bei den Pick-ups ankamen, zog Marijke die Beine ein und sagte lachend, sie hätte uns schon vermisst, was denn so los wäre? Sie stieg aus und umarmte uns der Reihe nach. Sie wirkte müde. Ob sie wirklich mit José geschlafen hatte? Ich erklärte ihr, dass wir Oveja und Alfredo hatten trennen müssen. Wir beschlossen, vor dem Rückmarsch auf den Hügel ein paar Schluck Wasser zu trinken, kaliumreiche Bananen zu essen und uns auszuruhen. Noch einmal waren Schüsse zu hören, und ich musste Marijke sagen, dass Alfredo wieder wütend war.

O Gott, sagte sie auf Deutsch, bringt er Menschen um?

Nein, nein, sagte ich, er schießt bloß in die Luft. Er kann nicht richtig küssen.

Ist er deshalb so wütend?, fragte sie.

Nein, wegen dem Hund, sagte ich. Oveja hat ihn angefallen.

Marijke lachte. Wilson brachte Aggie bei, auf den Händen zu laufen, wobei ihr Kleid allerdings ein logistisches Problem darstellte.

Komm mal her, du Schweinchen, sagte Marijke. Oveja watschelte zu ihr. Er blutete am Kopf, da, wo Alfredo ihm eine über die Rübe gezogen hatte. Marijke streichelte seine Schnauze und sagte ihm lauter liebe Sachen auf Deutsch, deren Übersetzung ich mir allerdings sparte.

Dann quäkte Diegos Stimme aus Wilsons Funkgerät. Er bräuchte Marijke jetzt doch, er hätte es sich anders überlegt, er hätte endlich fast die perfekte Einstellung, wir sollten bitte sofort den Berg raufgerannt kommen, dorthin, wo sie drehten.

Und der Himmel?, fragte Wilson.

Ist perfekt, sagte Diego. Schick die Mädels und sag ihnen, sie sollen sich beeilen.

Elias sei schon dabei, den Berg runterzusprinten, sagte Diego noch, um Wilson auf halber Strecke eine Filmspule zu übergeben, die dieser im Pick-up unter den Sitz legen solle und dann die Türen abschließen. Wilson seinerseits solle Elias ein bestimmtes Objektiv mitbringen, das Elias dann wiederum mit raufnehmen würde, aber alles ein bisschen dalli! Wir wollten gerade los, als Elias stolperte und mit einem Schmerzensschrei auf uns zugeflogen kam; die Filmrolle kullerte neben ihm den Berg hinunter. Als er liegen blieb, kniete sich Wilson neben ihn, tastete sein Bein ab und meinte, wir müssten ihn in die Klinik fahren, weil er sich vermutlich den Knöchel gebrochen hätte. Er funkte Diego an, erzählte, was passiert war, und sagte, mit der Aufnahme würde es wahrscheinlich jetzt doch nichts, worauf Diego ausrastete und aus dem Funkgerät brüllte, dann sei eben für heute Schluss und womöglich überhaupt, Schluss, aus, Ende. Selbst als Gott der Schöpfer persönlich hätte er sich keine inkompetentere Filmcrew ausdenken können als die, die er da hatte. Wilson schaltete das Funkgerät ab. Wir trugen Elias zum Pick-up und legten ihn in die Kabine. Wilson fuhr, und Marijke, Aggie und ich saßen hinten auf der Ladefläche.

Meint ihr, man kann verrotten, ohne dass man es überhaupt spürt?, fragte Aggie.

Verrotten?, fragte Marijke. Also, verfaulen?

Genau, sagte Aggie.

Ohne dass man es merkt?, fragte Marijke.

Genau, sagte Aggie. Also erst, wenn es schon zu spät ist.

Diese Unterhaltung wurde in voller Lautstärke über den heulenden Fahrtwind hinweg geführt. Ich warf durch die Scheibe zum Führerhaus einen Blick in den Rückspiegel, auf Wilsons Gesicht. Er sagte etwas zu Elias. Mein Magen krampfte sich zusammen.

Ich holte mein Notizbuch heraus und machte eine Liste der Dinge, die mich bedrückten.

Ich habe jetzt die Verantwortung für Aggie.

Aggie muss in die Schule, zumindest ab Herbst. Bloß wo?

Wir haben praktisch kein Geld.

Jorge kommt vielleicht nie wieder.

Unser Vater wird das Haus verkaufen.

Dann haben wir keine Wohnung mehr.

Dann müssen wir so stumm am Straßenrand stehen wie diese Tarahumara-Familie. Für immer und ewig.

Ich vermisse meine Mutter.

Ich bin eine schlechte Ehefrau.

Ich riss die Seite heraus, warf sie in den Wind und beobachtete, wie sie nach Belize oder Paraguay oder sonst wohin flatterte. Ich schlug die erste Seite auf, auf der ich meine Hand nachgezeichnet hatte, und schrieb an meinen Ringfinger den Satz *Nur auf deinem Gemälde haben wir gelebt auf Erden*. Das Auto holperte aber so sehr, dass man ihn nicht lesen konnte und die Buchstaben aussahen wie kleine Würmer unter der Haut. Als wir bei der Klinik ankamen, luden wir Elias aus und trugen ihn hinein. Er stöhnte nach wie vor, aber wir machten uns keine so großen Sorgen mehr. Marijke seilte sich ab und verschwand in dem Maisfeld hinter der Scheune. Bis zu dem Schreibtisch mit der Anmeldeschwester dahinter kamen wir an drei missgebildeten Hunden vorbei. Sind wir hier beim Tierarzt oder im Krankenhaus?, fragte Wilson. Beides, sagte ich. Die Schwester war eine entfernte Cousine von mir. Sie hatte die gleichen weißblonden Haare wie Aggie. Unser Urgroßvater hatte mit drei Frauen, die eine nach der anderen weggestorben waren, einunddreißig Kinder gehabt, und wir hatten längst keinen Überblick mehr, wer wer war. Sie wohnte wahrscheinlich in einem anderen Campo, vielleicht 4 oder 2.5 oder so. Sie fragte, ob ich eine Voth wäre, und ich sagte ja, du auch? Nein, eine Nickel, antwortete sie, aber eine geborene Voth. Das dachte ich mir, sagte ich. Sie musste nicht erst fragen, was los war oder wer diese Leute waren. Sie wies uns an, Elias ins Arztzimmer zu tragen und auf die Liege zu legen, der Arzt würde gleich kommen.

Ein paar Schreie waren zu hören. Irgendwann kam der Arzt und schickte uns weg, damit er Elias untersuchen konnte, worauf wir uns draußen auf den Zaun setzten und warteten. Wieder Schreie aus der Scheune.

Was war denn das?, fragte Wilson.

Eine Mutter, sagte ich. Sie kriegt in dem Zimmer neben Elias ein Baby. Wir waren alle still, sogar Aggie, und hörten der Frau beim Schreien zu.

Also, ich würde ja sagen, nicht mit mir, würde dem Arzt die Knarre klauen und mir die Kugel geben, sagte Aggie. Wir hörten der Frau weiter zu. Bis auf die Schreie war alles totenstill.

Das ist wahrscheinlich ihr Mann, sagte ich und deutete auf einen Typen in Latzhose, der mit einer Horde Kleinkinder in einem Pick-up saß.

Warum geht er denn nicht rein?, fragte Wilson.

Das macht man hier nicht, sagte ich.

Irgendwann kam Elias auf viel zu kurzen Krücken aus der Scheune gehumpelt – gebeugt wie ein alter Mann. Wilson begleitete ihn zum Pick-up, Aggie fing Oveja ein, und ich schlug mich ins Maisfeld, um Marijke zu suchen, damit wir fahren konnten. Es dauerte eine Weile, bis ich sie fand: Sie saß weinend auf der Erde. Ich ging in die Hocke und fragte, was los sei, und sie sagte, sie hätte jetzt immer wieder die Augen zugekniffen, denn irgendwann müsste doch mal, wenn sie sie aufmachte, ihr Sohn vor ihr stehen. Sie hätte das Gefühl, hier noch durchzudrehen in dieser Scheißwüste. Oder hätte jedenfalls Angst davor. Sie würde am liebsten auf der Stelle zurück nach Deutschland, hätte aber Angst, dass Diego sie dann umbrachte.

Ich kann jetzt nicht weg, sagte sie. Sonst ist sein ganzer Film versaut. Und dann bringt er mich um. Ganz einfach.

Er bringt dich nicht um, sagte ich. Das wäre doch bescheuert.

Er droht aber die ganze Zeit damit, Alfredo umzubringen, sagte Marijke. Wieso dann nicht mich?

Das meint er nicht ernst, sagte ich. Das ist doch bloß Gerede.

Ich fühle mich, als würde ich allmählich verschwinden. Schau mich an. Siehst du mich?

Ja, ich sehe dich, sagte ich.

Ich legte ihr die Hand auf die Schulter.

Wir sollten zurückgehen, sagte ich. Elias ist fertig.

Manchmal kommt es mir vor, als wäre mein Leben überhaupt nicht echt, sagte sie.

Das kenne ich, sagte ich, ich merke manchmal nur an dem Schmerz in meiner Brust, dass ich lebe, denn im Himmel gibt's keine Schmerzen.

Woher willst du wissen, dass du in den Himmel kommst?, fragte Marijke.

Ich streckte ihr die Hand hin und zog sie hoch. Beinahe wäre mir herausgerutscht, dass sie ja federleicht war, aber dann fiel mir noch rechtzeitig ein, dass sie davor gerade Angst hatte, und ich hielt lieber den Mund.

Auf der Heimfahrt schwiegen wir, ein jeder erschöpft von der Sonne und seinem eigenen Schmerz. Die Crew war durch die diversen Übelkeitsanfälle dünner geworden. Anfangs hatten wir uns mit Müh und Not zu viert in die Kabine gequetscht, jetzt passten wir schon zu fünft rein. Ich bat Wilson, Aggie und mich bei meiner Hofeinfahrt abzusetzen. Wir müssten noch die Kühe melken, aber dann würden wir rüberkommen und für alle irgendwas zusammenkochen. Wir stiegen aus, ohne uns zu verabschieden, und stießen auf eine Schachtel, die mitten in der Einfahrt stand.

Das sind noch mal Kindersachen von dir, sagte Aggie. Ich molk wie wild vor mich hin, während sie die Kleider aus der Schachtel nahm und jedes Hemdchen einzeln gegen die nackte Glühbirne hielt, die an einem Kabel von der Stalldecke hing.

Boah, ist das hässlich, sagte sie.

Das hattest du auch an, sagte ich. Und Katie wahrscheinlich vor mir. Tu's wieder rein, und dann stell die Schachtel in die Scheune und hilf mir hier.

Wenn doch Katie jetzt hier wäre, sagte Aggie.

Ach ja?, sagte ich. Du redest doch sonst nie von ihr.

Dürfen wir ja nicht, sagte Aggie.

Oder ist es einfach leichter, sie zu vergessen?, sagte ich.

Nein, sagte Aggie. Das ist das Schwerste auf der Welt.

Stimmt, sagte ich. Mit mir kannst du über sie reden, wenn du willst.

Will ich ja gar nicht.

Obwohl du gern hättest, dass sie hier wäre?

Ja, sagte Aggie. Aber über sie reden bringt nichts.

Doch, sagte ich. Woran erinnerst du dich denn?

An nichts, sagte Aggie.

Aggie, sagte ich. Das stimmt nicht. Du erinnerst dich wohl. Wieso wünschst du sie dir her, wenn du dich nicht an sie erinnerst?

Na ja, du erinnerst dich doch an sie, oder?, sagte Aggie.

Natürlich, sagte ich.

Hättest du denn nicht gern, dass sie hier wäre?

Deine Frage hat doch keinen Sinn.

Wieso nicht?, sagte Aggie. Hast du sie denn nicht geliebt?

Darum geht es nicht. Natürlich habe ich sie geliebt.

Dad hat gesagt, dass du deine Phantasie mehr liebst als die Wirklichkeit.

Wie bitte?, sagte ich. So ein Quatsch!

Hat er so gesagt, sagte Aggie. Vielleicht stimmt's ja. Wär doch nicht schlimm.

Wir müssen uns beeilen, sagte ich.

Wieso müssen wir uns beeilen?, fragte Aggie. Bist du in Wilson verliebt?

Jetzt tu die Sachen wieder zurück in die Schachtel, sagte ich.

Beim Abendessen holte Diego zu einer Motivationsrede aus. Er entschuldigte sich bei Darstellern und Team für seinen Ausraster auf dem Berg. Er verlor sogar die Fassung, deckte die Hand über die Augen und bedauerte, dass er uns in Gefahr gebracht hatte. Er erkundigte sich bei Elias nach dessen Knöchel. Die Stimmung war gedrückt. Alle paar Meter ging irgendwas schief. Diego hatte eine Flasche Tequila besorgt, aus der er jetzt allen einschenkte, sogar Aggie. Die Mexikanerin, die er für das Küssen von Alfredo angeheuert hatte, aß auch mit, dazu zwei ihrer Kinder. Ich fragte sie auf Spanisch, ob sie sich so weit ganz wohlfühlen würde, und sie antwortete, sie warte einfach auf ihr Geld. Alfredo lag mit einem Kissen über dem Kopf auf der Couch. Diego gab zu, dass die Zeiten hart seien und die Umstände nicht die einfachsten, Zeit und Geld würden knapp, er sei aber zuversichtlich, dass es am Ende schon klappen werde und wir in einem guten halben Jahr in edlen Roben champagnerschlürfend auf einer Party-Yacht in Cannes stehen würden, wo die Welt vom Ergebnis unserer Anstrengungen völlig überwältigt wäre.

Die Kunst, einen Film zu drehen, ist wie eine explodierende Bombe, sagte er, sie zerstört, schafft aber auch Neues.

Ich versuchte, Marijke das zu übersetzen, aber sie verstand es nicht so recht. Ich hatte ihr gegen ihre Anämie eine Riesenschüssel Salat gemacht, auf die ich nun ständig deutete, als wären die Salatblätter Granatensplitter und sozusagen eine Metapher für den kreativen Prozess. Am liebsten hätte ich die Schüssel genommen, den Salat hochgeworfen und die Blätter wieder aufgeklaubt und in die Schüssel gelegt, aber da wäre ich mir doch zu blöd vorgekommen, außerdem war Diego inzwischen dazu übergegangen, die Kunst des Filmemachens mit Analsex (pervers und anfangs schmerzhaft) und der Auferstehung von Jesus Christus zu vergleichen.

Wir brauchen noch Decken, sagte Elias.

Und Wasser, sagte Sebastian.

Wilson begleitete Aggie, Oveja und mich zu mir nach Hause. Ich flüsterte ihm zu, dass es Marijke wohl nicht so gut ging und dass sie Angst hatte, hier draußen noch durchzudrehen. Trotz all ihrer Theorien und ihrem Voodoo?, fragte Wilson.

Na ja, wir sind schließlich mitten in der Wüste, sagte ich. Er nickte, tja, da wäre was dran. Er bräuchte immer ein ganzes Jahr, um sich von Diegos Filmen zu erholen. Der Mann raubt dir die Seele, sagte er, und dann darfst du hinterher wieder eine Ewigkeit danach suchen.

Marijke will aber nicht nach ihrer Seele suchen, sagte ich.

Wenn man bei Verstand bleiben will, sollte man lernen, seine Einsamkeit zu kommunizieren, sagte Wilson.

Also Diego will, sagte ich, dass Marijke mal 'ne Runde laufen geht

Laufen?, fragte Wilson.

Um den Kopf klarzukriegen.

Und was sagt sie dazu?, fragte Wilson.

Nichts. Ich habe es ihr nicht übersetzt.

Warum nicht?, fragte Wilson.

Ich weiß nicht, sagte ich. Ich halte das für keine so gute Idee.

Weil sie vielleicht nicht mehr wiederkäme?, fragte Wilson.

Damit war unser Gespräch zu Ende. Er fasste mich kurz an der Schulter, ich nickte wie ein Mann. Wir verabschiedeten uns. Und dann brach die Nacht richtig an.

Aggie war ins Bett gegangen, und ich saß im Dunkeln am Küchentisch und dachte an meine Familie. Vor allem an meine Mutter. Ich versuchte, mich mit Erinnerungen an früher aufzuheitern. In Kanada hatten wir ein Telefon gehabt. Es war nagelneu und hatte noch nie geklingelt. Als es dann das erste Mal klingelte, ging ich ran und reichte es meiner Mutter. Es war Tante Hildie. Katie und ich hörten dem Gespräch zwischen Mom und ihr ziemlich verwundert zu. Ja, sagte Mom, das hast du mir schon gesagt. Nein, sagte sie, ich vergesse es nicht. Ja, sagte sie, das finde ich auch. Ich muss jetzt Schluss machen. Ja, ich denke bestimmt dran. Also Hildie, sagte sie, natürlich will ich, dass du stirbst. Dann verabschiedete sie sich, legte auf und kam in die Küche zurück. Katie und ich platzten fast vor Lachen, worauf unsere Mutter uns auf Deutsch fragte, was denn in uns gefahren sei, und wir die Frage an sie zurückgaben. Und dann sagte sie, Tante Hildie hätte sich just an jenem Tag Gedanken gemacht, was wohl passieren würde, wenn sie ins Koma fiele, denn sie wollte auf keinen Fall künstlich wiederbelebt werden, und unsere Mutter sollte sich das unbedingt merken.

Kann man Einsamkeit kommunizieren, wenn keiner zuhört außer einem selbst? Ich blickte mich in meinem kleinen Häuschen um und dachte: Ach. Ist das ein Gebet? Ich fiel auf die Knie, senkte den Kopf, faltete die Hände und flüsterte, lieber Gott, bring mir Liebe. Bitte bring mir Liebe. Bring mir echte Liebe. Bring mir Liebe. Ich machte die Augen auf, stand wieder auf, ging ins Schlafzimmer, legte mich zu Aggie ins Bett und wartete.

Ich wartete und wartete. Dann klopfte es an der Tür. Es war mein Vater, der mir mitteilen wollte, dass er mein Haus gerade an seinen Soundso verkauft hatte, einen Weißdergeier siebten Grades; ich müsse ausziehen und mir mitsamt Aggie, falls sie bei mir wohne, wobei es ihm ehrlich gesagt völlig egal sei, wo sie sich befinde, eine andere Absteige suchen. Wir könnten ja bei irgendeinem Mexikaner-Capo putzen gehen. Wenn wir Glück hätten.

Ich knallte ihm die Tür vor der Nase zu und lauschte. Nichts. Er musste zu seinem Haus zurückgegangen sein. Dann hörte ich, wie Bibelverse rezitiert wurden. Er stand also noch da. Ich aber habe für dich gebeten, dass dein Glaube nicht aufhöre, sagte er. Und dann lauter, in einem einstudierten Crescendo, das ich in- und auswendig kannte:

Er sprach aber zu ihm: Herr, ich bin bereit, mit dir ins Gefängnis und in den Tod zu gehen!

Ich wägte ab, ob ich Kaffee machen oder wieder ins Bett gehen sollte.

Er aber sprach: Petrus, ich sage dir: Der Hahn wird heute nicht krähen, ehe denn du dreimal verleugnet hast, dass du mich kennest.

Ich fand die Kaffeedose nicht. Ließ versehentlich eine Schranktür zuknallen und fluchte. Aggie sollte doch nicht aufwachen.

Dann wollte er zu mir ins Haus. Ich blieb stumm. Er fing an zu brüllen, und dann kam Aggie doch aus dem Schlafzimmer, und wir starrten gemeinsam die Tür an.

Hier ist Julius Voth, sagte er.

Lass ihn nicht rein, sagte sie.

Dann ertönte eine andere Stimme.

Wer ist denn das?, fragte Aggie.

Ich glaube Diego, sagte ich.

Unser Vater fragte ihn, was er da mache, und Diego antwortete, er hätte vor dem Haus gestanden und in den Himmel gesehen, ob es Regen geben würde, und dann hätte er Geschrei aus meiner Richtung gehört und sich gefragt, was da los sei und ob ich vielleicht Hilfe bräuchte.

Dann können Sie jetzt ja wieder gehen, sagte mein Vater, und uns in Ruhe lassen.

Das werde ich, sagte Diego, aber Sie gehen auch nach Hause, ja?

Ich lasse mir auf meinem Grund und Boden doch keine Vorschriften von Ihnen machen, sagte mein Vater

Aggie und ich saßen stumm am Tisch und warteten, bis das alles vorbei war. Es dauerte. Auseinandersetzungen zwischen zwei Visionären können sich in die Länge ziehen, das weiß ich jetzt. Einer von beiden ist bald tot, dachte ich. Aggie malte derweilen mit Mehl auf den Tisch. Winzige Wörter, dann größere, wie auf einer Sehtafel, dazu Herzchen und Wolken und Kakteen und Planeten. Ich schweifte in Gedanken weit ab, nach Kanada, zu Schnee, zu Forts, zu Munition, die schmelzen konnte, zu roten Handgelenken, die aus zu kurzen Parkaärmeln guckten, zu Augen, die vor lauter Kälte zufroren.

SECHSTES KAPITEL

Heute muss Marijke sterben. Das ist nicht ganz chronologisch, aber Diego möchte die Szenen, bei denen Mennonitenmitarbeit vonnöten ist, möglichst schnell im Kasten haben. Den Rest, Naturszenen oder was auch immer, kann er auch woanders drehen, irgendwo in der Nähe. Diego zufolge hat mein Vater ein Kopfgeld auf ihn ausgesetzt. Wenn er nicht sein dreckiges Pornofilmteam, in dem alle leben wie die Schweine und seine Töchter vergewaltigen, auf der Stelle packt und abhaut, dann verirrt sich noch eine Kugel in seinen Kopf, hat mein Vater angeblich gesagt. Diego hat seinerseits meinem Vater kurzen Prozess angedroht, falls der ihm irgendwie ins Handwerk pfuscht und ihn seinen Film nicht zu Ende drehen lässt. Ich habe keine Ahnung, wie viel da dran ist.

Ich habe Diego gefragt, wann er mich für meine Arbeit bezahlt, und er hat gesagt, morgen. Erst müsse er Carlito bei der Polizei auslösen.

Carlito Wiebe?, fragte ich, und Diego sagte, genau, Carlito Wiebe. Den hätte er für die Rolle von Alfredos Freund angeheuert, aber dann sei Carlito in Campo 4 wegen irgendeiner Drogengeschichte aufgeflogen, und jetzt sitze er im Knast. Wie viel kostet das denn?, fragte ich.

Viertausend Pesos, sagte er. Plus eine Rolle im Film für den Bullen.

Ich solle mir keine Sorgen machen, sagte Diego. Und ob mein Vater eigentlich wahnsinnig sei, und ich sagte, ach, du meinst Julius Voth? Genau den meine er. Dann entschuldigte er sich, dass er so über meinen Vater geredet hatte, und ich erzählte ihm, dass Aggie und ich aus dem Haus müssen, weil mein Vater es verkauft hat. Wir könnten bei ihnen wohnen, sagte Diego sofort. Marijke würde sich freuen, und mit noch zwei Frauen im Haus würde sie vielleicht weniger leicht austicken.

Auf dem Weg zum Drehort der Sterbeszene machten wir kurz halt, um noch schnell eine Szene zu drehen, in der sich Alfredo und Marijke im Auto unterhalten. Alfredo soll Marijke sagen, dass er sich diese Frau einfach nicht aus dem Herzen reißen kann oder so, und Marijke soll ihn fragen, warum er nicht mehr mit ihr, Marijke, zusammen sein will. Ich lehnte mich ins Beifahrerfenster und sagte Marijke, dass sie diesmal direkt in die Kamera schauen solle. Sie werde zwar nicht wirklich mit Alfredo reden, aber es solle so aussehen, als ob. Alfredo war nämlich gar nicht da. Sie redete mit der Kamera, die Miguel auf dem Bauch hatte. Miguel lag mehr, als er saß, und steuerte den Wagen mit der Kamera auf dem Bauch. Er konnte kaum übers Armaturenbrett sehen. Elias, Sebastian und Diego saßen auf der Rückbank. Sag ihr, sie soll direkt auf den Punkt über dem

Objektiv schauen, sagte Diego. Und stumm bis zehn zählen und dann mit der Kamera reden, als wäre es ihre große Liebe.

Ich sagte Marijke auf Deutsch, sie solle bis zehn zählen und dann den Punkt über dem Objektiv fragen, warum er nicht mehr mit ihr zusammen sein will. Marijke nickte.

Und dann, sagte ich, frag, ob es daran liegt, dass deine Scheide nach den ganzen Kindern so ausgeleiert ist.

Diesmal war ich zu weit gegangen. Marijke grinste, das wäre doch wohl nicht mein Ernst. So was hätte Diego nie im Leben geschrieben. Oder? Okay, nein, du hast recht, sagte ich, aber so wäre es interessanter, und eigentlich trifft es doch den Kern, oder?

Wir können ihm seinen Film nicht mit so was kaputt machen, sagte Marijke.

Wieso? Die Leute, die den Film sehen, verstehen es doch sowieso nicht, sagte ich.

Es passt nicht zu meinem Charakter, sagte Marijke, ich meine, zu ihrem Charakter.

Welchem Charakter?, fragte ich. Sie ist doch bloß ein Requisit in Alfredos dunkler Nacht der Seele. Seinem seelenzerreißenden existenziellen Dilemma. Sie kriegt doch kaum Luft.

Hat Wilson das gesagt, fragte Marijke.

Ja, erwiderte ich. Lass dir von Diego nicht die Seele rauben.

Was redest du denn da?

Ach, keine Ahnung, sagte ich.

Ich war plötzlich erschöpft. Diego trieb uns zur Eile

an. Er fragte, ob Marijke ihren Text könne, und ich sagte ja.

Na denn los, sagte er.

Miguel ruderte den Pick-up halsbrecherisch die Straße entlang. Es war offensichtlich, dass ihm die Sicht versperrt war. Ich blickte den beiden nach. Nachdem ich im Stillen bis zehn gezählt hatte, drehte Marijke den Kopf zur Kamera, ihrem Mann, um ihm ihr gebrochenes Herz auszuschütten. Die beiden verschwanden in einer Staubwolke. Dann kamen sie wieder und fuhren wieder, kamen und fuhren, bis Diego seine Aufnahme hatte. Er und die anderen beugten sich über den kleinen Kasten, in dem sie sehen konnten, was sie gedreht hatten, und nickten zustimmend. Super. Perfekt. Wilson würde mit den Mustern heute noch nach Mexico City fliegen, damit sie mein Vater nicht in die Finger bekam.

Kommst du wieder?, fragte ich.

Ja, antwortete er.

Wir rasten mit dem Auto zum Haus zurück, weil Diego sich Alfredo noch mal zur Brust nehmen wollte. Die Sterbeszene wurde verschoben, da mein Vater in der Kirche herumgetönt hatte, wer mit Diego zusammenarbeite, hätte seinen Logenplatz in der Hölle schon sicher. Diego würde ihnen Frau und Kinder rauben und den Willen Gottes pervertieren. Mein Vater hätte seinen Standpunkt ziemlich deutlich gemacht, sagte Diego.

Was soll das heißen?, fragte ich.

Keiner hier in der Gegend wird mit den Gehilfen des Teufels noch Geschäfte machen, sagte er. Alfredo hätte ihm rübergefunkt, dass er heute beim Zigarettenkaufen doppelt so viel hätte bezahlen müssen wie sonst. Desgleichen für seine Vampiros. Und im Wayfarer's Inn hätten sie ihn erst gar nicht bedient. Er hätte die Schnauze voll. Würde den Druck nicht mehr aushalten. Die Sache sei für ihn gestorben. Diego hat ihn ins Haus zitiert. Und Sebastian losgeschickt, noch mal mit Geld und der innigen Bitte, ihm doch die Ausübung seiner Kunst zu erlauben. Sebastian sollte möglichst vielen Leuten sagen, die Filmpremiere würde in Campo 6.5 stattfinden, und alle, Jung und Alt, wären herzlich eingeladen, und dann würde der fromme Geist des Films schon zur Geltung kommen und zeigen, wie sanftmütig und versöhnlich die Mennoniten im Grunde ihres Herzens sind.

Das klingt nach Krieg, sagte Aggie.

Ist es auch, sagte Diego.

Als wir zum Haus kamen, stand Alfredo mit seiner Frau und meinem Vater mitten auf dem Hof. Diego sprang aus dem Pick-up und ging mit ruhigen Schritten auf das Trio zu.

Komm, wir gehen ins Haus, sagte ich zu Aggie.

Nein, ich will hören, was sie sagen, sagte sie.

Aggie, sagte ich. Wir gehen jetzt rein.

Nein, ich bleibe hier. Geh du doch.

Er zerrt dich wieder nach Hause, sagte ich.

Das kann er gar nicht, sagte sie. Oder?

Natürlich kann er, sagte ich. Jetzt komm endlich ins Haus. Oveja nehmen wir auch mit.

Wir gingen an Diego, Alfredo mit seiner Frau und unserem Vater vorbei. Oveja bellte sie an.

Schau nicht hin, sagte ich. Lass dir die Angst nicht anmerken.

Ich habe keine Angst, sagte sie.

Unser Vater sagte etwas zu uns, etwas, das ich nicht verstand. Wenn es ein hartes Wort war, kam es mit einem leisen Zittern heraus, als ob er nicht davon überzeugt gewesen wäre. Vielleicht habe ich mir das aber auch nur eingebildet. Zärtlichkeit sickerte heraus wie Saft aus einer Rinde. Vielleicht auch nicht. Dann richtete er das Wort an Diego.

Das ist nicht Ihr Grund und Boden, sagte er. Er gehört Ihnen nicht.

Ich habe dieses Haus gemietet, sagte Diego, und dazu das Land, auf dem es steht. Deshalb gehen Sie jetzt bitte. Wir haben zu tun.

Wer da sucht, seine Seele zu erhalten, der wird sie verlieren; und wer sie verlieren wird, der wird ihr zum Leben helfen.

Wie bitte?, sagte Diego.

Ich sage euch, sagte mein Vater: In derselben Nacht werden zwei auf einem Bette liegen; einer wird angenommen, der andere wird verlassen werden.

Komm Aggie, los jetzt, sagte ich. Gehen wir rein.

Zwei werden mahlen miteinander, sagte mein Vater; eine wird angenommen, die andere wird verlassen werden.

Irma, sagte Diego, was erzählt er mir da?

Ich nuschelte etwas Undefinierbares vor mich hin und schob Aggie aufs Haus zu.

Zwei werden auf dem Felde sein, sagte mein Vater;

einer wird angenommen, der andere wird verlassen werden!

Schon gut, sagte Diego, ich glaube, ich hab's kapiert. Aber –

Und sie antworteten und sprachen zu ihm: Herr, wo? Er aber sprach zu ihnen: Wo das Aas ist, da sammeln sich auch die Geier.

Okay, okay. Diego hob die Hände, um meinen Vater zu bremsen.

Dann hatten Aggie und ich das Haus erreicht und konnten nicht mehr hören, was sie sagten. Wir beobachteten sie durchs Küchenfenster. Inzwischen waren Elias und Miguel aufgetaucht und standen jetzt ebenfalls dort draußen, räusperten sich und blickten zum Himmel. Dann kam Wilson ins Haus und sagte, er müsse jetzt auf der Stelle mit den Mustern zum Flughafen. Er hatte die Rollen unterm Arm und einen kleinen, vollgestopften Rucksack in der Hand.

Kannst du Aggie mitnehmen?, fragte ich.

Wie bitte?, sagte er. Das wird schlecht gehen. Wieso sollte ich?

Wieso denn nicht?, fragte ich. Sie kann dir tragen helfen.

Irma, das ist keine so gute Idee, sagte er.

Wieso nicht?, fragte ich.

Es wäre einfach Unsinn, sagte er.

Na und?, sagte ich.

Mittlerweile zitterte ich leicht, so ein richtig schön altmodisches Bibbern, bemühte mich aber, es mir nicht anmerken zu lassen. Dann kam Diego ins Haus und meinte, Wilson solle noch zwei, drei Leute aus Mexico City mitbringen und José, dem Produzenten, das mit dem Geld erklären. Er redete so schnell, dass ich ihn nicht genau verstand.

Irma, sagte Diego, geh mit Wilson zum Pick-up und nimm Oveja mit. Und dann komm wieder ins Haus.

Nein, sagte ich. Ich will Aggie nicht ohne Oveja im Haus lassen.

Bloß, bis die Muster im Truck sind, sagte Diego, dann bringst du den Hund wieder rein. Jetzt geh.

Oveja, Wilson und ich gingen rüber zum Pick-up, vorbei an meinem Vater, Alfredo mit Frau und noch ein paar Leuten vom Team. Wilson legte seinen Rucksack und die Filmrollen auf den Beifahrersitz, stieg ein und verabschiedete sich bis zum nächsten oder übernächsten Tag, und dann gingen Oveja und ich an den ganzen Leuten vorbei, die uns stumm angafften, zurück ins Haus. Diego kam wieder raus und sagte irgendwas zu Elias, dann verwickelte er meinen Vater in ein Gespräch, während Elias den Pick-up hinter den von meinem Vater stellte, ebenfalls zurück ins Haus ging, sich ein Bier genehmigte und tief durchatmete.

Was ist da los?, fragte ich.

Diego will nicht, dass dein Vater Wilson nachfährt und die Filmrollen klaut, bevor er in Chihuahua am Flughafen ist. Deswegen musste ich ihn zuparken.

Ich sah aus dem Fenster. Draußen im Hof stand mein Vater inmitten von lauter jungen Filmleuten. Alfredo und seine Frau hatten sich in den Schatten vor dem Stall gestellt. Seine Frau war klein und drahtig und hatte goldgrüne Augen und ein ansteckendes Lächeln mit einem toten Zahn. Jetzt musste Diego doch gleich Cut sagen, und dann würden alle wieder in ihr echtes Leben zurückkehren. Ich starrte meinen Vater durch die Fensterscheibe an. Er wurde bestimmt allmählich müde, und sein Rücken tat ihm weh. Er konnte nicht lange stehen, weil er eine schlimme Skoliose hatte; sein Rücken sei richtig schlangenförmig, hatte der Arzt gesagt und ihm eine fünf Zentimeter hohe Einlage für den einen Schuh verordnet. Ich wollte mir nicht ansehen, wie er mit ausgebreiteten Händen dastand, sich mit dem Handrücken den Schweiß von der Stirn wischte und nach spanischen oder englischen Worten ringen musste, was seine Wut nur noch steigern würde.

Das wird er nicht machen, sagte ich.

Was wird er nicht machen?, fragte Elias.

Wilson nachfahren, sagte ich. Das wäre doch Schwachsinn.

Man weiß ja nie, sagte Elias. Wie so ein Sturm ... ein schwarzer Sturm ... *no*?

Doch, sagte ich.

Der dreht sich und dreht sich, sagte er. Innen drinnen. Den kann er nicht beherrschen.

Stimmt, sagte ich. Ein Tornado.

Genau, sagte Elias. Ein Tornado weiß nicht, was er tut. Er kreiselte plötzlich in der Küche herum und stieß absichtlich gegen Stühle, Wände und Küchengeräte.

Ich hab's kapiert, sagte ich, du bist ein Tornado.

Machen wir doch Musik an, sagte er.

Er legte eine CD auf, damit die Stimmen von draußen übertönt wurden, und dann sahen Aggie und ich im Cumbia-Rhythmus zu, wie unser Vater und Diego sich stritten. Allmählich nahm die Szene im vergehenden Licht weiche, traumartige Züge an. Aggie, der langweilig wurde, nahm das grüne Klebeband, mit dem Diego den Schauspielern ihre Position anzeigte, und dekorierte damit die Wände. Elias telefonierte mit dem Handy. Er freute sich, dass er hier auf dem Mond endlich Empfang hatte, und lief im ganzen Haus auf und ab, um ihn zu behalten. Hörst du mich jetzt? Ist das besser? Die Verbindung riss ab. Er fluchte. *Puta.* Das war meine Freundin, sagte er. Sie hat gerade unterschrieben, dass sie ihre Körperteile einem Krankenhaus spendet oder so was.

Das ist aber nett von ihr, sagte ich.

Sie schenkt ihren Körper lieber der Wissenschaft als mir, sagte Elias.

Tja, Wissenschaft ist Wissenschaft, sagte ich. Ich hatte keine Ahnung, worum sich diese Unterhaltung überhaupt drehte.

Das stimmt, sagte er. Präzise und nützlich. Was kann ich ihr dagegen schon bieten?

Ich hatte keine Ahnung, ob er das ernst meinte. Sobald seine Freundin merken würde, sagte ich, wie anstrengend es ist, seine Körperteile zu stiften, würde sie es sich bestimmt anders überlegen.

Nein, Irma, dann wäre sie doch tot, sagte er. Es geht um das Danach.

Ich wohne in einer Kellerwohnung unter dem Meeresspiegel in Vancouver und tue so, als ob ich in Seminare über Kunst und Marxismus gehen würde, sagte ich mir vor. Das war ein Zitat aus einem Brief, den eine Cousine meiner älteren Schwester Katie geschrieben hatte – damals vor zehntausend Jahren in Kanada. Komm doch auch. Es gefällt dir hier bestimmt! Wenn ich nicht weiß, was ich sagen soll, sage ich mir diese Sätze manchmal vor, denn dann weiten sich meine Augen immer ein bisschen, kriegen womöglich sogar einen freudigen Glanz oder einen schuldbewussten oder einfach einen hellen, einen Lotsenfischglanz. Und tue so, als ob ich in Seminare über Kunst und Marxismus gehen würde. Komm doch auch. Es gefällt dir hier bestimmt.

Diego kam ins Haus und bat Elias, die Musik leiser zu drehen. Mein Vater stand allein im Hof, ganz in der Nähe des Schattens, den der Kuhstall warf. Er hätte in den Schatten gehen können, tat es aber nicht. Alfredo und seine Frau waren verschwunden. Diego wollte mit mir unter vier Augen sprechen, und ich folgte ihm den langen Flur hinunter, der meinen Cousins und Cousinen gehört hatte, durch die Tür mit dem auf dem Kopf stehenden Kreuz und in sein Zimmer. An einer Wand standen Flaschen mit einer Flüssigkeit, die aussah wie Urin. Er hatte Stapel von Büchern und ein ordentlich gemachtes Bett.

Bitte nimm Platz, Irma, sagte er. Ich setzte mich aufs Bett, er setzte sich daneben und fasste mich an der Schulter. Aggie muss wieder zurück, sagte er. Ich habe es deinem Vater versprochen. Wenn sie nicht geht, ruft er bei der Polizei und bei allen Zeitungen in Mexico City an und behauptet, ich hätte sie gekidnappt.

Sie kann nicht zurück, sagte ich. Ich habe ihr versprochen, dass sie nicht muss.

Sie muss zurück, sonst kann ich meinen Film nicht zu Ende drehen.

Ich weiß, sagte ich, aber sie kann nicht zurück.

Und wenn ich mit dem Film fertig bin, dann sorge ich dafür, dass euch beiden nichts passiert.

Wie willst du das denn machen?, fragte ich.

Keine Sorge, sagte er. Da fällt mir schon was ein.

Er ruft doch nicht wirklich bei der Polizei und bei den Zeitungen in Mexico City an, sagte ich.

Woher willst du das wissen?, fragte Diego.

Außerdem, und wenn?, sagte ich. Dann sagst du, dass du sie nicht gekidnappt hast, und fertig.

Darum geht es nicht, sagte Diego. Er will, dass sie nach Hause zurückkommt. Und wenn sie das nicht tut, ruiniert er mir die ganze Produktion.

Nein, sagte ich. Sie kann nicht zurück.

Irma, sagte Diego, sie muss zurück. Bitte. Ich flehe dich an. Bitte sag ihr, dass sie nach Hause muss.

Ich kann ihr überhaupt nichts befehlen, sagte ich. Sie hört nicht auf mich.

Dann sage ich es ihr, sagte Diego.

Nein!, sagte ich. Bitte nicht.

Wir blieben eine Weile stumm und starrten auf die Bücher, die er auf einem kleinen Bord über dem Bett stehen hatte. Flehentlich sahen wir diese Bücher an, wie UNO-Friedensabgesandte, die uns aus unserer ausweglosen Situation heraushelfen sollten. Ich sah sie im Geiste sich schon umgruppieren, dort auf ihrem Brett, zu einer kryptischen Antwort, einer Lösung, aber sie bewegten sich keinen Zentimeter.

Sag meinem Vater, dass Aggie schon schläft und morgen früh nach Hause kommt, sagte ich.

Sie sitzt in der Küche und spielt mit Elias Karten, antwortete Diego. Dein Vater kann sie durchs Fenster sehen.

Sag ihm, sie hat Würmer, sagte ich.

Irma, sagte Diego, sie sitzt in der Küche und –

Und dass sie unsere Mutter damit nicht anstecken darf, sonst verliert sie das Baby. Die Würmer würden es von innen zer-

Das ist lächerlich, Irma, sagte Diego. Und das weißt du.

Sag ihm, dass sie sozusagen in Quarantäne ist.

Das glaubt er mir nie, sagte Diego.

Dann sag, dass sie Oveja mitnehmen muss, sagte ich.

Nein, sagte Diego. Oveja brauchen wir hier, außerdem wird ihn dein Vater einfach erschießen, wenn Aggie ihn ins Haus bringt.

Du hast gesagt, wir können bei euch wohnen, sagte ich.

Ich weiß, sagte Diego. Das war vorher.

Dann kündige ich, sagte ich. Ich kann nicht mehr für dich arbeiten. Wenn du Aggie heimschickst, bin ich auch weg.

Wo willst du denn hin?, sagte Diego und sah mich

freundlich an, mit ruhigem Blick, wie ein Polizist, der gerade einen Jugendlichen bei einer Lappalie erwischt hat und selber ein bisschen darunter leidet, ihn aber nicht laufen lassen kann, weil die Beweislage nun mal eindeutig ist.

Ich brauche mein Geld, sagte ich. Ich brauche meinen Lohn.

Das stimmt, sagte Diego. Morgen oder übermorgen bringt Wilson dein Geld aus Mexico City mit. Versprochen. Ich habe es José schon rübergefunkt.

Ich stand auf, ging aus Diegos Zimmer, den langen Flur entlang und durch die Küche, vorbei an Aggie, Marijke und den anderen, und auf den Hof hinaus zu meinem Vater, der in der Dämmerung allein dastand und wartete. Er stand immer noch auf demselben Fleck. Er hätte ein paar Schritte rübergehen und sich an die Kuhstallmauer lehnen können. Er hätte, als ich jetzt auf ihn zukam, die Arme ausbreiten können. Er hätte mit uns in Kanada bleiben und sich ein bisschen ändern können. Alles Mögliche hätte er tun können.

Lass Aggie heute noch bei mir übernachten, sagte ich. Sie soll mir helfen, meine Sachen zu packen und Herd und Kühlschrank und so weiter zu putzen, bevor du die Schlösser austauschst. Sobald wir fertig sind, schicke ich sie nach Hause. Für immer. Und mich bist du endgültig los.

Mein Vater sah furchtbar müde aus. Töchter, sagte er sich vermutlich im Stillen. Was sind das bloß für Wesen?

Das kannst du auch allein, sagte er.

Aber ich muss noch melken, und das alles plus Melken schaffe ich nicht bis morgen früh.

Fürs Melken brauche ich dich nicht mehr, sagte er. Das erledigt in Zukunft Klaus Kroeker.

Ach, sagte ich. Aus dem Haus drangen leise ein paar Cumbia-Fetzen. Die Sterne lachten mich aus, sogar der mickrige dort drüben in Texas, vier Stunden weiter nördlich.

Mir sind die Wörter ausgegangen, dachte ich. Ich habe nichts mehr. Ich habe versagt. Mein Vater stand einfach stumm da. Er konnte es abwarten, mich mürbe machen. Er konnte ewig so dastehen, wie die Tarahumara-Familie am Straßenrand. Den Trick musste ich mir unbedingt abschauen. Ich fasste mir an die Stirn, an den Punkt zwischen den Augen, die Quelle meiner Energie und meines Lichts, laut Marijke.

Bitte, sagte ich. Mehr hatte ich nicht zu bieten, ein mattes Flackern, mehr nicht. Nur diese Sparflammenbitte um Gnade. Ich senkte den Blick. Schlug die Hände vors Gesicht. Meine Augen brannten, Tränen schossen heraus. Ich kniete mich hin, erst auf ein Knie, dann auf beide, und betete wortlos zu meines Vaters Füßen. Als ich fertig war, machte ich die Augen auf, und er war verschwunden.

Ich brauche einen der Pick-ups, sagte ich.

Wozu?, fragte Diego.

In einer Stunde bringe ich ihn wieder zurück, sagte ich.

Wo willst du denn hin?, fragte Diego. Es ist spät.

Eine Freundin besuchen, sagte ich.

Geht Aggie nach Hause?, fragte Diego.

Ja, sagte ich. Ich setze sie auf dem Weg ab.

Ich will morgen sehr früh mit dem Drehen anfangen, sagte Diego. Schon so um fünf. Wir müssen so viel wie möglich schaffen, bevor alles zusammenbricht. Alfredo gibt mir noch drei Tage, dann ist er weg, hat er gesagt.

Alles klar, sagte ich. Ich bin pünktlich wieder da.

Und Marijke verliert den Verstand, sagte er.

Mit Marijke ist alles in Ordnung, sagte ich. Sie hat bloß das Gefühl, dass sie verschwindet, aber ich glaube, das ist ganz normal.

Aggie, Oveja und ich standen bei mir in der Küche, und Aggie versuchte, den Hahn am Spülbecken zum Laufen zu bringen. Vergeblich.

Lass, sagte ich. Er hat das Wasser abgedreht. Geh raus zur Pumpe, mach ein paar Eimer aus dem Stall voll und stell sie auf die Ladefläche des Pick-ups, und dann treffen wir uns in der Scheune.

Ja, aber was, wenn –

Aggie, sagte ich. Ich weiß, dass es gegen deine Religion verstößt, mir zu gehorchen, aber du machst jetzt mal Pause von deiner Religion und tust, was ich dir sage, okay? Ab sofort.

Stecken wir in der Scheiße?, fragte Aggie.

Ja, na ja, kann man so sagen, sagte ich. Ein bisschen. Deshalb eben.

Wie, deshalb?, fragte sie.

Deshalb habe ich einen Plan, sagte ich. Und später,

in einer Woche oder so, kannst du dich dann ab und zu wieder weigern.

Immer?, fragte Aggie.

Nur manchmal, sagte ich. Bloß damit deine liebe Seele Ruhe hat. Okay? Bitte.

Aggie stieß einen tiefen Seufzer aus, worauf Oveja sie traurig ansah, mit einem vor Mitgefühl triefenden Blick. Er war ja auch ein Rebell, ein Kämpfer, und begriff die weitreichenden Folgen dessen, worum ich sie gebeten hatte.

Komm, wir essen schnell was, sagte ich.

Im Kühlschrank, der seit dem Generatorausfall nicht mehr funktionierte, stand ein Rest Auflauf, von dem Aggie das Fleisch aß und ich die Kartoffelschicht obendrauf.

Dann gingen wir in den Hof, Aggie stellte sich an die Pumpe, und ich lief in den Stall und ließ die Kühe frei. Ich klatschte ihnen aufs Hinterteil und brüllte sie an, was Oveja auf den Plan rief; er kam angaloppiert und machte sich daran, knurrend und zähnefletschend die Kühe aus dem Stall in den Hof, in die Maisfelder und auf die Straße zu treiben. Aggie stellte die vollen Wassereimer auf die Ladefläche des Trucks.

Was soll denn das werden, wenn's fertig ist?, fragte sie.

Fahr den Pick-up rückwärts an die Scheune ran, sagte ich.

Wieso soll –

Aggie!, sagte ich. Tu's einfach. Was hab ich gesagt?

Ja, aber –

Nein, Aggie, du hast noch nicht begriffen. Im Moment hältst du die Klappe und tust alles, was ich sage.

Ja, aber –

Aggie! Herrgott! Bist du total bescheuert?

Okay, von mir aus!

Ich rannte in die Scheune, kletterte auf einen Heuballen und begann, Jorges Kisten herunterzuhieven. Aggie fuhr rückwärts an die Scheune ran, nahm dabei allerdings mit der Stoßstange eine Ecke mit. Ich brüllte sie an, stehen zu bleiben. Als sie ausgestiegen war und in der Scheune auftauchte, befahl ich ihr, die Kisten hinten aufzuladen.

Was ist das?, fragte sie.

Was für Carlito Wiebe, sagte ich. Komm, los.

Warte, sagte sie, wir müssen Oveja mitnehmen.

Nein, sagte ich. Der amüsiert sich gerade so gut mit den Kühen. Wir holen ihn nachher ab. Außerdem hat Carlito auch einen Hund, die kriegen sich sonst bloß in die Wolle.

Carlito Wiebe war zuerst böse, dass wir ihn mitten in der Nacht aufweckten, aber als er begriff, was los war, hob sich seine Stimmung etwas. Er lud die Kisten aus, schleppte sie in seine schmuddelige Küche und stapelte sie aufeinander. Dann lehnte er sich daran und schwang endlose Reden, dabei wollte ich doch nur, dass er uns endlich das Zeug abkauft, mir mein Geld gibt, und wir loskönnen.

Ich habe momentan nicht genug im Haus, sagte er.

Wie viel hast du denn?, fragte ich.

Ich weiß es nicht, ich muss nachsehen, sagte er.

Er ging in ein anderes Zimmer; Aggie und ich blieben in der Küche stehen. Sie gähnte. Carlito legte in dem anderen Zimmer Cowboymusik auf, und dann lief irgendwo Wasser.

Irma?, sagte Aggie. Bist du ein Narco?

Nein, sagte ich. Still jetzt.

Jorge bringt dich um, sagte sie.

Ach Quatsch, sagte ich.

Als Carlito wiederkam, eröffnete er mir, dass er mir so um die dreißigtausend Pesos geben könne. Nette Musik, was?, sagte er.

Stimmt, sagte Aggie, ziemlich gut.

Das ist eine neue Band aus Durango, sagte Carlito. Der Sänger ist gerade aus dem Knast gekommen.

Jorge hat gesagt, das ist mindestens eine Million Pesos wert, sagte ich.

Da täuscht er sich, sagte Carlito. Oder er wollte bloß angeben. Wenn du kein Interesse hast, gehe ich wieder ins Bett.

Für dreißigtausend kriegst du dann eben nur einen Teil, sagte ich, und den Rest nehme ich wieder mit.

Nein, Irma, sagte Carlito. Ich lasse ja ungern den Macker raushängen, aber du hast keine Ahnung, wovon du redest. Du weißt ja nicht mal, wie viel dreißigtausend ist. Außerdem, was willst du dann damit machen? Es mit dem Truck durch die Gegend kutschieren?

Aggie räusperte sich; ich sah einen Augenblick in ihre durchsichtigen Augen, und alle Schwäche verflüchtigte sich.

Vergiss es, sagte ich. Ich gehe zu jemand anders. Komm, Aggie, hilf mir, das Zeug wieder einzuladen. Ich zerrte an ihrem Kleid.

Moment mal, sagte Carlito. Vorschlag: Ich gebe dir vierzigtausend Pesos. Das ist ein guter Preis.

Leck mich, Carlito, sagte ich.

Leck mich, Carlito, echote Aggie. Wir gingen hinaus und stiegen wieder ein.

Er kommt aus dem Haus raus, sagte Aggie. Und wenn er uns jetzt erschießt?

Dann wären diverse Probleme gelöst, sagte ich. Ich kurbelte das Fenster hinunter und leuchtete ihm mit meiner Kuli-Taschenlampe in die Augen. Er hielt sich den Arm vors Gesicht, und ich schaltete sie aus.

Entschuldigung, sagte ich. Ich wollte nur sicher sein, dass du es bist.

Irma, sagte er, ich will ja nicht neugierig sein, aber was zum Teufel tust du da?

Drogen verkaufen!, sagte ich. Scheiße, Mensch, Herrgott, was soll das denn sonst sein?

Irma, sagte Aggie, du klingst ein klitzekleines bisschen hysterisch.

Weiß Jorge davon?, fragte Carlito. Hat er dich geschickt?

Nein, hat er nicht, okay? Bloß, ach, was weiß ich. Dann gib mir die vierzigtausend, ich muss los.

Vorschlag, sagte Carlito. Ich gebe dir fünfzigtausend. Aber versprich mir, dass du keiner Menschenseele erzählst, an wen du verkauft hast, nicht mal Jorge. Wie ist es, wollt ihr noch einen Sack Orangen? Carlito lief ins

Haus und kam mit einem großen Sack Orangen wieder zurück, den er hinten auf die Ladefläche warf.

Danke schön, sagte ich.

Bitte, sagte er. Und Gott sei mit dir.

Danke, Carlito. Mit dir auch.

Zähl das Geld, sagte ich zu Aggie.

Nein, antwortete sie. Ich habe Angst, dass es nicht stimmt.

Hm, okay, sagte ich, hast recht. Egal. Ich legte Aggie den nächsten Schritt auseinander, worauf sie ihre Füße gegen das Armaturenbrett stemmte und meinte, sie würde gern etwas sagen, wenn sie dürfte, irgendwas von wegen meinem mangelnden Geschäftssinn, aber sie durfte nicht. Wir rasten zurück zum Haus unserer Eltern, stürmten hinein und erklärten unserem Vater, dass die Kühe ausgerissen seien, dass Klaus Kroeker, den er fürs Melken angeheuert hatte, offenbar nicht gewusst habe, wie man die Stalltür richtig zumacht. Mein Vater riss sein Gewehr vom Ständer in der Küche, zog die Stiefel an und befahl Aggie und mir, ihm beim Einfangen zu helfen. Er war knallrot im Gesicht, weil er so stur den ganzen Tag in der Sonne ausgeharrt hatte. Ich sagte, wir würden mit dem Pick-up zum südlichen Ende des Feldes fahren, da, wo der kaputte Sprühflieger steht, und sie dort abfangen. Das war zwar etwas unlogisch, aber das muss an ihm vorbeigegangen sein, denn er rannte schimpfend und mit müden Augen aus dem Haus.

Wir gingen ins Elternschlafzimmer, und da lag unsere Mutter, das Nachthemd heruntergestreift und ein

Baby an der Brust. Wir starrten uns alle an, bis auf das Baby, das weiter gurgelnd nuckelte, und dann fragte unsere Mutter leise, was macht ihr denn hier, meine Mädchen? Was ist denn los? Und Aggie sagte, du hast das Baby gekriegt! Das hat uns kein Mensch gesagt! Schsch, sagte unsere Mutter lächelnd. Kommt, setzt euch her. Und dann legten wir uns beide für ein Weilchen neben unsere Mutter und ihr Baby, jede auf eine Seite, und berührten das Baby ganz sacht, um es nicht beim Trinken zu stören, und dann gestand ich meiner Mutter, dass wir schlechte Neuigkeiten hätten.

Meine Mutter blieb eine ganze Zeitlang stumm. Ich wünschte mir so, dass sie etwas sagen würde. Das Baby schlief ein, meine Mutter zog ihm ihre Brustwarze aus dem Mund und legte es vorsichtig neben sich, so dass es zwischen ihr und Aggie eingekuschelt lag; dann zog sie ihr Nachthemd wieder hoch. Sie bat mich, zur Seite zu rücken, damit sie aufstehen konnte, bat Aggie, beim Baby zu bleiben, ließ sich auf dem Weg in die Küche von mir stützen, weil sie von der Geburt noch Schmerzen hatte, und bat mich an den Tisch. Sie setzte sich ebenfalls und nahm meine Hände.

Wie geht's dir, Irma?, fragte sie und strich mir mit der Hand über Wange und Stirn. Wir flüsterten.

Ganz gut, sagte ich. Und dir?

Sie lächelte, es gehe ihr gut, abgesehen davon, dass ich ihr wahrscheinlich bald die Hand brechen würde, wenn ich sie weiter so fest drückte.

Weiß Jorge Bescheid?, fragte sie.

Nein, sagte ich.

Aber er ist doch dein Mann, sagte sie.

Ich weiß, sagte ich. Sie blieb eine Zeitlang stumm und starrte auf etwas Unsichtbares an der Wand.

Ist dir kalt?, fragte sie.

Nein, sagte ich.

Hast du Hunger?, fragte sie.

Nein, sagte ich.

Wirst du tapfer sein?

Ich werd's versuchen.

Ich hab dich lieb, Irma.

Ich dich auch.

Ich drückte mir mit den Fingern fest auf die Augen. Ich legte meiner Mutter den Kopf auf den Schoß, und sie streichelte mir übers Haar. Meine geliebte Irma, sagte sie. Dann sang sie ein paar Takte von einem Kirchenlied, das wir alle kannten, »Vater, voller Lieb und Freude«. Danach war sie wieder still. Streichelte mir weiter übers Haar.

Deine Zöpfe müssten neu geflochten werden, sagte sie.

Ich weiß, sagte ich.

Aber jetzt ist keine Zeit, sagte sie.

Stimmt, sagte ich. Sie versuchte, mir hochzuhelfen, sie flüsterte mir zu, ich solle den Jungs einen Abschiedskuss geben, die würden davon nicht aufwachen, und sie würde sich einstweilen noch ein bisschen mit Aggie unterhalten. Ich stand auf, ging zu den Jungs ins Zimmer und betrachtete sie. Doft war so tief unter seiner Decke vergraben, dass gerade noch sein verstrubbelter Kopf herausguckte, Jacobo hatte seine Decke weggestrampelt. Ich beugte mich nacheinander über meine schlafenden Brüder und gab ihnen einen Kuss. Sie rochen nach Schweiß und Heu. Ich hätte ihnen so gern etwas geschenkt, als Andenken an mich, aber ich hatte nichts. Ich gab jedem noch einen Kuss. Dann fielen mir die Orangen ein; ich ging hinaus, holte zwei aus dem Sack im Pick-up und legte meinen Brüdern je eine Orange aufs Kopfkissen. Draußen auf dem Flur hörte ich Aggie und meine Mutter im Elternschlafzimmer reden. Halt mich fest, Mom, sagte Aggie, noch fester, richtig fest. Beide weinten. Ich setzte mich wieder in die Küche und wartete.

Als meine Mutter kam, sagte sie, sie müsse mich um einen sehr großen Gefallen bitten. Ich antwortete, für sie würde ich alles tun.

Nimm sie mit, sagte sie, und sag mir nicht, wohin ihr fahrt.

Ich nehme sie ja mit, sagte ich. Deshalb sind wir doch hier. Um uns zu verabschieden.

Ich weiß, sagte sie. Ich meine das Baby. Bitte nehmt sie auch mit.

SIEBTES KAPITEL

Ich schrieb Diego einen Zettel und schob ihn unter der Tür durch, damit er ihn beim Aufwachen fand. Der Pick-up stehe in Chihuahua am Flughafen, Schlüssel liege im Aschenbecher. Ich bedankte mich für alles und wünschte ihm alles Gute für seinen Film. Ich bat ihn um Verzeihung, dass ich den Dreh vorzeitig verließ und den Pick-up mitnahm, er solle bitte Marijke von mir umarmen und alle anderen schön grüßen. Noch mal vielen Dank. Irma.

Ich raste los, in die aufgehende Sonne hinein. Aggie hielt das Baby auf dem Schoß und starrte es an.

Hat sie deine Augen?, fragte ich

Schwer zu sagen, sagte Aggie, es ist bloß eines offen. Und das ist dunkelblau.

Hm, sagte ich.

Ich glaube, sie hat keine Pupillen, sagte Aggie.

Natürlich hat sie Pupillen, sagte ich.

Ich weiß es nicht, sagte Aggie, ich seh keine.

Na ja, wenn das Auge dunkelblau ist, sagte ich. Bestimmt hat sie Pupillen.

Wozu sind Pupillen eigentlich gut?, fragte Aggie.

Ich weiß es nicht, sagte ich. Ich überschlug gerade, wie lange wir bis Cuauhtémoc brauchten, und ob die *farmacia* dann wohl schon auf war, damit ich Babynahrung und Fläschchen kaufen konnte.

Das solltest du in deinem Alter aber schon wissen, sagte Aggie.

Okay, sagte ich, Pupillen reagieren auf Licht. Sie weiten sich und ziehen sich zusammen.

Hm, sagte Aggie. Also, wenn sie keine Pupillen hat, brennt ihr die Sonne dann Löcher in die Augen?

Sie hat Pupillen, sagte ich.

Vielleicht ist sie blind, sagte Aggie.

Teste mal, ob sie blinzelt, sagte ich. Oder beweg die Hand und schau, ob sie ihr mit dem Auge folgt.

Aggie fuhr mit einer Hand langsam vor dem offenen Babyauge hin und her, worauf das Baby dieses Auge auch noch zumachte.

Das hat jetzt nicht so direkt geklappt, sagte Aggie.

Dem Baby fehlt schon nichts, sagte ich.

Das sagst du immer, sagte Aggie. Du behauptest immer, dass alles schon okay ist.

Das stimmt nicht, sagte ich. Ich bin doch nicht bescheuert.

Sie hat deine Fäuste, sagte Aggie.

Wie, Fäuste?, sagte ich. Du meinst, Hände?

Sie ist eine Kämpferin, sagte Aggie.

Ich bin aber keine Kämpferin, sagte ich. Die ballen sich von selber so. Streck sie.

Aggie nahm die Babyhände und hebelte sie vorsichtig auf. Die Kleine fuchtelte wie wild mit den Händen und versuchte, sich an den Wangen zu kratzen.

Das soll sie nicht, sagte ich.

Was soll sie nicht?, fragte Aggie.

Steck ihre Hände unter die Decke, damit sie sich nicht kratzt, sagte ich.

Ist das nicht komisch?, sagte Aggie. Erst gibt uns Mom die ganzen Babyklamotten, und jetzt haben wir ein Baby, aber ohne die Klamotten.

Ja und nein, sagte ich.

Suchen wir eigentlich Jorge?, fragte Aggie.

Ich weiß es nicht, sagte ich. Eher nicht.

Wilson?, fragte Aggie.

Nein, sagte ich. Ich weiß ja gar nicht, wo der ist.

Das weißt du bei Jorge auch nicht, sagte Aggie. Deshalb nennt man es ja suchen.

Sie kratzt sich immer noch, sagte ich. Steck ihre Hände unter die Decke. Oder halt sie wenigstens von ihrem Gesicht weg.

Ich hab mich gar nicht von den Jungs verabschiedet, sagte Aggie.

Die haben schon geschlafen, sagte ich. Aber es ging ihnen gut.

Siehst du, sagte Aggie, du sagst immer, alles ist gut.

Das hab ich nicht gesagt, sagte ich. Ich hab gesagt, dass es den Jungs gut geht.

Sogar über den dröhnenden Pick-up-Motor hinweg hörte man die Rufe der Trauertauben.

Dad wird Oveja umbringen, sagte Aggie.

Ach Quatsch, sagte ich.

Doch, sagte Aggie. Sag nicht immer was, was du gar nicht weißt. Ich hasse das. Er bringt ihn ganz bestimmt um.

Jetzt sagst du aber was, was du gar nicht weißt, sagte ich. Vielleicht bringt Oveja ihn ja vorher um.

Was er wohl macht, wenn er merkt, dass das Baby nicht mehr da ist?, fragte Aggie.

Gar nichts, sagte ich. Er hat sie doch kaum zur Kenntnis genommen. Mom wird ihm sagen, dass sie Dengue hatte und gestorben ist.

Und damit hat sich die Sache?, fragte Aggie.

Damit hat sich die Sache, sagte ich. Mit Dengue muss man schnell begraben werden. Mom wird sagen, sie hätte sie zu dem anderen, hinter der Scheune.

Und die Beerdigung?, sagte Aggie.

Lohnt sich nicht, sagte ich. Dad wird beim Abendessen ein Gebet sprechen und ihre Seele in den Himmel schicken.

Hat Mom was gesagt, wie sie heißt?, fragte Aggie.

Ximena, sagte ich.

Wie bitte?, sagte Aggie. Willst du mich verarschen? Das ist doch ein mexikanischer Name.

Wir sind ja auch in Mexiko, sagte ich.

Dann geben wir ihr aber auch einen mexikanischen Familiennamen, sagte Aggie.

Klar, sagte ich. Molina?

Ximena Molina, sagte Aggie.

Oder wir nennen sie Miep, sagte ich.

Ximena Molina Miep?, sagte Aggie.

Genau, sagte ich.

Was geben wir ihr eigentlich zu essen?, fragte Aggie.

Das überlege ich mir gerade, sagte ich.

Der Himmel bezog sich, und zwanzig Minuten später prasselte es los. Endlich würde Diego die Szene drehen können, die er so dringend brauchte. Außer, dass wir seinen Pick-up hatten. Und damit zum Flughafen in Chihuahua fuhren. Ich hielt an einer *farmacia* und kaufte Babynahrung, ein paar Fläschchen, eine Packung Windeln Größe null, ein Set mit drei Stramplern und eine Schachtel feuchte Reinigungstücher für Babys. Außerdem ein Badetuch mit einer Mustangherde im Sonnenuntergang als zweite Decke für Ximena und eine verbotene Teeniezeitschrift und ein Snickers für Aggie. Als ich zum Pick-up zurückkam, schrie Ximena wie am Spieß, und Aggie tat ihr Bestes, um sie zu beruhigen.

Du musst mit ihr rumlaufen, sagte ich.

Es schüttet, sagte Aggie.

Dann geh unter der Markise ein bisschen auf und ab, bis ich ihr Fläschchen fertig habe, sagte ich. Ich las mir die Anweisungen auf der Packung durch und maß gewissenhaft vier Messlöffel Milchpulver ab. Ich hatte mein Leben lang Babys versorgt, aber die Milch hatte bisher immer meine Mutter beigesteuert. Ich gab sauberes Wasser dazu, schüttelte das Fläschchen und drückte mir einen Tropfen aufs Handgelenk, um zu prüfen, ob die Temperatur auch stimmte. Da sie ein bisschen kühl war, rieb ich die Flasche zwischen den Händen. Ich überlegte sogar, ob ich nicht den Motor anlassen und die Flasche daraufstellen sollte, wollte aber nicht riskieren, dass das Plastik schmolz.

Aggie brachte Ximena wieder zurück, die zwar immer noch weinte, aber nicht mehr so heftig, und auch nicht mehr so wild in der Gegend herumfuchtelte. Ich nahm sie auf den Arm und gab ihr das Fläschchen, Aggie nahm sich ihre Zeitschrift und den Schokoriegel vor. Ximena spuckte den Gumminippel immer wieder aus und wollte schon loszetern, aber ich steckte ihn ihr immer wieder in den Mund, bis sie den Bogen raushatte.

Muss man solche Fläschchen nicht auskochen, bevor man sie benutzt?, fragte Aggie.

Doch, erwiderte ich achselzuckend und wischte mit einem sterilen Babytüchlein an der Flasche herum.

Als Ximena fertig war, ließ ich sie ihr Bäuerchen machen und wickelte sie auf dem Beifahrersitz.

Hey, schau mal, sagte Aggie. Ist das normal?

Ja, sagte ich, das ist ihre Nabelschnur. Sie wird in ein paar Tagen abfallen.

Die sollten wir aufheben, sagte Aggie.

Können wir, sagte ich. Irgendwann verschrumpelt sie allerdings.

Wie lange dauert das?, fragte Aggie.

Keine Ahnung, sagte ich. Marijke trägt die Nabelschnur von ihrem Sohn in einem Beutel um den Hals.

Wie weit ist es denn noch zum Flughafen?, fragte Aggie.

Ungefähr eineinhalb Stunden, sagte ich.

Und wohin fliegen wir?

Weiß ich noch nicht so ganz genau, sagte ich.

Wie wär's mit Kanada?, fragte Aggie.

Die Welt war atemberaubend schön, gelassen und still – wie das allerheiligste Herz Jesu, hätte meine Mutter gesagt. Die Welt, der wir den Rücken kehrten, natürlich.

Aber so ist das wohl mit der Welt. Ausgerechnet wenn man auf dem Absprung ist, umgurrt sie einen mit all ihrer Schönheit. Jorge hat mich immer ins Freie gezogen, wenn ich traurig war; komm, gehen wir spazieren und reden, sagte er. Er fasste mich an der Hand, und dann hüpften wir manchmal den ganzen Weg bis nach San Miguel, dem winzigen Dorf in der Nähe, denn Hüpfen ist zwar idiotisch, macht aber Riesenspaß. Reden und Bewegung, hat Jorge immer gesagt, vertreibt den ganzen Mist aus dem Kopf. Ich probierte es jetzt an mir selber aus. Allmählich schlich sich nämlich meine Mutter in meine Gedanken, ob wir sie wohl je wiedersehen würden, und ich wollte nicht heulen, nicht vor Aggie.

Denkst du an Mom?, fragte ich.

Ja, sagte Aggie.

So viel zum Thema Reden. Und am Steuer zu sitzen war auch nicht dasselbe wie Hüpfen. Deshalb blieb der Mist in unseren Köpfen, und wir starrten einträchtig durch die verdreckte Windschutzscheibe. Ximena brabbelte und gurgelte, als wollte sie die Stille überbrücken, wüsste aber noch nicht so ganz, wie man einen Verlust beschreibt oder, um mit Wilson zu reden, wie man Einsamkeit kommuniziert.

Wir standen mit Ximena, ihrem Sonnenuntergangsbadetuch, den Windeln und Fläschchen und dem ganzen Kram vor dem Schalter, und die Frau dahinter erkundigte sich, wo unsere Koffer seien. Wir hätten keine, sagte ich. Bloß einen Sack Orangen, sagte Aggie. Die Frau warf einen Blick auf den Sack Orangen und zog die Augenbrauen hoch, warf einen Blick auf Ximena und zog sie noch höher. Drei Tickets nach Vancouver in Kanada hätte ich gern, sagte ich, oder zwei, falls ich mein Baby auf dem Schoß halten darf. Da müssten wir erst nach Houston fliegen, antwortete sie, oder nach Los Angeles, und dann nach Vancouver. Wann wir denn fliegen wollten?

Jetzt, sagte ich.

Habt ihr Pässe?, fragte sie.

Wir saßen vor dem Flughafen auf der Bordsteinkante. Ich war nervös, weil jeden Moment mein Vater angefahren kommen konnte. Bis zu unserem Flug nach Acapulco mussten wir noch eine halbe Stunde totschlagen. Natürlich hatten wir keine Pässe. Aggie aß eine Orange und hatte sich weit vorgebeugt, damit ihr der Saft nicht aufs Kleid spritzte. Ein paar Tropfen fielen aufs Pflaster, was eine Biene im Vorbeifliegen mitbekam. Und dann deren Kumpels. Das Baby war wieder wach und ruderte mit den Armen wie eine Schiffbrüchige.

Das war doch heute schon mal ganz lehrreich, was?, sagte ich.

Ist das vielleicht meine neue Schule?, fragte Aggie.

In Acapulco fahren wir an den Strand, sagte ich.

Wir haben aber keine Badekostüme, sagte Aggie.

Badekostüme?, fragte ich. Wer sagt denn so was?

Die bei uns in der Schule, sagte Aggie.

Sind eure Bücher aus dem neunzehnten Jahrhundert?, fragte ich. Das heißt inzwischen Badeanzug.

Bade-*Anzug*?, sagte Aggie. Das ist ja noch schlimmer.

Bei Männern sagt man Shorts.

Shorts?, fragte Aggie. Wieso das denn?

Da lass mal deiner Phantasie freien Lauf, sagte ich.

Wir bringen Ximena das Schwimmen bei, sagte Aggie. Schmeißen sie einfach ins Wasser wie die Hippies.

Was für Hippies?, fragte ich.

Keine Ahnung, sagte Aggie, Hippies eben. Die schmeißen ihre Kinder gleich nach der Geburt ins Wasser.

Aber nicht in den Pazifik, sagte ich. Hier, halt sie mal, damit ich meine Orange essen kann.

Eine Mennonitenfamilie ging vorbei, und wir beäugten uns gegenseitig. Der Vater nickte uns zu, die Kinder hinter ihm rannten ineinander, weil sie so gafften, was ziemlich lustig aussah.

Aggie, sagte ich, wenn dich irgendjemand fragt, ob du Aggie Voth bist, sag nein.

Ich schlug vor, dass wir lieber reingehen und drinnen warten sollten. Hier, halt mal Ximena, dann kann ich ihr auf der Toilette ihr Fläschchen machen. Okay, sagte Aggie, sie würde sich inzwischen Decknamen für uns ausdenken. Im Toilettenspiegel sah ich mir ins Gesicht. Der Schweiß strömte mir plötzlich aus allen Poren, und mir zitterten die Hände. Ich versuchte, das Fläschchen zu machen, aber ich musste nach Luft ringen und schüttete das Milchpulver daneben. Eine ältere Dame kam aus einer Kabine und wusch sich neben mir die Hände. Wir lächelten uns an. *Está enferma¿*, fragte sie. *No, no, estoy*, sagte ich. Ich wusch mir das Gesicht mit kaltem Wasser und trocknete es mit Klopapier ab, das in Klumpen kleben blieb und aussah wie Porridge im Gesicht.

Ich atmete tief durch und startete einen neuerlichen Versuch mit Ximenas Fläschchen, und diesmal schaffte ich es ohne Verschütten. Mir fiel ein, wie mein Vater den Ausdruck *mit der Freiheit konfrontiert* gebraucht hatte, wenn er die pervertierten Versuchungen der Welt beschrieb, und dann ertönte eine Lautsprecherstimme, die all jene von uns, die nach Acapulco flogen, darauf aufmerksam machte, dass es so weit war.

Ich bin Fiorella, sie Knöpfchen und du Schweinshaxe, sagte Aggie. Wir waren auf dem Weg zum Gate. In Acapulco blieben uns nur zweidreiviertel Stunden bis zum Weiterflug nach Mexico City, der Stadt, die Diego zufolge Himmel und Hölle zugleich war, aber der Mann kannte ja nur Extreme. Meine Hoffnung war, dass wir irgendwo eine kleine Wohnstraße finden würden, wo es sich zwischen den Ewigkeiten leben ließ. So wie es jetzt lief, hielt ich das auf keinen Fall noch bis in alle Ewigkeit durch.

Das mit dem Flug überspringe ich (es reicht schon, dass wir ihn überlebt haben), beschränke mich also bei der Geschichte lieber auf das, was uns auf der Erde passiert ist. Im Grunde war es ein Alptraum mit Ximena Molina (Knöpfchen) Miep. Sie spuckte, heulte, strampelte. Kackte wie ein Weltmeister, schrie wie am Spieß. Aggie und ich waren vollgekotzt und vergingen fast vor Peinlichkeit. Irgendwann gab ich es auf, Ximena beruhigen zu wollen, und konzentrierte mich darauf, mir vor Augen zu halten, dass mein jüngstes Schwesterchen X bei all ihrer unkontrollierbaren Mimik und ihren ruinösen Bedürfnissen immerhin ein grundehrlicher Mensch war. Noch. Und dass mir die Aufgabe zugefallen war, dafür zu sorgen, dass dem so blieb. Wenn sie also solch unheilige Handlungen vollführen musste, dann bitte. Sie war eine Sondergesandte, nicht für ein Land, sondern für die Sache der Babys, und ich ihre Dienerin und ihr Coach.

In Acapulco angekommen, setzten wir uns in ein Taxi, und ich bat den Fahrer, uns an einen Strand zu fahren. Wir stanken. Wir sahen verboten aus. Ximena war in ihr Badetuch eingewickelt eingeschlafen – schweißnass und mit einem engelsgleichen Gesichtsausdruck, der unterschwellig zu sagen schien, ihr könnt mich alle kreuzweise, ich habe Bärenkräfte, und wenn ich erst mal sprechen kann, dann kriegt die Welt von mir was zu hören. Sie wuchs mir immer mehr ans Herz.

Aggie und ich guckten aus dem Taxifenster und bemühten uns, so zu tun, als wäre das ein Tag wie jeder andere. Der Fahrer fragte, ob wir kein Gepäck hätten, und ich sagte, nein, eigentlich nicht, nur diese Plastiktüte von der *farmacia* mit Windeln und so weiter, worauf er na gut, dann kein Gepäck sagte und die Achseln zuckte. Er lächelte uns im Rückspiegel zu, so ähnlich wie Wilson mir immer zugelächelt hatte, wenn er am Steuer saß und ich auf der Ladefläche. Er fragte uns auf Spanisch, wo wir herkämen, und ich sagte, aus Kanada. Ob wir auf Urlaub hier in Acapulco seien? Ja.

Nur ihr zwei?, fragte er.

Drei, sagte ich, auf Ximena deutend.

Kein Mann?, fragte er.

Doch, sagte ich. Aber der … ich bin Witwe.

Der Taxifahrer sprach mir sein Mitgefühl aus. Er sei von einer alleinerziehenden Mutter großgezogen worden, und das sei ganz schön hart für sie gewesen. Sie hätte oft nachts heimlich geweint. Aber unmöglich ist es nicht, tröstete er mich. Ich würde bestimmt klarkommen, die Verhältnisse hätten sich ja geändert.

Zu welchem Hotel wollt ihr denn?

Ach, sagte ich, nicht so wichtig. Hauptsache, es liegt am Strand.

Am Strand liegen sie alle, sagte er. Wisst ihr, wie euer Hotel heißt? Aggie räusperte sich, und Ximena entfuhr im Schlaf ein Seufzer. Plötzlich schienen alle zu hupen, aus jedem Auto dudelte Musik, und ich hätte schwören können, dass es nach Salzwasser roch; ich kam mir vor wie im Karneval.

Darf ich ganz ehrlich sein?, fragte ich.

Natürlich, sagte er. So ehrlich, wie du willst. Er drehte die Musik leiser und warf mir im Rückspiegel einen Blick zu.

Ich weiß nicht, wie das Hotel heißt, sagte ich. Wir haben gar keines gebucht. Wir haben nur zweidreiviertel Stunden, dann müssen wir wieder zum Flughafen und weiterfliegen. Aber ich habe meiner Schwester versprochen, dass ich mit ihr an den Strand fahre. Sie war nämlich noch nie am Meer.

Na wenn das so ist, sagte der Taxifahrer, dann fahre ich euch jetzt zu einem ruhigen Plätzchen, da, wo die Einheimischen hingehen, da könnt ihr Fischtacos essen und Mangosaft trinken und ein bisschen in den Wellen planschen und dann in der Sonne liegen, bis ihr trocken seid, und dann fahre ich euch wieder zum Flughafen zurück, und zwar ohne Gebühr. Er hätte heute seinen großzügigen Tag, sagte er, außerdem könnte er auch ein Päuschen gebrauchen, er hätte jetzt achtzehn Stunden am Stück gearbeitet, sein Hintern sei schon ganz platt.

Okay, sagte ich, das klingt gut. *Gracias.*

Ehrlich?, sagte Aggie. So gestrahlt hatte sie schon seit Ewigkeiten nicht mehr.

Les gusta este lugar¿, fragte er.

Sí, sí, sagte ich.

Me llamo Gustavo, sagte er.

Traust du ihm?, fragte Aggie mich auf Plattdeutsch.

Warum denn nicht?, sagte ich.

Aber du kennst ihn doch gar nicht!, sagte sie. Und wenn er jetzt –

Wenn was?, sagte ich. Wenn er uns blöd kommt, dann schreien wir.

Aggie erinnerte mich, wieder auf Plattdeutsch, daran, dass wir keine Badeanzüge hatten. Ximena wachte auf und fing an zu boxen und zu strampeln. Das würde sich bald zu einem satten Indianergeheul auswachsen, aber noch schnitt sie einfach Grimassen und spotzte so leise vor sich hin, dass das Gehupe und Radiogeplärr sie übertönten. Sie starrte mich aus einem dunkelblauen Auge an wie ein Pirat und tat ihr Bestes, mir das Gesicht zu zerkratzen. Ich hielt sie ans Fenster, damit sie ihren Zorn an die Außenwelt adressieren konnte. Keine Ahnung, ob sie außer vorbeisausenden Autos, Häusern und Himmel irgendwas wahrnahm.

Qué bebé tan hermoso!, sagte Gustavo.

Sí, gracias, sagte ich. Im Campo war es nicht üblich, Babys schön zu finden. Ich pflanzte mein hässliches Gesicht neben Ximenas, und dann blickten wir gemeinsam auf Acapulco, und mir fiel ein Lied ein, das ich als Kind mit meinen Eltern in der Kirche immer gesungen hatte: *Beautiful words, wonderful words, wonderful words of life. Words of life and beauty teach me faith and duty. Beautiful words, wonderful words, wonderful words of life.*

Sag ihm, dass wir noch wo halten müssen, um Badeanzüge zu kaufen, sagte Aggie.

Ich antwortete, dass es mir eigentlich zu peinlich sei, Gustavo darum zu bitten, aber Aggie meinte, an einem Strand ohne Badeanzüge aufzutauchen sei noch viel peinlicher, und da war was dran. Mir gefiel ihr praktischer Ansatz zur Entscheidungsfindung: Man nehme einfach die am wenigsten peinliche Möglichkeit, also fragte ich Gustavo, als der nächste kleine Laden am Straßenrand auftauchte, ob wir vielleicht kurz anhalten könnten. Na klar, kein Problem, sagte er. Wir sollten ruhig unsere Besorgungen machen, er würde sich einstweilen um Ximena kümmern. Der Laden war eine kleine Strandbude für Touristen. Aggie kaufte sich einen weißen Zweiteiler, dessen Hose ein Goldkettchen mit einem Spielzeugnummernschloss am Bund hatte und auf dessen Oberteil in glänzenden Goldbuchstaben RICH BITCH stand. Mein Badeanzug war gelb und hatte einen großen blauen Anker drauf.

Als wir zum Taxi zurückkamen, erzählte Gustavo

Ximena gerade von seiner Kindheit. Als Tochter einer alleinerziehenden Mutter müsse sie stark sein, hörte ich ihn sagen. Er habe kein einfaches Leben, aber im Endeffekt doch ein glückliches. Um wahres Glück zu erleben, müsse man wissen, dass alles vergänglich ist – Freude, Schmerz, Geborgenheit, sogar das Glück. Ximena lag auf dem Beifahrersitz, hatte die Fäuste geballt und funkelte ihn an wie eine Strafgefangene, aber immerhin war sie, eingelullt von seiner Stimme, still. Als Aggie und ich wieder eingestiegen waren, erzählte Gustavo uns Dreien, dass er mal in Mérida als Briefträger gearbeitet hatte, und eines Tages, er wollte gerade die Post in einen Briefkasten stecken, da kam ein Vogel herausgeflogen, worauf er einen Schreckensschrei tat, nach hinten kippte und die steinerne Eingangstreppe hinunterfiel. Er verlor das Bewusstsein, und als er wieder zu sich kam, lag er im Krankenhaus und konnte sich an nichts erinnern. Es dauerte sechs Wochen, bis sein Gedächtnis allmählich zurückkehrte, und als er wieder zur Arbeit gehen wollte, beschied man ihm, dass man seinen Job jemand anders anvertraut habe. Er wurde erst böse und dann depressiv, und zwar so depressiv, dass er nicht nach einem neuen Job suchte, und dann hielt seine Frau die Armut nicht mehr aus, verließ ihn wegen eines anderen Mannes und nahm den gemeinsamen Sohn mit. Er hat die beiden nie wieder gesehen, aber sein Sohn besucht ihn manchmal in seinen Träumen, und manchmal flüstert er ihm was ins Ohr, während er sein Taxi durch Acapulco kutschiert.

Bloß ein kleines Vögelchen, sagte Gustavo. Ximena

beäugte ihn misstrauisch. Ich nahm sie vom Beifahrersitz zu mir nach hinten, und wir fuhren los zu dem Strand, wo die echten Menschen hingingen.

Während Aggie sofort in den Wellen herumtobte, setzte ich mich mit Ximena, die nackt auf ihrem Sonnenuntergangsbadetuch lag und um die Wette boxte und strampelte, in den Schatten. Sie konnte einfach nicht stillhalten. Ich beäugte meinen Körper. Nicht gut, dachte ich. Ich war bleich und dürr. Sah aus wie ein Skelett im Sand. Wie etwas, das nur ein Archäologe gern in die Finger bekäme. Gustavo hatte uns bei einem Mann in einer *palapa* Mangosaft und Fischtacos besorgt. Die beiden waren befreundet. Als er mir meinen Saft und meinen Taco gab, meinte er, ich würde traurig aussehen.

Nein, sagte ich.

Nein?, sagte er.

Estoy un poco triste, sagte ich.

Gustavo nickte und lächelte freundlich. Er drehte sich um, um Aggie im Wasser zuzuwinken, und sie winkte zurück. Dann deutete er auf meinen Bauch.

Hübscher Anker, sagte er.

Danke, sagte ich.

Weißt du was?, sagte er.

Nein, sagte ich.

Als meine Frau hochschwanger war, sind wir immer hierhergekommen. Ich habe ein Loch in den Sand gegraben, damit sie auf dem Bauch liegen konnte. Da war sie so froh. Unser kleiner Sohn wurde im kühlen Sand von Patricio Beach ausgebrütet. Wenn sie so dalag, mit dem Bauch im Sand, konnte kein Mensch ahnen, dass sie schwanger war.

Dann baute sich Gustavo sein Strandlager: ein ausgeklügeltes Unterfangen, das eine Vielzahl von Schritten beinhaltete. Als Erstes stellte er seinen Liegestuhl auf und hakte die Lehne auf den idealen Winkel ein. Dann ging er weg und kam ein paar Minuten später mit einem Plastiktischchen wieder, das er neben dem Liegestuhl in den Sand bohrte. Er breitete sein Handtuch über den Stuhl, so dass es faltenfrei lag und an beiden Seiten gleichmäßig herunterhing. Dann ging er noch mal weg und kam mit noch einem Mangosaft und Fischtacos plus einer Zeitung wieder, was er alles fein säuberlich auf dem Tischchen arrangierte. Er rückte seine Sonnenbrille zurecht. Zupfte das Handtuch gerade. Schickte hochzufrieden einen Luftkuss gen Himmel. Legte sich in den Liegestuhl und kämpfte minutenlang mit der im Wind flatternden Zeitung, bis sie brav war. Ein paar Sekunden gab er Ruhe und las seine Zeitung. Dann beschloss er, einen Schluck Mangosaft zu trinken, aber als er zu der Plastikflasche griff, brach plötzlich sein Liegestuhl zusammen, er warf das Tischchen um und verlor seine Zeitung, deren einzelne Teile aufs Wasser zuwehten: Klatschspalte, Sportteil, Mord in der Tiefgarage.

Ich hatte schon so lange nicht mehr gelacht. Ich platzte. Konnte nicht mehr aufhören, sosehr ich mich auch bemühte. Ximena hielt erschrocken still und starrte mich an. Gustavo drehte sich schimpfend zu mir um. An seiner Sonnenbrille fehlte ein Glas.

Das haben Sie absichtlich gemacht, sagte ich.

Nein!, protestierte er. Jetzt muss ich wieder von vorn anfangen.

Er ging das ganze Ritual noch einmal durch und schaffte es, ein paar Sekunden länger als zuvor, die Stellung zu halten, als eine neue Katastrophe hereinbrach. Diesmal kreisten ihn Möwen ein, eine landete sogar auf seinem Bauch, und er schrie um Hilfe. Ich hatte allerdings gesehen, wie er absichtlich Fischtacokrümel um seinen Liegestuhl verteilt hatte, um sie anzulocken.

Hilfe!, rief er. Möwenattacke!

Ich fand Gustavo toll. Ich als seine Frau hätte ihn nicht verlassen, bloß weil er Depressionen hatte und kein Geld verdiente. Und als sein kleiner Sohn würde ich ihn suchen, bis ich ihn gefunden hätte.

Warum lachst du mich aus?, fragte er. Mein Gott! Hilf mir doch!

Es war so weit, wir mussten zum Flughafen zurück. Nach seiner Zirkusnummer hatte Gustavo sich erboten, auf Ximena aufzupassen, damit Aggie und ich zusammen in die Wellen rennen konnten, an den Händen gefasst wie kleine Kinder und so laut kreischend wie im Fahrtwind auf der Ladefläche eines Pick-ups. Während wir uns dann hinter ein paar Bäumen in der Nähe der *palapa* umzogen, gab Gustavo ihr ein Fläschchen.

Schau mal, sagte Aggie.

Was denn?, fragte ich.

Sie hielt ihre Hand hoch und hatte Blut an den Fingern. Sie krümmte sie zu Krallen und fauchte wie eine Raubkatze.

Ach, sagte ich, ist es bei dir so weit. Das ist völlig normal.

Ich hab aber nichts hier, sagte sie. Wir müssen noch mal wo halten.

Ich war gerade damit beschäftigt, unser Geld zu zählen, das am Boden der Plastiktüte mit Ximenas Sachen lag.

Tja, das war's dann wohl, sagte Aggie.

Da gewöhnst du dich dran, sagte ich. Es ist bloß lästig.

Kindheit ade, sagte Aggie.

Steck dir das in die Unterhose, sagte ich und gab ihr eine von Ximenas Windeln.

Nein!, sagte Aggie.

Na schön, dann blute eben alles voll, sagte ich, worauf wir uns ein bisschen stritten. Ich wollte eigentlich das Geld zählen und musste ständig wieder von vorn anfangen. Irgendwann kehrte ich Aggie den Rücken zu, damit sie die Windel doch noch nehmen konnte, ohne dass ich es mitbekam. Ich zählte extra laut und langsam vor mich hin, damit sie hoffentlich von selber auf diese Lösung kam.

Da tobst du zum ersten Mal in glitzernden Wellen und lachst, bis dir die Kiefer weh tun, und im nächsten Moment stößt du deine unnütze Gebärmutterschleimhaut ab und schmierst blutige Botschaften auf Sandstrände und Kloschüsseln. Worte der Scham wie tut mir leid, dass ich so eine Sauerei mache, und keine Ahnung, warum ich an so einem herrlichen Sommertag heule.

Am Flughafen drückte Gustavo uns an sein klopfendes Herz und seinen warmen Körper und meinte, wenn wir je in den und den Teil von Mexiko kämen (in welchen, weiß ich nicht mehr), müssten wir unbedingt zum Echosee gehen, da würde nämlich alles, was wir sagen, glasklar zurückschallen. Wenn man zum Beispiel den Namen des Menschen ruft, den man liebt, dann wiederholt die Welt ihn, wie um zu bestätigen, dass sie verstanden hat.

Ihr könnt alles rufen, sagte Gustavo, und die Welt wird es euch bestätigen. Ihr könntet *Vive mucho tiempo el muerte!* rufen. Oder *Esto es una locura!*

Machen wir, sagte ich. Wenn wir den See finden.

Oder ihr könntet *Chivas!* rufen. *El Rebaño Sagrado!* Das ist mein Verein.

Verein?, fragte Aggie.

Fußball, sagte ich.

Die heilige Herde, sagte Gustavo. Ihr habt mir gar nicht gesagt, wie ihr heißt.

Ich weiß, sagte ich. Entschuldigung.

Ich versteh schon, sagte er. Ich bin Taxifahrer. Ich weiß Bescheid.

Das ist gut, sagte ich.

Nein, sagte Gustavo. Das ist tragisch.

Wir sagten Gustavo Lebwohl. Aber dann meinte er, Moment, rannte zu seinem Taxi, holte etwas aus dem Handschuhfach und gab mir ein kleines kopiertes Foto von einem Jungen in die Hand.

Ist das Ihr Sohn?, fragte ich.

Ja, antwortete Gustavo, Raoul Elisandro Lopez Mundo. Er ist jetzt neun. Wenn euch ein Junge begegnet, der so aussieht, dann sagt ihm bitte, er soll sich bei mir melden, bei Gustavo, Adresse steht hinten drauf. Er drehte den Zettel um und deutete auf eine Adresse und Telefonnummer in Acapulco.

Wo haben Sie ihn denn zum letzten Mal gesehen?, fragte Aggie.

Zu Hause in Mérida, antwortete Gustavo.

Das ist aber weit weg, sagte Aggie. Wie viele Einwohner hat Mexiko denn? Jetzt, da sie ihrer Kindheit mit all deren unrealistischen Träumen Lebewohl gesagt hatte, war sie plötzlich gnadenlos pragmatisch. Gustavo und ich zuckten die Achseln.

Millionen, sagte ich. Ziemlich viele Millionen.

Wie sollen wir ihn da finden?, fragte sie. Außerdem, hat er sich nicht verändert, seit das Foto gemacht wurde?

Ach, du hast ja recht, sagte Gustavo. Das stimmt alles.

Es wäre also ein Wunder, wenn wir ihn finden würden, sagte Aggie.

Jawohl, sagte Gustavo.

Aggie steckte das Foto in unsere Gemischtwarentüte, und dann standen wir wieder vor dem Flughafen und winkten. Ximena durfte auch winken: Aggie wedelte mit ihrem Arm wie bei einer Puppe.

Im Flugzeug nach Mexico City schliefen wir dann alle ein. Ich versuchte, wenigstens noch so lang wach zu bleiben, bis ich im Kopf die Liste von Dingen zusammengestellt hatte, die wir unbedingt brauchten. Es waren alles einfache Dinge: Essen, Unterkunft, Kleidung, Geld, Schule für Aggie, Job für mich, Babysitter für Ximena. Ich hätte gern mein Notizbuch aus der Tüte geholt, aber ohne meine Schwestern aufzuwecken kam ich nicht dran. Aggies Kopf lag auf meiner Schulter, und Ximena hatte sich um eine leere Milchflasche herum auf meinem Schoß zusammengerollt. Ich stellte mir vor, Jorge und Wilson säßen links und rechts von mir, streichelten mir über die Hand und versicherten sich gegenseitig, dass sie schon miteinander auskommen würden. Wir strahlten alle um die Wette. Wir leben einfach als unkonventionelle Familie zusammen, sagte Jorge. Wir suchen uns eine Wohnung mit riesigen Fenstern, sagte Wilson. Oder einen Leuchtturm mit runden Zimmern, sagte Jorge. Als Letztes hörte ich die Stimme einer älteren Dame hinter mir, die sich mit einem jungen Mann unterhielt. Wo bleibt denn heutzutage die Kunst, die aus einer inneren Notwendigkeit entsteht?, fragte sie auf Spanisch. Er antwortete ihr ganz leise, im Flüsterton, so dass ich leider nichts verstand.

Nach der Landung liefen wir drei wie im Traum durch die künstliche Flughafenwelt, um dann hinauszutreten in die reale Welt von Mexico City, und zum ersten Mal seit hunderttausend Jahren spürte ich plötzlich, dass es in meiner Brust nicht mehr weh tat, und mir widerfuhr etwas Unerhörtes, ein seltsames, mir fremdes Gefühl wie Hochstimmung oder so, was nur heißen konnte, dass ich entweder bei meinem Nickerchen im Flugzeug gestorben war oder – ach, keine Ahnung!

Wo wollt ihr denn hin?, fragte der Taxifahrer am Flughafen.

Aggie, Ximena und ich blickten uns an, und dann sagte ich, also, am besten zum Zócalo.

Zum Zócalo?, sagte der Taxifahrer. Nein, da wollt ihr im Moment bestimmt nicht hin. Da sind Tausende von Demonstranten, das ist der reinste Zoo, das totale Chaos.

Ich weiß, sagte ich. Es war der einzige Ort in Mexico City, den ich mit Namen kannte, und das auch nur, weil Diego an dem Tag, als wir auf dem Feld festsaßen und auf genau den richtigen Regen warteten, davon erzählt hatte.

Am Zócalo kann ich euch nicht absetzen, sagte der Taxifahrer, nicht einmal in der Nähe. Alle Schleichwege, die dorthin führen, sind total verstopft. Es ist wirklich nicht besonders schlau, heute dahin zu fahren.

Ich weiß, sagte ich. Macht nichts. Fahren Sie einfach so nah wie möglich ran.

Er warf kopfschüttelnd einen Blick in den Rückspiegel. Ich lächelte ihm zu. Er wirkte angespannt. Am liebsten hätte ich über die Rückenlehne nach vorn gegriffen und ihm sanft die Falten zwischen den Augen geglättet, so wie Marijke das damals bei mir gemacht hatte.

Wir fuhren breite Prachtstraßen und schmale Sträßchen entlang, vorbei an einem Park, in dem Männer kopfüber an langen bunten Bändern hingen und sich im Kreis drehten, um eine mindestens fünfzig Meter hohe Stange herum. Die Bänder hatten sie um die Füße gewickelt, damit sie die Hände frei hatten und die Arme ausbreiten konnten, oder ab und zu in Trompeten tröten oder auf Trommeln trommeln, alles kopfüber an Bändern.

Was ist denn das?, fragte Aggie.

Eine Tradition, sagte der Taxifahrer.

Wir drehten uns um und blickten den Männern nach, bis sie verschwunden waren.

Das wird nicht klappen, sagte der Taxifahrer.

Was wird nicht klappen?, fragte Aggie. Ihre Zöpfe hatten sich aufgelöst, und ihre Haare umrahmten ihren Kopf wie ein zerzauster Strahlenkranz. Sie war auf eine wilde Weise schön, und ich nach meinem Nickerchen im Flugzeug relativ gelassen, und Ximena immer noch ausgesprochen lebendig, und wir hatten fröhlich durch die Luft fliegende Männer gesehen und … das genügte ja wohl.

Obrador wird mit seiner Zeltstadt überhaupt nichts ausrichten, sagte er. Calderón ist es und damit basta.

Ximena fing an zu weinen, das hörte sie offenbar gar nicht gern, also machte ich ihr auf dem Rücksitz aus dem Rest Milchpulver und dem letzten Schluck sauberen Wassers ein Fläschchen. Aggie steckte ihr einen dreckstarrenden Finger in den Mund, damit sie etwas zum Nuckeln hatte, bis ich fertig war. Sie rieb Ximenas Ohrenspitzen sanft zwischen den Fingern, denn das hatte Oveja immer so gemocht, das würde ein Baby also bestimmt auch mögen.

Wollt ihr hier Käse verkaufen?, fragte der Taxifahrer.

Nein, antwortete ich. Ich meine doch, ja. Aggie verdrehte die Augen und murmelte auf Plattdeutsch ein

Wort, das so etwas Ähnliches wie Kaiser ohne Kleider bedeutet.

Und wo ist er?, fragte der Taxifahrer.

Der Käse?, sagte ich. Den hat jemand anders.

Der Käsekrämer, sagte Aggie.

Genau, sagte ich und fragte Aggie auf Plattdeutsch, ob sie dieses mittelalterliche Wort vielleicht auch von ihren steinernen Schultafeln hätte. Sie grinste.

Wir treffen den Käsekrämer auf dem Zócalo, sagte ich.

Da steht er nämlich neben dem Flickschuster, sagte Aggie, gleich gegenüber der Marketenderin.

Sagt bloß, sagte der Taxifahrer.

Okay, sagte ich. Nein, wir verkaufen keinen Käse.

Ich dachte ja bloß, ihr verkauft vielleicht Käse, sagte er, weil ihr so angezogen seid. Ich dachte, ihr seid *vendequesos*.

Nicht alle Mennoniten verkaufen Käse, sagte ich.

Hab ich mir fast gedacht, sagte der Taxifahrer.

Wir gingen bestimmt noch ein paar Meilen zu Fuß bis zum Zócalo; Ximena trugen wir dabei abwechselnd. Es war furchtbar laut. Bei einer *farmacia* auf dem Weg kauften wir neue Babynahrung, stilles Wasser, Binden, Zahnpasta, Zahnbürsten, Windeln, Notizbücher, Stifte, ein Set mit drei Strampelanzügen für Jungs (zur Tarnung) und ein primitives Stapelspielzeug für Ximena, auf dem Aggie bestand, obwohl ich ihr versicherte, dass sie noch zu jung dafür war. Dann gingen wir in ein Kleidergeschäft und kauften Jeans, T-Shirts und Kapuzenpullis – warm *und* schick, wie die Verkäuferin betonte. Wir sahen trotzdem immer noch idiotisch aus und lachten uns gegenseitig über unseren Anblick kaputt. Schüchtern, befangen traten wir aus dem Geschäft auf die Straße, ein bisschen wie Astronauten auf dem Mond. Irgendwer wird uns retten, ging mir durch den Kopf. Irgendwem wird auffallen, dass wir nicht mehr da sind, er wird uns suchen und finden und nach Hause bringen und so froh sein, dass er uns heil und wohlbehalten wiedergefunden hat. Eher unwahrscheinlich, war mein nächster Gedanke. Und dann der dritte und letzte in dieser blödsinnigen Trilogie: dann eben nicht. Okay. Der letzte verzweigte sich noch in Untergedanken, aber im Wesentlichen hatte ich einen Entschluss gefasst. An einem Kiosk wurden Messer und Kinderwägen feilgeboten, folglich kauften wir je ein Exemplar – gegen Bösewichte *und* komfortabel –, obwohl Ximena noch zu klein für einen Kinderwagen war, so dass wir nur unsere Sachen reinlegten und ich sie mir mit meinem alten Kleid vor die Brust band; dann setzten wir unseren Marsch Richtung Zócalo fort – mit einem albernen Grinsen im Gesicht, obwohl wir jetzt fast kein Geld mehr hatten und keine nennenswerte Zukunft in Sicht war.

ACHTES KAPITEL

Wir standen zu dritt am Rand des Zócalo und staunten. Mir fiel kein Vergleich ein. Vielleicht wie ein riesiges Maisfeld, nur mit Menschen statt Maisstauden, wie ein Wüstenhimmel voller Sterne oder wie eine Seite in einem Notizbuch, auf der jeder Millimeter vollgekritzelt war.

Komm, sagte ich.

Wohin denn?, fragte Aggie.

Komm einfach hinter mir her, sagte ich.

Was machen wir denn?, fragte sie.

Keine Ahnung, sagte ich. Demonstrieren.

Demonstrieren? Gegen was denn?, fragte sie.

Das weiß ich nicht so genau, sagte ich.

Eigentlich laufen wir doch bloß rum, sagte Aggie.

Irgendwann setzten wir uns, damit ich Ximena ihr Fläschchen machen konnte, die mit einem Mordshunger und einer Mordswut aufgewacht war – voller Verachtung für alles und jeden.

Sie kratzt sich wieder die Augen aus, sagte Aggie.

Tu was dagegen, sagte ich.

Neben uns saß eine Gruppe von jungen Leuten, die auf Pfannen und Töpfe einschlugen, tanzten und lachten und sich gegenseitig aufzogen, während sie versuchten, ein Banner mit blutroter Schrift zu entrollen. Wir gafften sie an. Einer brüllte etwas Unverständliches in ein Megaphon, die anderen tanzten weiter herum. Ximena flippte völlig aus, und Aggie rüttelte und schüttelte sie, um sie zu beruhigen, bis ihr Fläschchen fertig war. Auf einmal unterhielten sich die jungen Leute neben uns über englische Wörter.

Also, *plangent* und *trenchant* heißen nicht dasselbe, sagte der eine.

Ich kenne weder das eine noch das andere, sagte eines der Mädchen. Du erzählst totalen Mist.

Von wegen, sagte der Junge. Das eine heißt messerscharf und das andere lautstark oder auch schallend, aber ich gebrauche beide im Sinne von ha-ha, sehr witzig.

Das Mädchen lachte wieder; Aggie und ich sahen uns ratlos an. Meiner Meinung nach war der Junge in das Mädchen verliebt. Sie äffte ihn nach, gab ihm einen Kuss, lachte ihn aus und ließ sich von ihm huckepack nehmen. Wir gafften weiter hinüber. Sie erinnerte mich an Katie, das hätte ich Aggie gern gesagt. Ich hätte ihr gern beschrieben, wie Katie rebelliert hatte, mit Witz, mit einem Lächeln und einer liebevollen Geste, und mit einer Art tragisch naivem Vertrauen, dass schon alles in Ordnung sein würde, sogar lustig und im Endeffekt immer verzeihlich. Aber wie redet man über so was?

Das ist ein klarer Fall von Machtdiebstahl, sagte einer der Jungs.

Die Macht wird doch immer gestohlen, sagte das Mädchen. Wieder ein breites Grinsen und Küsse für alle.

Hier, gib du's ihr, sagte ich zu Aggie. Ich hatte das

Fläschchen fertig und wollte die Leute beobachten und mir Notizen machen.

Nein, mach du, sagte Aggie. Ich will nicht, dass sie mich vollspuckt.

Nimm mein altes Kleid als Unterlage, sagte ich.

Bloß nicht! Ich sitz doch nicht mit dem alten Lappen hier rum, sagte sie. Ich geh mich mal umschauen.

Sie marschierte los. Ich rief ihr noch nach, sie solle nicht zu weit weglaufen und in zwanzig Minuten wiederkommen, aber sie drehte sich nicht mehr um. Mit ihrer Jeans und dem Sweatshirt sah sie aus wie ein ganz normales junges Mädchen. Sie steuerte auf den Nationalpalast zu, den Ort, wo damals die sieben Mennoniten aufgetaucht waren, die bange Hoffnung, Land zu erhandeln im Gepäck. Ich stellte mir vor, dass Aggie reinging und sagte hey! El Presidente! Ein neuer Deal ist fällig! Ich gab Ximena die Flasche. Wir sahen uns tief in die Augen dabei. Ich mochte ihre warme Schwere in meinen Armen. Ich gab ihr einen Kuss auf die Stirn, worauf ihr der Sauger aus dem Mund rutschte und sie sich halb den Hals verrenkte, um meine Brust zu finden, mit offenem Mund auf der Suche nach dem, was ihr abhandengekommen war.

Das freche Mädchen kam herüber und setzte sich zu mir. Die Jungs kickten einen Bohnensack oder so etwas im Kreis herum, der nicht herunterfallen durfte. Das Mädchen meinte, wir drei wären ihr aufgefallen, und sie hätte sich schon gefragt, woher wir wohl kommen. Ich hätte fast Kanada gesagt, besann mich dann aber auf die

Wahrheit: Chihuahua. Sie fragte, ob wir wegen der Protestaktion nach Mexico City gekommen wären, und ich antwortete nein, nicht direkt.

Seid ihr Touristen?, fragte sie.

Keine richtigen, sagte ich.

Wart ihr schon mal in Mexico City?

Nein.

Wir stehen hier auf Tempelruinen, sagte sie.

Ach ja?, sagte ich.

Da haben die Azteken früher gebetet und Menschenopfer dargebracht, sagte sie, während sie Ximena mit dem Fingerrücken über die Wange strich und das gleiche Geräusch machte, mit dem wir in der Wüste Klapperschlangen verscheuchen. Ximena hörte auf zu nuckeln und starrte sie an.

Und die spanischen Conquistadores haben aus den Steinen von dem Tempel dann ihre eigene Stadt gebaut, sagte sie.

Ich nickte und lächelte sie an. Tja, so waren die eben, sagte sie. Darf ich sie mal halten?

Klar, sagte ich und reichte ihr Ximena. Ich deutete auf die riesige mexikanische Flagge in der Mitte des Zócalo.

So eine große Flagge habe ich noch nie gesehen, sagte ich.

Ich auch nicht, sagte das Mädchen. Sie sang Ximena, die erstaunlich still war und etwas perplex schien, ein spanisches Lied vor. Ihr kleiner Mund stand weit offen, als hätte sie vergessen, dass da kein Sauger mehr drinsteckte, und sie vergaß vollkommen zu blinzeln.

Wie heißt du?, fragte ich das Mädchen.

Noehmi, sagte sie, und du?

Irma Voth, sagte ich. Das ist Ximena. Und meine Schwester Aggie schwirrt hier auch irgendwo rum.

Cool, sagte das Mädchen.

Noehmi zeigt Ximena ihren Freunden. Alle stehen um sie herum und nehmen sie abwechselnd auf den Arm. Aggie ist von ihrer Erkundungstour noch nicht wieder zurück. Als ich mein Notizbuch herausgezogen habe, hat Noehmi gefragt, ob ich Journalistin sei, und da ich nicht wusste, was ich darauf antworten sollte, habe ich nur vielsagend gelächelt. Also bist du?, fragte sie. Nein, sagte ich, eigentlich nicht. Aber du machst dir dauernd Notizen, sagte sie. Wieso denn? Das wüsste ich auch nicht so genau, antwortete ich. Ich würde mir aufschreiben, was ich alles noch tun musste. Dann steckte ich das Notizbuch wieder weg, in die Tasche von meinem Kapuzenshirt, weil es mir peinlich war. Und als Noehmi Ximena dann bei ihren Freunden herumreichte, habe ich es wieder herausgeholt. Ich liebe mein neues Notizbuch. Ich liebe das Geräusch, das mein neuer Stift auf dem Papier macht, und die dicken Seiten. Ein bisschen Angst habe ich auch. Es gibt so viel zu schreiben, aber ich weiß nicht, wo ich anfangen soll. Meine Mutter fehlt mir. Wenn ich doch bloß irgendwas Weltbewegendes zu sagen hätte. Wenn *trenchant* und *plangent* bloß ha-ha heißen, wozu sind Wörter dann überhaupt gut? Fang einfach an, schoss mir durch den Kopf. Als Erstes muss ich Aggie suchen.

Wir passen auf sie auf, sagte Noehmi.

Bist du sicher?, sagte ich. Sie ist extrem gewalttätig.

Ganz sicher, sagte Noehmi. Und wir rühren uns nicht vom Fleck. Wir räumen erst die Stellung, wenn die Stimmen neu ausgezählt worden sind und Obrador gewonnen hat. Das ist eine friedliche Demonstration, Ximena wird von uns nur passiven Widerstand lernen.

Ich machte Ximena noch ein Fläschchen und gab es Noehmi für alle Fälle.

Was für eine Sprache hast du eigentlich mit deiner Schwester gesprochen?, fragte Noehmi.

Das nennt sich Plattdeutsch, sagte ich. Ist so was Ähnliches wie Deutsch. Und manchmal sprechen wir Englisch und manchmal auch Spanisch.

Klang irgendwie mittelalterlich, meinte Noehmi.

Da ist was dran, sagte ich.

Und was ist deine Lieblingssprache?, fragte Noehmi.

Keine Ahnung, sagte ich.

Englisch?, fragte Noehmi.

Ich mag Englisch, aber das kann Aggie nicht so gut.

In welcher Sprache träumst du denn?, fragte Noehmi.

Auf Englisch und Spanisch, sagte ich. Auf Plattdeutsch noch nie.

Vielleicht weil du Englisch und Spanisch heimlich gelernt hast?, sagte Noehmi.

Sind Träume so?, fragte ich.

Keine Ahnung, sagte Noehmi und lachte. Das weiß doch keiner. Sagt dir luzides Träumen was?

Nein, antwortete ich.

Ich lese gerade ein Buch mit dem Titel … *und andere Probleme im Wachzustand*, sagte sie.

Andere Probleme außer?, fragte ich.

Traurigkeit, Einsamkeit, Unruhe, Depression, Angst, Verzweiflung, Gefühllosigkeit, Entfremdung, Wut, Kummer, zählte sie auf.

Gibt's denn noch mehr?, fragte ich.

Vielleicht, antwortete sie.

Oje, sagte ich. Und dann fing ich plötzlich an, über Sprachen daherzuplappern, die Wörter purzelten nur so aus mir heraus, als hätten sie unnatürlich lange in mir gegärt. Ich glaube, Spanisch ist meine Lieblingssprache, sagte ich, und dann erzählte ich ihr, dass ich in Kanada geboren bin und als Erstes Plattdeutsch gelernt habe, aber in der Schule dann Englisch, und das toll fand und nur noch Plattdeutsch sprach, wenn es unbedingt sein musste, zum Beispiel mit meinem Vater, der darauf bestand. Ich erzählte, dass ich, wenn mein Vater nicht da war, nach der Schule meiner Mutter englische Wörter und Ausdrücke wie *hula hoop* oder *keep on trucking* beibrachte. Ich erzählte, dass ich mit meiner anderen Schwester Katie nächtelang auf Englisch geflüstert und gekichert habe, so wie andere heimlich rauchen. Ich erzählte, dass wir, als ich dreizehn war, nach Mexiko gezogen sind, nach Chihuahua, und ich da angefangen habe, Spanisch zu lernen, obwohl mein Vater auch das nicht gern sah.

Wieso nicht?, fragte Noehmi.

Gehört sich nicht für ein Mädchen, sagte ich.

Wieso nicht?, fragte Noehmi.

Keine Ahnung, sagte ich. Das Übliche eben.

Und dann erzählte ich ihr, dass ich mit einem Mexikaner verheiratet bin, was sie überhaupt nicht fassen konnte.

Doch, sagte ich. Aber er hat mich verlassen.

Und deshalb bist du nach Mexico City?, fragte sie.

So ungefähr, antwortete ich. Noehmi nahm Ximena unter die Lupe.

Sie sieht aber nicht besonders mexikanisch aus, sagte sie. Na, wahrscheinlich schlägt sie mehr nach dir. Habt ihr gemeinsam das Sorgerecht?

Nein, sagte ich.

Will er denn sein Kind nicht sehen?, fragte sie.

Tja … Ximena ist gar nicht sein Kind, sagte ich.

Ach so, sagte Noehmi. Sie grinste und nickte kurz, während es in ihrem Kopf sichtlich ratterte.

Nein, nicht so, sagte ich. Sie ist auch nicht mein Kind. Sondern meine Schwester.

Echt?, sagte Noehmi. Warum hast du sie dann?

Ich weiß es nicht, sagte ich.

Sind deine Eltern gestorben?, fragte Noehmi.

Nein, sagte ich. Und dann dämmerte mir allmählich etwas, das ich nicht in Worte fassen konnte. Es fühlte sich wild an, kitzlig, wie ein Summen und Dröhnen in meinem Kopf. Wärme, Leben, Blut in Bewegung, Optimismus, keine Ahnung. Ich begriff, welch ungeheures Risiko es ist, die Wahrheit zu sagen, in welche Hölle man sich dadurch manövrieren konnte, mit Teufeln, die dich grillen, bis nur noch Knochen übrig sind, dann nur noch Asche, und dann nur noch ein Hauch von Scham und Verwesung, aber ich begriff zugleich, und das war neu, wie es ist, dieses Risiko eingegangen zu sein und zu hören, wie der Mensch am anderen Ende, der Zuhörer, sagt:

Ärger zu Hause? Seid ihr weggelaufen?

Ja, sagte ich.

Verstehe, sagte Noehmi.

Ich streifte über den ganzen Zócalo, auf der Suche nach Aggie. Dass wir drei zum ersten Mal seit unserem Exodus getrennt waren, machte mich ein bisschen nervös, aber ich war auch froh. Meine Arme waren vom vielen Ximena- und Tütentragen müde, und ich bemühte mich, die Schultern locker zu lassen, die Steifheit abzuschütteln und möglichst selbstbewusst zu wirken. Ich ließ den Blick über die Menge schweifen, aber keine Aggie weit und breit. Ich steuerte auf den Nationalpalast zu. Bis dorthin brauchte ich eine ganze Weile, da ich immer wieder Grüppchen von Menschen umrunden musste, Imbissbuden, Tänzer, Krachmacher, spielende Kinder, stillende Mütter, qualmende Teenager, alte Männer und Hunde und lachende Familien, betende Nonnen, Chöre, Tauben, Zeltplanen, riesige Spruchbänder, Einräder, Gladiatoren, Boxer und Fußballer. Als mir ein junger Mann entgegenkam, der Jorge ungeheuer ähnlich sah, blieb ich wie vom Blitz getroffen stehen und kriegte einen Anfall von Panik. Er war es aber nicht, und ich wusste nicht, ob mich das traurig oder froh stimmte. Schließlich fing es an zu regnen, erst leicht, dann immer stärker. Der Regen fühlte sich gut an. Die Leute zogen Pappkartons und Müllsäcke hervor, um sich davor zu schützen. Irgendwann hatte ich es bis zum Nationalpalast geschafft und ging hinein, und da stand Aggie vor einem überdimensionalen Wandgemälde und weinte. Ich ging zu ihr und legte ihr den Arm um die Schultern.

Aggie, was hast du?, flüsterte ich.

Sie schüttelte den Kopf.

Fürchtest du dich?, fragte ich.

Nein, sagte sie.

Ich wusste nicht, was ich sagen oder wie ich sie trösten sollte. Ich drückte sie an mich. Ich hatte vergessen, wie schmächtig sie war.

Schau dir das an, sagte Aggie.

Das Bild?, fragte ich.

Es heißt *México a través de los siglos,* sagte sie.

Und das macht dich traurig?, fragte ich.

Nein, antwortete sie. Der Rotz lief ihr übers Gesicht, sie brachte nur ab und zu ein Wort zwischen den Schluchzern heraus.

Ich wusste nicht, dass Erwachsene so was machen können, sagte sie und deutete auf das Wandbild. Dass Menschen so was fertigbringen.

Ich betrachtete es mit ihr. Sie war in einer Art Trance. Irgendwann fragte sie mich, wo Ximena sei, und ich erzählte ihr von Noehmi und dass wir vermutlich lieber mal zu ihr zurück sollten. Wenn ich ein bisschen mehr Ahnung gehabt hätte, hätte ich sie vielleicht darauf aufmerksam gemacht, dass Diego Rivera mit seinem Gemälde alle Mexikaner aufforderte, ihrer Lebensgeschichte ins Auge zu blicken, der Schönheit und dem Elend, dem Leid und dem Kampf und den Verwüstungen, die dieser Barbar von Cortés angerichtet hatte. Und ich hätte womöglich hinzugefügt, dass Diego Rivera sein Wandgemälde etwa um die Zeit fertiggestellt hatte, als die sieben Mennoniten im Palast vorstellig wurden, um das Land in Chihuahua zu erwerben, nunmehr karge Heimat von Aggie, Ximena und Pancho Villa, und dass Mennoniten sich immer die Orte aussuchen, an denen kein anderer Mensch leben will.

Können wir hier wieder mal her?, fragte Aggie.

Klar, sagte ich. Sooft du willst.

Wir schlängelten uns durch die Menge zurück und trafen Noehmi unter einem improvisierten Dach aus Müllsäcken an, wo sie mit der Taschenlampe in ihrem Buch *... und andere Probleme im Wachzustand* las. Ximena schlief tief und fest unter ihrem weiten Sweatshirt; Noehmi hatte beim Lesen das Kinn auf ihren Kopf gestützt.

Irgendwo im Regen ging ein Feuerwerk los. Die Leute klöppelten wieder auf Töpfen und Pfannen herum, und sporadisch schallten Schreie über den Platz. Wir krochen unter das Dach und setzten uns neben Ximena und Noehmi.

Wie war sie?, fragte ich.

Ein Engel, sagte Noehmi.

Hat sie viel geschrien?, fragte ich.

Praktisch überhaupt nicht, sagte Noehmi. Ich hab ihr lauter Jonathan-Richman-Lieder vorgesungen.

Wer ist das?, fragte Aggie.

Mein Held, sagte Noehmi. Er ist schon alt, mindestens sechzig oder so, aber er liebt die Welt nach wie vor, und wenn du seine Musik hörst, liebst du sie auch.

Im Vorbeigehen sagte ein Typ was von wegen Blowjob zu Noehmi.

Nimm Hitlers Schwanz und fick dich selber, erwiderte sie vergnügt. Habt ihr Hunger?

Noehmis Freunde waren gerade unterwegs, hatten zuvor aber auf einem kleinen Grill, den sie mitgebracht hatten, ein paar Fleischstücke mit Zwiebeln und Paprika gegrillt. In dem Korb da sind Tortillas, sagte sie.

Während Aggie und ich aßen, sang Noehmi uns allen Jonathan-Richman-Lieder vor. Wir kauten mit vollen Backen, und Aggie applaudierte.

Wo sind deine Freunde denn hin?, fragte Aggie.

Eine Kamera besorgen, antwortete sie. Sie wollen einen Dokumentarfilm über den Protest drehen.

Wo wollen sie denn eine Kamera herkriegen?, fragte Aggie.

Keine Ahnung, antwortete Noehmi. Wahrscheinlich kommt ihnen unterwegs sowieso was dazwischen. Oder sie kommen mit Farbeimern wieder, oder mit Bier oder einer neuen Idee für einen Zirkus oder sonst was. Das sind alles Sozialanarchisten.

Aha, sagte ich und schaute weg. Ich kratzte mich am Arm und durchforstete mein Hirn nach einer schlagfertigen Antwort, und dann machte ich mir schnell noch eine Tortilla.

Aggie und Noehmi schliefen mit Ximena zwischen sich neben mir auf der Zeltplane. Ich riss einen Stoffstreifen von meinem alten Kleid und band das eine Ende Ximena und das andere Aggie ums Handgelenk. Wenn ich mich hinlege, dachte ich, binde ich Ximena noch einen Streifen ums andere Handgelenk und das andere Ende mir. Vielleicht auch noch einen Streifen um Noehmis Arm. Hoffentlich wecke ich sie nicht. Meine kleinen Brüder kamen mir in den Sinn, die so gern alles mit Stricken zusammenbanden. Ob ich sie je wiedersehen würde? Traurigkeit schoss durch mich hindurch wie ein Torpedo. Reiß dich zusammen, sagte ich mir. Vorhin, direkt nach der Sache mit dem Blowjob, hatte ein Mann Ximena kaufen wollen, und Aggie hatte ein Messer gezückt, unser funkelnagelneues Messer. Noehmis Freunde hießen Alexis, Guillen, Dupont und Ernie. Sie sind total dicht, hatte Noehmi gesagt. Und sie seien wahnsinnig nett und würden für sie durchs Feuer gehen, wenn es darauf ankäme.

Wie, dicht?, fragte ich. Sie schweben in anderen Sphären, sagte sie. Dann las sie mir einen Satz aus ihrem Buch vor: *Katherine setzte die Energie eines Traumas der einer Kobaltbombe mit einer Halbwertszeit von einhundert Jahren gleich.* Ich fragte sie, was das heißen sollte, und sie meinte, das wüsste sie nicht so genau, aber es würde so schön klingen. Vielleicht heiße es ja, dass jedes Trauma einen vor die Wahl stellt: wie gelähmt stillzuhalten oder die seelische Energie aufzubringen, sich weiterzuentwickeln.

Hmmm, mag sein, sagte Aggie und strich sich übers

Kinn. Ich verbot ihr auf Plattdeutsch, sich über Leute lustig zu machen, die gebildeter waren als sie. Sie antwortete, sie hätte die Nase voll von nervigem Traumageschwafel und wollte lieber wieder Bilder anschauen gehen. Ich empfahl ihr, einzuschlafen und von Bildern zu träumen, und sie antwortete, das Gelaber könnte ich mir sparen. Irgendwann schlief sie dann Gott sei Dank doch ein. Danach erzählte Noehmi mir aus ihrem Leben. Vor einem Jahr hat sie sich von ihrem Freund getrennt, und ihr Leben wurde zum Alptraum. Er war so verzweifelt, dass er sie nicht aus der gemeinsamen Wohnung ausziehen lassen wollte und Tag und Nacht getrunken hat. Als sie schließlich abhaute und bei ihrer Schwester einzog, hat er sich irgendwie in ihre E-Mails gehackt. Er hatte den Verdacht, dass sie mit einem anderen zugange war, und hat versucht, sich mit Pillen und Alkohol umzubringen. Das ganze Programm. Aber das war die reine Verzweiflung, sagte sie. Er hatte einen geliebten Menschen verloren. Da hat man keine Würde mehr. Wie soll man auch? Er sei ein wildes Tier, sagte sie. Aber sie würde ihn immer noch lieben.

Wo ist er denn inzwischen?, fragte ich. Da, sagte sie und zeigte auf Guillen. Aber er ist nicht mehr mein Freund, das ist jetzt Dupont. Und Guillen hat auch eine Freundin. Wir sind alle miteinander befreundet. Es war schon ziemlich krank. Und scheußlich. Aber das ist normal, sagte sie. Und inzwischen läuft's ganz gut.

Ich weiß nicht, was Noehmis Freunde mitgebracht hatten, eine Kamera jedenfalls nicht, soweit ich das mitbekommen hatte, aber sie standen jetzt wieder vor unserem improvisierten Dach im Kreis und sangen und trommelten. Andere Demonstranten tanzten zu ihrer Musik mit; es hatte aufgehört zu regnen, und die Luft roch frisch. Meine Wüstenfreunde, die Sterne, waren über den hellen Lichtern der Stadt nicht zu sehen.

Mitten in der Nacht band ich mich von Aggie und Ximena los und stand auf, um ein Telefon zu suchen. Als ich aufwachte, waren meine Fäuste geballt – drauf und dran, Kühe zu melken oder Kidnapper zu erwürgen. Aggie stöhnte wieder im Schlaf, als sähe sie Gespenster. Dupont lag neben Noehmi, den Arm um ihre Taille geschlungen, und die anderen Jungs waren weg. Die Trommeln waren ordentlich gestapelt unter eine Ecke der Zeltplane geschoben. Ich hatte noch nie mit einem Münztelefon telefoniert und kannte überhaupt nur einen Menschen mit Telefon. Ich steckte meine Münze in den Schlitz, worauf sie in ein kleines Fach unten am Telefon fiel. Und noch mal. Und noch mal. Ich stand da wie eine Idiotin. Eine alte Frau, die vorbeikam, merkte, dass ich Probleme hatte, und half mir. Als ich mich bedankte, nahm sie mein Gesicht ganz fest in die Hände. Ich lächelte schief, und sie küsste mich auf beide Wangen. Ich wählte Jorges Nummer. Es meldete sich auch ein Mann, allerdings nicht Jorge, deshalb legte ich wieder auf. Ich hätte sowieso nicht gewusst, was ich zu ihm sagen sollte. Ich probierte, meine Münze wiederzubekommen. Ging aber nicht. Na ja, dachte ich, immerhin weiß ich jetzt, wie ein Münztelefon funktioniert. Ich wollte das Telefon nicht gleich aus der Hand legen. Ich hielt es mir ans Ohr und tat so, als redete ich mit jemandem.

Ein von oben bis unten tätowierter Typ kam an, stellte sich neben mich und blickte zu Boden. Ich sagte meinem imaginären Mann, dass ich ihn liebte, und verabschiedete mich. Der Mann, der auf das Telefon wartete, hatte quer über den Hals den Namen Esther tätowiert.

Hier, jetzt kannst du, sagte ich, und er bedankte sich, er hätte mich nicht hetzen wollen. Ich drehte mich um und ging, aber er rief mir nach: Hallo, bist du nicht Irma Voth? Mein Herz machte einen Satz, und ich wirbelte herum. Woher wusste dieser dunkle Fremde meinen Namen?

Nein, so war es natürlich nicht.

Ich drehte mich um und ging, und der Mann sagte: Hallo, du hast deine Tüte vergessen.

Danke, sagte ich und nahm die zerknitterte *farmacia*-Tüte an mich.

Bist du allein?, fragte er.

Ja, sagte ich. Also nein, nicht allein.

Ja oder nein?, fragte der Mann.

Nein, sagte ich.

Dann ist ja gut, sagte er, es ist nämlich gefährlich, als Frau in Mexico City allein zu sein. Vor allem für eine Touristin wie dich.

Ich bin keine Touristin, sagte ich.

Du bist von hier?, fragte er.

Von weiter nördlich, sagte ich. Aber aus Mexiko.

Ich habe mal gleich hinter der Grenze gelebt, sagte er. In El Paso.

Ich nickte. Da war ich auch schon öfter, sagte ich.

Mit dieser Frau habe ich da gelebt, sagte er und deutete auf seinen Hals.

Mit Esther, sagte ich.

Ja, sagte er. Mit Esther. Die lebt jetzt in Houston.

Esther und er hätten es geschafft, einen Posten zu bestechen und die Grenze nach Texas zu passieren, erzählte er, und dann hätten sie sich nach El Paso durchgeschlagen, wo sie in einem Restaurant Arbeit fanden – schwarz. Esther hat sich in einen der Köche verguckt, ist schließlich mit ihm durchgebrannt und hat sogar ein Kind von ihm gekriegt. Der tätowierte Typ hat immer wieder vor Esthers neuem Haus geparkt und sie ausspioniert. Er hat in seinem Auto vor sich hin geheult und ihr Geschenke vor die Tür gestellt, damit sie ihn wieder liebt. Irgendwann hatte der Mann, den sie geheiratet hat, die Schnauze voll, hat die Einwanderungsbehörde eingeschaltet und durchblicken lassen, dass der tätowierte Typ illegal in Amerika war, worauf sie ihn zurück nach Mexiko verfrachtet haben.

Und jetzt hast du das Tattoo am Hals, sagte ich.

Ja, erwiderte er, erst wollte ich es wegmachen lassen, aber das kostet eine Stange Geld. Dann wollte ich ein anderes Wort daraus machen, aber mir ist keins eingefallen.

Auf Englisch hättest du *Rest Here* draus machen können.

Ja, aber ist egal, sagte er. Inzwischen freue ich mich jeden Tag, wenn ich das Wort Esther da sehe.

Weil du so schöne Erinnerungen hast?, fragte ich.

Nein, antwortete er, weil es mich an die Schlechtigkeit der Welt erinnert. Sollte ich je wieder so blöd sein, einer Frau zu vertrauen, dann brauche ich nur in den Spiegel zu schauen, und schon mache ich den Fehler nicht noch mal.

Aber im Spiegel steht das doch seitenverkehrt, sagte ich.

Das macht nichts, sagte er. Ich sehe die Tinte, spüre den Schmerz der Nadel, sehe die Blutstropfen und denke an den Tag, als ich ihr meine Liebe geschworen habe.

Na bitte, sagte ich. Ich bin Irma Voth. Freut mich.

Ich bin Jeronimo Galvez Paz, sagte er. Ganz meinerseits.

Wir verabschiedeten uns mit einem Händedruck.

Als ich zu unserer Zeltplane zurückkam, waren Aggie und Ximena verschwunden. Ich weckte Noehmi und Dupont, ob sie wüssten, wo meine Schwestern sind, aber sie wussten es nicht, sie hatten sie überhaupt nicht weggehen sehen. Die beiden räusperten sich verschlafen, während ich dastand und in alle Richtungen spähte, so weit mein Auge reichte. Es reichte nicht weit, denn es war dunkel.

Wir helfen dir suchen, sagte Noehmi und befahl Dupont, aufzustehen und seine Taschenlampe zu suchen.

Hast du denn eine Taschenlampe?, fragte ich ihn.

Nein, sagte Dupont. Aber sie erwartet immer kleine Wunder von mir.

Kommt, wir müssen los, sagte Noehmi. Wer hat mir denn diesen Stofffetzen um den Arm gebunden?

Und im nächsten Moment hat sie es schon wieder vergessen, sagte er.

Noehmi und Dupont gingen in die eine Richtung, nach Osten vermutlich, und ich nach Norden oder auch Süden. Jedenfalls teilten wir uns auf und suchten getrennt. Ich könnte jetzt beschreiben, was ich alles fühlte, aber es gibt ein Bild, das meine Gefühle versinnbildlicht, nämlich das von dem schmächtigen Japaner, der über eine Brücke läuft und sich die Hände vors Gesicht hält, und hinter ihm steigt ein Atompilz auf. Meine Schwester Katie hatte dieses Bild an der Wand, und sie dachte sich gern Sprechblasen für den Mann aus, in denen es um die angeblichen Ursachen für seine Panik ging. Eines Tages riss sie es von der Wand und stopfte es in den Papierkorb. Es sei ihr zu omnipräsent, sagte sie.

Es stimmt, dass man starr vor Angst sein kann. Ich spürte, wie meine Glieder steif wurden, während ich über den Zócalo lief, Aggies Namen rief und mir Horrorszenarien ausmalte, eines schlimmer als das andere. Ich betete. Ich schloss einen Pakt mit Gott, fragte mich, wie ich das alles hätte verhindern können, und hackte auf mir herum. Ich schlug mir an die Stirn. Denk nach, Irma. In der Mitte des Zócalo, im Gewühl der wachen und schlafenden Demonstranten, blieb ich stehen und ließ den Blick über die Menge schweifen, auf der Suche nach einem weißblonden Kopf, der gleich aus der Dunkelheit hochhüpfen musste wie ein Toast aus dem Toaster. Okay, sagte ich mir, das kann doch einfach nicht sein. Ich kann doch nicht alle meine Schwestern verloren haben. Das ist ja wohl der beschissenste Moment in meiner ganzen Lebensgeschichte. Und dann grub sich das Wort *Lebensgeschichte* eine Bahn in meinem Gehirn. *Lebensgeschichte, Lebensgeschichte.* Ich fasste an den Punkt zwischen meinen Augen, die Quelle meines Lichts, meines inneren … Wasweißich. Was hatte Marijke gesagt? Meine Lebensgeschichte, sagte ich. Die Quelle meines inneren … Lichts. Das war doch beknackt. Und dann war es mir plötzlich klar.

Ich rannte zum Nationalpalast am anderen Ende des Zócalo, und da lag Aggie vor der Tür und schlief, mit Ximena im Arm. Ich weckte sie auf und umarmte die beiden. Aggie umarmte mich auch. Wir blieben lange so liegen. Und dann fragte ich sie, wann der Palast denn aufmachen würde, und sie antwortete, das wüsste sie nicht, aber wenn wir hier warten würden, dann kämen wir auf alle Fälle als Erste rein.

Ich wusste nicht, wo du bist, sagte Aggie. Ich bin aufgewacht, und du warst weg. Da bin ich durchgedreht.

Das tut mir leid, sagte ich.

Wo bist du denn hin?, fragte sie.

Telefonieren, sagte ich.

Telefonieren?, fragte Aggie. Wen wolltest du denn anrufen?

Niemanden, sagte ich.

Hier, sagte Aggie. Kannst du sie mal halten? Meine Arme sind schon ganz lahm.

Ich nahm ihr Ximena ab, stopfte sie in mein Sweatshirt und streichelte ihr über den Rücken. Hoffentlich wachte sie nicht so schnell auf – ich musste nämlich schlafen.

Ein paar Stunden später öffneten sich die Tore des Nationalpalastes, und Aggie ging hinein, um ihr Wandgemälde anzugucken. Ich hatte inzwischen Noehmi und Dupont ausfindig gemacht, ihnen Bescheid gesagt, dass sie nicht mehr zu suchen brauchten, und mit ihnen verabredet, dass wir uns, sobald Aggie mit ihrer Kunstbetrachtung fertig war, zu einem gemeinsamen Frühstück auf der Zeltplane treffen würden. Ich wartete mit Ximena draußen und gab ihr ein Fläschchen. Wir saßen in der Sonne, sie guckte mich beim Trinken an, und ich ließ den Blick über die Menge schweifen und dann wieder zu ihr, lächelte sie an und machte ihr Komplimente, weil sie sich so gut hielt. Bist du ein kleines Lämmchen?, fragte ich, während ich versuchte, ihre Augen vor der Sonne zu schützen. Bist du eine Kriegerin? Ich versprach ihr, dass ich uns noch am selben Tag ein richtiges Zuhause besorgen würde. Irgendwo da draußen, weißt du? In der Stadt. Dieser Stadt. Es hat was, wenn man Pläne mit einem Baby macht. Das ist irgendwie flexibler als mit Leuten, die sich später noch daran erinnern.

Wir frühstückten gemeinsam in der Sonne auf der Plane, ein köstliches Mahl aus Eiern, Paprika und Avocado. Ein neuer Protesttag war angebrochen, wir hatten die Nacht überstanden, jetzt war es an der Zeit, dass wir drei uns organisierten.

Wo wollt ihr hin?, fragte Noehmi.

Das weiß ich nicht so genau, sagte ich.

Was für einen Job hättest du denn gern?

Bin mir nicht sicher, sagte ich. Einfach irgendwas.

Habt ihr genügend Geld für eine Monatsmiete?, fragte Noehmi.

Bin mir nicht sicher, sagte ich. Während wir unsere Eier aßen, ging ich im Stillen mit meinen organisatorischen Fähigkeiten ins Gericht. Es galt, Listen zu schreiben.

Hast du einen Job?, fragte ich Noehmi.

Wir sind Studenten, antwortete sie. Die meisten von uns wohnen noch bei ihren Eltern.

Und was studiert ihr?, fragte ich.

Kunst, antwortete Noehmi. Politik, Geschichte, Film. Dupont schreibt über den Wahnsinn im Film.

Irma und ich arbeiten im Filmbusiness, sagte Aggie.

Wir arbeiten nicht im Filmbusiness, sagte ich, wir haben bei einem Film in Chihuahua ein bisschen mitgeholfen.

Bei was für einem Film?, fragte Dupont.

Ich glaube, er soll *Campo Siete* heißen, sagte ich.

Von wem ist der?, fragte Dupont.

Diego Nolasco, sagte ich.

Dupont blieb der Bissen im Hals stecken. Im Ernst?, fragte er.

Ja, sagte ich. Kennst du ihn?

Ist das wahr?, fragte Dupont. Du hast für Diego Nolasco gearbeitet?

Ja, sagte ich. Bloß als Dolmetscherin.

Ich habe beim Tragen geholfen, sagte Aggie.

Anschließend redete Dupont eine ganze Weile über Diegos andere Filme, und ich erzählte, wie es dazu gekommen war, dass wir für ihn gearbeitet hatten. Dupont fand das alles reichlich schwer zu glauben, aber irgendwann hatten wir ihn doch überzeugt, dass es stimmte. Er meinte, er würde um ein paar Ecken an seiner Uni jemanden kennen, der beinahe mal einen Job bei Diego bekommen hätte, und ich fragte, ob der zufällig Wilson heiße, aber er sagte nein, Roberto. Er wollte wissen, ob wir mit Diego noch in Verbindung stünden, und ich sagte nein, es hätte etwas doof geendet. Er ist ein Genie, sagte Dupont. Stimmt, sagte ich. Noehmi gab uns die Adresse des Bruders vom Mann ihrer Schwester, der eine Frühstückspension in Condesa hat, einem Stadtteil von Mexico City mit einem großen Park mittendrin. Den könntest du mal nach einem Job fragen, sagte sie; sie würde ihn anrufen und auch fragen. Du wärst ideal, weil du mit den Touristen Englisch sprechen kannst, außerdem könntest du beim Zimmerputzen oder was auch immer Ximena mit dir rumtragen.

Wir besuchen euch dann mal, sagte Noehmi und gab mir noch einen Zettel mit ihrer Adresse und Telefonnummer. Sie wohnte in einem Viertel namens Tacubaya, nicht weit von Condesa. Für Aggie hatte sie ein Bild daneben gemalt, auf dem sie, Ximena und ich neben dem Nationalpalast stehen und ich eine Sprechblase mit Wo ist Aggie? über mir habe, und sie eine mit Da drin!

Sie wollte mir ihr Exemplar von *… und andere Probleme im Wachzustand* schenken. Aber du hast es doch noch gar nicht ausgelesen, sagte ich. Sie sagte, ich könnte es ruhig erst mal haben, sie würde dann einfach ein anderes anfangen, es heiße *Der Fremde* und stamme von einem Franzosen namens Albert Camus. Der ist bei einem Autounfall ums Leben gekommen, sagte sie. Und die Seiten seines neuesten Romans flatterten in alle Himmelsrichtungen davon.

Kennst du *Ekel*?, fragte sie.

Na ja …, antwortete ich.

Jean-Paul Sartre?, sagte sie.

Nein, sagte ich.

Der mit Simone de Beauvoir verheiratet war?, sagte sie. Von der hast du doch bestimmt schon mal gehört.

Nein, sagte ich.

Jedenfalls, sagte Noehmi, das war so eine wahnsinnig intensive Frau, und die hatte eine leidenschaftliche Affäre mit Nelson Algren, einem amerikanischen Schriftsteller. Er ist einer meiner Lieblingsautoren. Er lebte ziemlich zurückgezogen, aber eines Tages beschloss er, doch mal was zu feiern, und dann hat er alles für eine Party bei sich zu Hause vorbereitet, aber kurz bevor die Gäste kommen sollten, fiel er in seinem eigenen Haus tot um.

Oje, sagte ich.

Das war doch genial, sagte sie. Aber die Affäre mit Simone de Beauvoir hatte er schon lange vorher. Sie hat in Amerika ein bisschen Spaß mit ihm gehabt, ist dann aber wieder zurück zu Sartre, der sie furchtbar mies behandelt hat. Und trotzdem hat sie es geschafft, Frauen zur Freiheit zu inspirieren, sagte sie. Ich nickte. Ironie des Schicksals, oder?, sagte sie.

Ja, antwortete ich. Kann man wohl sagen.

Eins meiner Lieblingsbücher von früher stammt von Antoine de Saint-Exupéry, sagte Noehmi. Es heißt *Wind,*

Sand und Sterne. Das besorg ich dir, Aggie. Es hat meinen Blick auf die Welt damals völlig verändert. Aggie und ich bedankten uns bei Dupont und ihr tausendmal für ihre Freundschaft, und die beiden sagten, wir würden uns ja wiedersehen, schon bald, am besten nach den Prüfungen, aber wenn wir irgendwas bräuchten, sollten wir jederzeit anrufen.

NEUNTES KAPITEL

DIOS CON NOSOTROS?, sagte Aggie.

Genau, sagte ich.

Und weiter?, sagte sie.

Nichts weiter, sagte ich. Ich mag mich nicht darüber streiten.

Wir saßen auf einer Bank in dem Park von Condesa. Ximena lag nackt in der Sonne zum Lüften. Ich hatte ihr gerade ihr Fläschchen gegeben, und sie gab kleine Quietschlaute von sich. Lauter Hunde rannten herum, denen ein paar junge Männer etwas beizubringen versuchten. Sie wollten, dass die Hunde bei Fuß standen und erst losrannten, wenn sie ihnen den Befehl dazu gaben, aber die Hunde rannten los, wann sie Lust hatten. Manche Männer schimpften die Hunde und schlugen sie, andere waren sehr geduldig und seufzten nur diskret.

Ich vermisse Oveja, sagte Aggie. Wir warteten darauf, dass der Bruder des Mannes von Noehmis Schwester von seiner Mittagspause wiederkam. Er hieß Hubertus. Wir waren müde und hatten Hunger – die üblichen Probleme im Wachzustand. Ich gab Aggie etwas Geld und schickte sie los, um an einem Stand in der Nähe Tacos und Saft zu kaufen. Ich beobachtete die unterschiedlichsten Leute, die an mir vorbeigingen, und versuchte zu verstehen, was sie zueinander sagten. Eine Frau neckte ihren Freund liebevoll wegen seiner Hochwasserhose. Aber ich versteh schon, mein Herz, sagte sie, du kannst dich ja nicht gleichzeitig um die mathematischen Permutationen des Gebimmels von Kirchenglocken *und* um deine Hosenlänge kümmern. Stimmt, sagte er, eins von beiden musste den Kürzeren ziehen. Sie lachte, und die beiden lösten sich auf wie ein Traum. Dann kam ein englischsprachiges Pärchen vorbei, und ich verstand nur: die, Anführungszeichen, Künstlercommunity, Anführungszeichen … Auch diese beiden verschwanden in der Ferne. Ich nahm mein Notizbuch heraus, um all das aufzuschreiben – ohne dass ich die Versatzstücke tatsächlich verstanden hätte. Ich wollte auch so reden können wie sie. So reden können wie die anderen. Dann kam Aggie mit den Tacos zurück, und wir aßen gemeinsam auf der Bank mit Ximena zwischen uns. Als Aggie mir meinen Taco gab, fiel etwas Füllung auf Ximenas nackten Bauch, worauf sie die Lippen spitzte wie zu einem Kuss, aber da in ihren Augen die nackte Panik stand, leckte Aggie die Füllung schnell ab, bevor sie Ximena den Bauch verbrennen konnte.

Superreaktion, sagte ich.

Was ist los?, sagte sie.

Das hat mein alter Volleyballtrainer in Kanada immer nach einem geglückten Hechtbagger gesagt.

Was ist los?, sagte Aggie.

Das hat mein alter Volleyballtrainer in Kanada immer nach einem geglückten Hechtbagger gesagt.

Was hat denn –

Das hat mein alter Volleyballtrainer in Kanada immer nach einem geglückten Hechtbagger gesagt!!

Schon, aber –

Aggie, vergiss es, sagte ich.

Wir warteten, beobachteten Leute und blieben stumm. Kleine Insekten landeten auf Ximena; ich blies sie weg. Ich fragte Aggie, woran sie gerade dachte. Sie gab keine Antwort. Ich fragte sie noch einmal, worauf sie die Arme verschränkte und den Blick in die Ferne schweifen ließ. An zu Hause?, fragte ich. Sie blieb stumm. Wetten, dass du Isaac vermisst, sagte ich, den Bluter? Du hast mir doch mal erzählt, dass der verbluten würde, wenn er sich in den Finger schneidet. Ximena strampelte in der Sonne, und Aggie hielt stoisch den Mund. Deshalb warst du doch in ihn verknallt, stimmt's?, sagte ich. Weil er bei allem, was er anpackte, sein Leben riskieren musste. Ich nahm eine Windel aus der *farmacia*-Tüte und zog sie Ximena schnell an, bevor sie noch die ganze Bank vollpinkelte. Aggie hatte mittlerweile die Augen geschlossen. Hat er dir nicht mal ein paar Tage lang sein Notruf-Armband geliehen?

An nichts, sagte sie.

Wie, an nichts?, fragte ich.

Du hast mich gefragt, an was ich denke, sagte sie. Sprich mich bitte nicht mehr an. Wir warteten weiter. Ich überlegte, wie ich sie wieder aufheitern könnte. Schließlich kam uns schlüsselbundschlenkernd Hubertus entgegen und schloss das Gartentor der Frühstückspension auf. Ich bat Aggie, auf Ximena aufzupassen und sich nicht von der Stelle zu rühren.

Im Ernst, Aggie, bitte, sagte ich. Ich habe vollstes Verständnis dafür, dass du meine Worte für Geschwafel hältst, und du hast ja oft recht, aber nicht immer. Ich habe auch vollstes Verständnis dafür, dass du gern deine Macht ausspielen möchtest, dass du gern sagen würdest, scheiß drauf, scheiß auf Irma und ihre blöden Befehle, scheiß auf die brave kleine Schwester, scheiß auf die ganzen bescheuerten Regeln, und am liebsten einfach losrennen würdest, so dass ich wieder ausflippe vor Sorge, aber ich flehe dich an, nicht zum ersten und sicher nicht zum letzten Mal, bleib hier, mach keinen Ärger und geh nicht verloren. Deine Sicherheit geht mir über alles, Aggie. Über deine Sicherheit geht mir nichts. Gar nichts. Bitte. Ich liebe dich mehr als alles auf der Welt, Aggie, und ich könnte es einfach nicht ertragen, dich zu verlieren. Es wäre mein Ende. Aus. Ende. Amen. Aggie, ich flehe dich an.

Meine Worte sind nicht einfach Geschwafel. Es sind Bilder und Tränen und unvollkommene Liebeserklärungen und mir selber beigebrachte Kopfschüsse. Bitte. Wirst du standhaft auf dieser Bank sitzen bleiben und Ximena weder verkaufen noch ihre oder deine Sicherheit sonst wie aufs Spiel setzen? Versprichst du, auf jedweden Eindringling, der dir ans Leder gehen oder deine Schwester erwerben will, mit dem Messer loszugehen? Ja oder nein.

Ein winziges Zucken um Aggies Mundwinkel. Ihre Selbstbeherrschung war olympiareif.

Aggie, sagte ich, es ist so was von wichtig. Ich gehe jetzt los und suche mir einen Job, und ich werde einen finden, und der sorgt dann dafür, dass du und ich zu essen haben, ein Dach über dem Kopf zum Schutz vor Sonne und Regen, und Wände gegen Insekten und Kidnapper. Wenn ich jetzt nicht sofort losgehe, verpasse ich meine Chance, und unsere ganze Hoffnung zerrinnt auf der Straße, und der Regen spült sie in den Gully und weiter in den Abwasserkanal und hinaus in den Ozean, und zwar so tief runter auf den Meeresgrund, dass man sie vor lauter Sauerstoffmangel nicht bergen kann. Sie wird also für sehr lange Zeit –

Haust du jetzt endlich ab?, sagte Aggie. Du hättest schon dreimal einen Job haben können und locker dein erstes Geld nach Hause bringen.

Okay, versprochen?, sagte ich.

Was, versprochen?, sagte sie.

Versprochen, dass du hier bleibst und dich nicht von der Stelle rührst?

Könnte durchaus sein, sagte Aggie.

Aggie!, sagte ich. Zum –

Ja doch!, sagte sie. Mein Gott, Irma. Jetzt geh schon. Du bist ja schlimmer als Tante Greita.

Tante Greita hatten wir unsere langsamste Kuh getauft, unsere Lieblingskuh, der man dauernd auf den Hintern klatschen musste.

Okay, aber bindest du sie auch an dir fest?, fragte ich.

Ximena?, fragte Aggie.

Nur falls du einschläfst oder so, sagte ich.

Wortlos zog Aggie mein altes Kleid aus der *farma-*

cia-Tüte und drapierte es sich um die Schultern. Dann nahm sie Ximena auf den Arm, drückte sie sich mit einer Hand an die Brust und wickelte mit der anderen die beiden Kleiderenden geschickt um ihre Schwester. Ich bedankte mich lächelnd, was sie mit einem würdigen Nicken quittierte. Ximenas Kopf war jetzt knapp unter dem von Aggie, und beide blickten auf den Park hinaus. Auf dem Weg zur Frühstückspension drehte ich mich noch einmal um, und da sahen die beiden aus wie ein doppelköpfiges Monster. Ich winkte, ohne eine Reaktion zu erwarten, aber Aggie winkte zurück. Sie hatte mir auch nachgesehen, und mein Herz floss über vor Liebe.

Irma Voth, sagte ich.

Und ihr seid gerade erst nach Mexico City gezogen?, fragte Hubertus. Dass Noehmi mir geraten hatte, ihn nach einem Job zu fragen, hatten wir schon abgehakt. Wir saßen an einem schmiedeeisernen Tisch in dem kleinen Innenhof der Pension. Weiße Vorhänge flatterten aus offenen Fenstern ringsum, und man hatte das Gefühl, auf einem großen Schiff zu sein. Überall standen Blumen, weiße Lilien, denen man praktisch beim Aufgehen zusehen konnte, dazu ein paar kleine Bäume, außerdem schlängelte sich ein grüner Gartenschlauch übers Pflaster, über den ich fast gestolpert wäre. Instinktiv wollte ich ihn schon mit der Machete zerhacken. Eine schmale Treppe führte zu einem Zimmer mit einer roten Tür und einem Balkon. Da oben wollte ich wohnen, in diesem Zimmer. Eine Frau in Stöckelschuhen kehrte Blütenblätter auf, und zwei ältere Männer in einer Ecke sprachen Deutsch miteinander. Der eine erklärte dem anderen gerade, dass es auf Deutsch kein Wort für *kindness* gebe, worauf der andere laut lachte und mit der flachen Hand auf den Tisch klatschte.

Jawohl, antwortete ich. Meine Schwester und ich wollen hier studieren.

Was denn?, fragte Hubertus.

Kunst, sagte ich.

Kunst, sagte Hubertus lächelnd und nickte bedächtig. Kunst ist eine Lüge, flüsterte mein Vater mir ins Ohr. Ich erwiderte Hubertus' Lächeln nervös und machte mich auf das Schlimmste gefasst. Die Hand meiner Mutter streichelte mir über den Rücken, in langsamen Kreisen, wie die Erde die Sonne umkreist. Die Liebe sucht nicht den eigenen Vorteil, sagte sie. Wenn das Leben gequirlte Kacke versprüht, ist Kunst dein bester Schirm, sagte Hubertus und lachte. Entschuldige. Ich glaube, das hab ich mal in einem Film gehört.

Ziemlich komisch, sagte ich und lächelte gequält.

Hast du in letzter Zeit irgendwelche guten Filme gesehen?, fragte er.

Ich habe noch nie einen Film gesehen, antwortete ich. Aber neulich habe ich bei einem mitgearbeitet.

Na, sagte er, ist ja auch nicht so wichtig. Du möchtest also hier in La Condesa arbeiten. Wo wohnst du denn?

Wir haben noch keine Wohnung, sagte ich.

Und wo ist deine Uni?

Wenn ich Arbeit und eine Wohnung habe, sehe ich mich nach Unis um, sagte ich.

Möchtest du vielleicht einen Kaffee?, fragte Hubertus. Das wär doch mal ein Anfang. Immer das Wichtigste zuerst. Er lachte wieder und entschuldigte sich noch einmal. Dann fragte er die Frau mit den Stöckelschuhen, ob sie uns netterweise zwei Tassen Kaffee bringen würde, worauf sie herkam, seinen Kopf umfasste, ihn auf die Stirn küsste und sagte aber gern, *cachondo*, mit Milch und Zucker? Und Hubertus schloss die Augen und sagte *si, baby, eres muy simpática.* Sie hieß Natalie.

Das ist Irma, sagte Hubertus. Sie und ihre Schwester sind hier in Mexico City, um Kunst zu studieren.

Ah, wie schön!, sagte Natalie. Da seid ihr an der richtigen Stelle. Interessierst du dich für eine bestimmte Dichtung?

Ja, antwortete ich, und plötzlich hatte ich das Gefühl, dass mir alles entglitt. Mein Fuß tippte auf den Boden, und meiner Kehle entfloh ein Krächzen.

Ja?, sagte Natalie. Darf ich fragen, für welche?

Ich blieb stumm und wartete darauf, dass die Welt unterging. Dann lächelte ich sie an, und sie lächelte zurück, freundlich, voller Mitleid oder Geduld oder Amüsement oder Unglauben, dass sich dieser Höhlenmensch in die Zukunft und mitten in Hubertus' und ihren Innenhof katapultiert hatte.

Na, sagte sie, ist ja auch nicht einfach in Worte zu fassen. Das verstehe ich.

Danke, sagte ich.

Mich faszinieren Künstler, sagte sie. Ich lese liebend gern ihre Lebensgeschichten. Es heißt ja immer, dass die meisten Künstler Melancholiker sind, stimmt's?

Ich nickte, ahnungslos, und nippte an meinem Kaffee.

Offensichtlich beschäftigt sich der Teil im Gehirn, in dem sich alles um Dunkles wie den Tod, den Schmerz und das Nichts dreht, wo also sozusagen Depressionen entstehen, auch ebenso obsessiv mit den unendlichen Herausforderungen der Kunst, woher dann eben die Ausdauer kommt, oder der Fokus, keine Ahnung. Der Fokus, den man braucht, um eine lange Suche zum Abschluss zu bringen. Könnt ihr mir folgen?

Hubertus lachte wieder und zog ihre Verwendung des Wortes *Suche* in Zweifel; wahrscheinlich passe *Projekt* doch besser, und ich nickte. Natalie lachte auch und riet mir, nicht alles so ernst zu nehmen. Wenn das, was ich sage, keinen Sinn ergibt, dann ergibt es eben keinen Sinn. Na und?

Wir tranken unseren Kaffee und unterhielten uns wieder mehr übers Praktische. Natalie kam noch mal her und wollte wissen, ob ich die Bäume kenne. Ich sagte nein. Es seien Jacarandas, erklärte sie. Zwei Jahre zuvor hätte sie im März einmal Selbstmordgedanken gehabt; sie wollte sich vor einen Bus werfen. Aber dann hätte sie die Jacarandas gesehen und es sich anders überlegt.

Dann wollten Sie sich lieber aufhängen?, fragte ich.

Aber nein!, antwortete Natalie. Mich hat die unendliche Geduld dieses Baumes beeindruckt. Sie beschrieb, wie der Jacaranda wartete und wartete – kahl, unscheinbar, unspektakulär, bis er eines Tages im Frühling fröhlich und urkomisch mit einem Paukenschlag zum Leben erwachte. Überall lila Blüten!, sagte sie. Kleinkinder gehen verloren, Autofahrer bauen Unfälle, weil sie vor lauter lila Blüten nichts mehr sehen, Menschen fallen in voller Montur in Teiche, weil die lila Blüten so dick auf dem Wasser schwimmen, dass man das Wasser nicht mehr sieht! Und wenn dieser Baum das ganze Jahr auf seinen kurzen Moment warten kann, sagte Natalie, und trotzdem jahrhundertelang leben, dann konnte ich das auch.

Jahrhundertelang leben?, fragte ich.

Leben, sagte Natalie. Ich bin bei den Jacarandabäumen in die Lehre gegangen. Sie haben mir beigebracht, dass es völlig in Ordnung ist, wenn man die meiste Zeit unscheinbar vor sich hin werkelt, sich bedeckt hält ... und dann ... ausbricht wie ein Vulkan!

Hubertus lag vor Lachen halb unter dem Tisch. Scheiß die Wand an!, rief er. Natalie gab ihm erst eine Kopfnuss, dann wickelte sie ihm den grünen Gartenschlauch um den Hals und gab ihm einen Kuss, und er röchelte im Spaß nach Luft.

Am Ende dieser Begegnung hatte ich einen Job als Zimmermädchen. Nur Ximenas Existenz hatte ich irgendwie nicht miteinflechten können. Ich wollte meine Chancen auf dem Arbeitsmarkt nicht gleich dadurch schmälern, dass ich darauf bestand, bei der Ausübung meiner Tätigkeit einen schlecht gelaunten Säugling huckepack herumzuschleppen. Vielleicht konnte sie ja wie ein Jacarandabaum auf der Bildfläche auftauchen und Natalie zu neuem Leben inspirieren.

Als ich auf die Straße trat, waren die Pfiffe der Scherenschleifer und die Rufe der Gasflaschen- und Trinkwasserverkäufer zu hören. Ich überlegte, ob es in Mexico City nicht auch andersherum funktionierte, ob ich durch die Straßen laufen konnte und die Dinge herausschreien, die ich brauchte, statt derer, die ich feilzubieten hatte?

Aggie und Ximena saßen nicht auf der Bank. Erst dachte ich, ich hätte vielleicht die falsche erwischt, aber auf der Sitzfläche klebten lauter Tacoreste, über die sich Insekten und Käfer hergemacht hatten, so dass es schon die richtige sein musste. Wieso eigentlich reißt sich, überlegte ich, wenn man die eine Zeltecke gerade im Boden festgespießt hat, so oft die andere los und flattert im Wind? Ich starrte die Insekten an und versuchte, meine Gedanken zu ordnen. Eine Einmannband mit Trompete, Tamburin und Trommel marschierte vorbei. Ja, ja, ich weiß, dachte ich, wenn man was erledigt haben will, muss man es selber tun. Versetz dich mal in Aggies Lage, sagte ich mir vor. Ich bin Aggie, sagte ich laut. Ich sitze auf dieser Bank und mir ist sterbenslangweilig, ich halte es nicht mehr aus, ich muss einfach hier weg. Wo gehe ich hin? Eine Frauenstatue fiel mir ins Auge; ich ging darauf zu. Es war eine vollbusige Nackte mit zwei Krügen als Wasserspeiern. Ich stellte mich daneben und hielt Ausschau nach Aggie und Ximena. In Chihuahua hatte ich sie nicht abschütteln können, und hier entwischte sie mir ständig. Ich ging wieder weiter und stieß auf einen Mann, der zwischen Büchern am Boden saß. Ich blieb stehen.

Hay algún libro de Simone de Beauvoir¿, fragte ich.

No, no tenemos, antwortete er.

Me puede recomendar algún libro?, fragte ich.

Sí, sagte er. *Te gusta …¿*

No sé, sagte ich.

Que tipo de libros lees¿, fragte er.

No sé, sagte ich.

Has leido Nuestra arma es nuestra palabra?

Ich hatte mein erstes Buch gekauft: *Unser Wort ist unsere Waffe*. Ausgewählte Schriften des Subcomandante Insurgente Marcos. Obwohl, bezahlt hatte ich es gar nicht, denn die *farmacia*-Tüte mit Ximenas Sachen und unserem ganzen Geld hatte Aggie, aber der Mann auf dem Boden meinte, ich könnte es so mitnehmen, wenn ich ein andermal wiederkäme und etwas kaufte.

Kommst du wieder?, fragte er.

Ja, antwortete ich.

Das erinnerte mich an eine ähnliche Unterhaltung, zwischen Wilson und mir, als er mir eröffnete, dass er nach Mexico City fliegen wollte, um die Filmrollen abzugeben und vor meinem Vater in Sicherheit zu bringen. Was er wohl gesagt hatte, als er nach Chihuahua zurückkam und Diego ihm erklärte, dass ich abgehauen war? Vielleicht: Mist. Oder gar nichts. Vielleicht hatte er in sein Notizbuch eine kleine Geschichte über mich geschrieben, die er irgendwann auf dem Festival in Guadalajara vorlas. Da würde ich dann wundersamerweise unter den Zuschauern sein, in einem wallenden Gewand, irgendwo im Dunkeln in der Menschenmenge, und seiner Mikrophonstimme lauschen. Sehen könnte ich nichts, wegen der Riesenkerle vor mir, aber ich würde meinen Namen hören und seiner leidenschaftlichen Stimme folgen, hin zum Licht.

Ich lächelte den Buchhändler an, hielt mein Buch hoch und bedankte mich noch einmal, worauf er salutierte und mich *compañera* nannte. Auf Aggie stieß ich dann an einem kleinen See. Beim Tangotanzen. In einer Gruppe. Da Aggie zum ersten Mal im Leben tanzte und Ximena an die Brust geschnallt hatte, waren ihre Bewegungen ein bisschen ungelenk, aber sie bemühte sich konzentriert, dem Lehrer zu folgen. Die anderen Schüler hatten Tanzpartner, Aggies dagegen war nur imaginär. Sie warf den Kopf zurück, streckte die Brust mitsamt Ximena heraus und stolzierte schleppend über den Rasen. Ihr Arm schnellte hoch, und dann ließ sie die Hand wieder sinken und zog den Handrücken tragisch über die Augen, als wollte sie alle Schrecken und alles Elend, das ihr im Leben widerfahren war, auslöschen und tilgen.

Hervorragend! Ganz hervorragend!, rief der Lehrer.

Als die Musik verstummte, blickte Aggie sich um und grinste ihren Mitschülern zu. Die Stunde war vorbei. Ich ging zu ihr und begrüßte sie, worauf sie meinte oje, tut mir leid, bist du schon fertig? Ich wollte gerade wieder zurück zu der Bank. Hast du einen Job?

Ja, sagte ich. Als Zimmermädchen.

Ich als Tänzerin. Aggie fuhr die Ellbogen aus und schnippte mit den Fingern.

Tja, sagte ich, aber ich kriege Geld.

Tja, sagte sie, und ich kriege Applaus.

Tja, sagte ich, ich kriege Geld, und mit diesem Geld miete ich mir eine Wohnung und kaufe Essen. Und einen Fernseher.

Tja, sagte sie, ich kriege Applaus, und diese Bestätigung meines unglaublichen Talents macht mich froh und glücklich und gibt mir Selbstbewusstsein.

Tja, sagte ich, dann viel Spaß mit deinem Leben als Tänzerin.

Tja, sagte sie, dann viel Spaß mit deinem Leben als Zimmermädchen.

Danke, werd ich haben, sagte ich.

Dann ist ja gut, sagte sie.

Verbissen schweigend zogen wir los, mit unbestimmtem Ziel, nur weg. Ximena wand sich und gluckste vor Vergnügen. Sie liebte Streit. Ich hatte keine Ahnung, in welche Richtung wir gehen sollten. Als Aggie mich fragte, ob ich Ximena mal ein Weilchen halten könnte, fragte ich zurück, ob sie auf einer verdammten Scheißparkbank vielleicht mal ein Weilchen sitzen bleiben könnte.

Wie reif von dir, sagte sie. Ich ging voraus und sah mich eine Ewigkeit nicht um, aber als ich es dann doch tat, zockelte sie hinter mir her. Ich bat sie, mein Buch in die *farmacia*-Tüte zu stecken, und dann fiel mir auf, dass sie die Tüte nicht hatte.

Aggie!, sagte ich. Wo ist die Tüte?

Wir rannten zu dem kleinen See zurück und suchten alles ab, aber sie war nicht mehr da. Kein Wunder. Wir starrten aufs Wasser hinaus und betrachteten unsere unergründlichen Spiegelbilder. Was hätte Gustavo Mundo, unser Acapulcoer Taxifahrer, wohl dazu gesagt? Dass

Tango tanzen zu lernen den Verlust unseres ganzen Geldes und unserer materiellen Besitztümer wert war? Das ergab vermutlich genauso viel Sinn wie jede andere Interpretation.

Tja, sagte Aggie. Dann besitzen wir jetzt ein Buch.

Genau, sagte ich und hielt es hoch wie einen papierenen Schild.

Wir sind erledigt, sagte sie.

Tut mir leid.

Ist schon klar, sagte ich.

Wann fängt dein Job an?

Morgen früh.

Tut mir echt leid. Echt.

Echt.

Echt!

Zeig mir ein paar Tangoschritte, sagte ich.

Aggie wurde plötzlich schüchtern. Sie band Ximena von ihrer Brust los und legte sie ins Gras, worauf X. sich sofort in eine tödliche Schlacht mit unsichtbaren Feinden stürzte.

Ich kann's dir schon beibringen, sagte Aggie.

Aggie und ich tanzten im ausgehenden Abendlicht ungelenk Tango, und Ximena verscheuchte solange die Gespenster.

In der Nacht versuchten wir dann, an die Statue eines schönen Mannes gelehnt, den wir als unseren Vater adoptierten, im Park zu schlafen, aber die Polizei fand, das ginge nicht. Wir hatten nichts zu essen für Ximena. Nur durch ständiges Herumlaufen konnten wir sie von ihrem Hungergebrüll abhalten, also taten wir genau das, die Avenidas Michoacán, México und Amsterdam auf und ab und hin und her. Die Avenida Amsterdam war ursprünglich eine Pferderennbahn um den Park gewesen. Wir drehten mindestens tausend Runden. Wenn wir in die Büsche mussten, passte die eine auf die andere auf. Als wir uns bei einem blauen Auto an die Stoßstange lehnten, ging eine Alarmanlage los, und wir rannten weg. Wir froren. Aggie weinte ein bisschen und entschuldigte sich noch einmal. Ich tröstete sie, so gut es ging. Wir dachten uns plattdeutsche Reime aus und versuchten, alte Witze wieder zusammenzukriegen. Wenn wir unter einer Straßenlaterne durchkamen, lasen wir ein paar Sätze aus den ausgewählten Schriften des Subcomandante Insurgente Marcos. Von einem feuchtfröhlichen Pärchen, das uns niedlich fand und laut überlegte, ob wir wohl echt wären oder eine Fata Morgana, ließen wir uns ein paar Pesos schenken. Ab und zu setzten wir uns ins Gras, aber dann fing Ximena an zu brüllen, und ich befürchtete, dass uns das wieder die Polizei auf den Hals hetzen würde. Als die Sonne aufging, tauschten wir unsere Pesos bei einem Obsthändler, der schon seinen Karren aufbaute, gegen ein paar Avocados und Saft in der Plastiktüte. Aggie schälte die Avocados mit ihrem Messer, und dann stippten wir kleine Stücke in den Saft und ließen Ximena daran lutschen. Ich fragte den Obstmann, ob er vielleicht einen alten Lappen hätte, mit dem ich Ximena frisch wickeln konnte, und er gab mir ein blütenweißes weiches Handtuch mit dem Empire State Building darauf. In einem Brunnen wuschen wir uns das Gesicht. Ich würde Hubertus nach einem Vorschuss auf meinen Lohn bitten müssen, und das machte mich nervös.

Um 7:30 Uhr, vielleicht war es auch 8:00, standen wir zu dritt vor der Frühstückspension.

Jetzt bete, befahl ich Aggie.

Für was?, fragte sie.

Für was wohl?, sagte ich. Für alles.

Ich weiß aber nicht, wo ich anfangen soll, sagte Aggie.

Und das Reden überlässt du mir, sagte ich.

Das richtige Reden?, fragte sie.

Genau, sagte ich. Du bittest stumm um Gnade, und ich rede einstweilen hörbar mit Hubertus.

Wie wollen wir Ximena davon abhalten, zu brüllen?, fragte Aggie.

Das gehört zu dem Gebet für alles, sagte ich.

Wir könnten auch im Park warten, schlug Aggie vor.

Nein, antwortete ich. Das haben wir ausprobiert, aber du bist tanzen gegangen. Jetzt pul noch ein Stück Avocado raus und steck ihr den Finger in den Mund.

Oder wir könnten um den Block laufen, bis du mit dem Dingsbums geredet hast.

Vergiss es, sagte ich. Bete.

ZEHNTES KAPITEL

Wir saßen alle gemeinsam in dem kleinen Innenhof bei Kaffee und Eiern, Bohnen und Orangen. Natalie war losgelaufen, um in dem kleinen Laden gegenüber Babynahrung, ein Fläschchen und ein paar Windeln für Ximena zu kaufen. Aggie wollte schon aus dem grünen Gartenschlauch trinken, aber ich flüsterte ihr auf Plattdeutsch zu, dass sie das lassen sollte. Hubertus tat so, als hätte er nichts gemerkt, und holte schnell eine Flasche Wasser und eine Kanne mit Ananassaft. Aggie bedankte sich auf Spanisch bei ihm und erklärte, sie wäre fast verdurstet. Sie goss sich etwas Wasser aus der Glasflasche in die Hand und spritzte es sich ins Gesicht.

Aggie, flüsterte ich. Das ist zum Trinken!

Ihr seid also Schwestern und Mexikanerinnen?, sagte er.

Ja, sagte ich.

Welche Sprache sprecht ihr denn?

Spanisch, sagte ich.

Das ist mir klar, aber ich meine, miteinander?

Plattdeutsch, sagte ich.

Noch nie gehört, sagte Hubertus. Ist das so ähnlich wie normales Deutsch?

Ja, so ungefähr, sagte ich. Inzwischen war Natalie mit

den Babysachen wieder da und machte in der kleinen, an den Innenhof angrenzenden Küche Ximena ein Fläschchen.

Irma, sagte er, ich will dich nicht in Verlegenheit bringen, aber ich muss dir jetzt ein paar Fragen stellen.

Wir starrten ihn alle drei an, und er lachte.

Keine Angst, sagte er. Ihr solltet eure Augen sehen, alle drei Paar! Ihr seid ja ein Gespann.

Tut uns leid, sagte ich.

Wieso denn leid?, sagte Hubertus und lachte wieder. Man merkte, dass Aggies Wolfsaugen ihm ein wenig unheimlich waren – oder vielleicht täuschte ich mich auch. Sie konnte einen ewig anstarren, ohne zu blinzeln, als wollte sie einen zwingen, in das leere Weiß ihrer Augen Schöneres zu träufeln als das, was sie gerade sah. Endlos hielt sie das aus.

Also gut, sagte er, ich muss es dich fragen. Wieso hast du deine kleinen Schwestern dabei? Es tut mir leid, wenn diese Frage schwer zu beantworten ist. Ist sie das?

Ja, sagte ich und bemühte mich, die Puzzleteile meines Lebens im Kopf zusammenzusetzen, bevor ich mit einer dummen Antwort herausplatzte. Ich hätte gern die Wahrheit gesagt, aber die Wahrheit, die nackte, ungeschminkte Wahrheit war so entsetzlich. Ich wollte sie nicht vor Aggie aussprechen, sonst hätte sie sich gleich wieder hilflos und verloren gefühlt. Wäre ich jemand anders gewesen, hätte ich mit einem Wandgemälde antworten können, oder mit einem Tango im Park, oder einem Gedicht, wie Wilson zum Beispiel. Oder mit einem Schuss, wie mein Vater.

Es tut mir leid, sagte Hubertus, aber wenn deine Eltern dich suchen, dann muss ich das wissen. Schließlich sind deine Schwestern noch Kinder.

Natalie kam aus der Küche gestöckelt und hielt triumphierend die Flasche hoch. Hier! Lass mich mal das arme Kleine füttern. Darf ich? Ich reichte Ximena Natalie und flüsterte, es würde mir leidtun, dass sie so schmutzig sei. Natalie winkte ab, so ein Unsinn, sagte sie und drückte Ximena beim Füttern an die Brust.

Nein, sagte ich.

Deine Schwestern sind keine Kinder mehr?, fragte Hubertus.

Sie suchen uns nicht, sagte ich.

In dem Innenhof hörte man nur Vogelgezwitscher und Ximena. Sie schmatzte so wild, als wollte sie die Plastikflasche mit verschlingen und das sperrige Ding ein Leben lang als Andenken im Bauch behalten.

Woher willst du das wissen?, fragte Hubertus. Sind sie tot? Entschuldige, dass ich das frage.

Nein, sagte ich. Soviel ich weiß, sind sie am Leben. Hubertus nickte zufrieden. Aggie trank einen Schluck Ananassaft. Über uns flog ein Flugzeug, das mit seinem Kondensstreifen ein Wort zu schreiben begann, dann aber verschwand.

Mein Vater mag uns nicht, sagte ich. Er mag keine Mädchen. Er mag es nicht, wenn wir älter werden und … irgendwas an seinen Töchtern regt ihn furchtbar auf und … das ist alles.

Natalie hielt inne; Hubertus sah erst sie an, dann Aggie, die vielleicht sogar blinzelte.

Meine Güte, sagte Natalie.

Natalie, sagte er.

Was ist?, sagte sie. Darf ich nicht mal den Mund aufmachen?

Weiß er, wo ihr seid?, fragte Hubertus.

Nein, sagte ich. Das weiß keiner.

Und eure Mutter?, fragte er. Will die nicht, dass ihr zurückkommt?

Nicht, solange er da ist, antwortete ich.

Hubertus nickte und setzte eine grimmige Miene auf. Er streckte die Finger und inspizierte seine Handrücken. Er atmete hörbar ein und aus. Dann rieb er sich energisch die Schenkel und warf Natalie, die Ximena inzwischen weitergefüttert hatte, einen Blick zu. Sie erwiderte ihn demonstrativ nicht. Die Vögel zwitscherten weiterhin.

Also gut, sagte Hubertus schließlich. Und ihr habt euer ganzes Geld verloren, als eure kleine Aggie (er nickte Aggie lächelnd zu) spontan auf die Idee kam, bei einer Tangostunde im Park mitzumachen?

Ja, sagte ich. Sie hat die Tüte stehen lassen.

Na ja, sagte Aggie, man kann ja schlecht mit einer *farmacia*-Tüte Tango tanzen.

Mit einem Baby aber schon?, zischte ich auf Plattdeutsch.

Was hätte ich denn tun sollen?, zischte sie zurück.

Auf der Bank sitzen bleiben und überhaupt nicht tanzen, sagte ich.

Aber ich wollte –

Du hättest uns den ganzen Ärger ersparen können, sagte ich auf Spanisch.

Tja, sagte Hubertus, aber was wäre das Leben ohne Ärger?

Eben, Irma, sagte Aggie. Was wäre das Leben ohne Ärger?

Es ist mir völlig klar, dass das Leben ohne Ärger kein Leben wäre, sagte ich. Ich sage ja bloß, dass nicht immer du ihn machen musst. Gib doch den anderen auch mal eine Chance.

Ich?, sagte Aggie. Wer hat denn einen Mexikaner geheiratet?

Aggie, sagte ich, halt die Klappe.

Du bist verheiratet?, fragte Hubertus.

Ja, sagte ich, aber ich weiß nicht, wo er ist, mein Mann.

Weiß er, dass du hier bist?, fragte Hubertus.

Nein, sagte ich.

Hubertus bat Natalie, mit ihm ins Büro der Pension zu kommen, wo ihr Schreibtisch und ihr Computer standen. Gehen die jetzt ficken?, fragte Aggie, als die beiden weg waren.

Wenn du in einer Großstadt leben willst, antwortete ich, dann musst du lernen, nicht einfach mit dem rauszuplatzen, was dir gerade in den Sinn kommt. Da sind nämlich glatt Menschen, die das hören. Da gibt es eine Bevölkerung.

Ja, aber das sind komische Menschen, findest du nicht?, sagte sie.

Als die beiden wiederkamen, teilten sie uns mit, dass wir in einem kleinen Zimmer wohnen könnten, das zur Pension gehöre. Es sei im ersten Stock, nach hinten raus, mit Blick über die Dächer. Es hätte ein großes Bett, eine Ausziehcouch, ein Bad, ein Spülbecken, einen kleinen Kühlschrank, eine Mikrowelle, ein paar Bilder von Obst und so weiter an den Wänden und einen kleinen Balkon. Ich sollte morgens den Gästen Frühstück machen und die Zimmer putzen und nachmittags Besorgungen machen. Aggie sollte in die Schule gehen. Auf Ximena würden entweder ich oder Natalie oder Hubertus aufpassen. Abends sollte ich Natalie Englischstunden geben, damit sie irgendwann ihren Traum wahrmachen konnte, Charles Dickens' Gesamtwerk in der Originalsprache zu lesen. Oder so ähnlich. Der letzte Satz rief besonders große Heiterkeit hervor.

Ich weiß nicht, wie ich Ihnen danken soll, sagte ich. Ich werde Ihnen Ihre Güte nie vergessen.

Kommt, sagte Natalie. Ich zeige euch euer Zimmer, und ihr könnt euch ein bisschen hinlegen, und wenn ihr aufwacht, gibt's Mittagessen.

Ich weiß nicht, wie ich Ihnen danken soll?, sagte Aggie auf Plattdeutsch. Was für ein dämlicher Spruch. Wir lagen in dem riesigen Bett, mit einer frisch gebadeten, duftenden und vor Wonne seligen Ximena zwischen uns. Man sagt danke, sagte Aggie. Ganz einfach. Danke.

Wenn ich doch bloß so schlau wäre wie du, Aggie, sagte ich.

Ja, das wäre toll, sagte sie. Ich bete jeden Abend dafür.

Danke, sagte ich.

Ich hab's allerdings fast aufgegeben, sagte sie.

Das kann ich verstehen, aber trotzdem danke, sagte

ich. Du bist nicht nur ungewöhnlich schlau, sondern auch warmherzig und rücksichtsvoll.

Sie rückte mit ihrer Schulter ein paar Zentimeter herüber, bis sie meine Schulter berührte, dann zog sie sie wieder zurück.

Versuchst du etwa auch noch, lieb zu mir zu sein?, fragte ich.

Als wir aufwachten, hatte Ximena das Bett komplett durchnässt, durch ihre Windel und den Strampelanzug, durch die Decke, das Laken, den Matratzenschoner und die Matratze.

Scheiße, macht dieses Kind Arbeit, sagte Aggie.

Wir wuschen die ganzen Sachen in der Dusche aus und hängten sie übers Balkongeländer zum Trocknen. Es wurde schon wieder dunkel. Wir gingen runter, um Natalie und Hubertus zu suchen, aber sie waren nicht da. Dafür klebte ein Zettel für uns an der Bürotür, eine auf die Rückseite eines Kuverts gekritzelte Nachricht. Sie kämen erst spät wieder, es sei etwas Geld in dem Umschlag, mit dem wir etwas zu essen und Windeln kaufen könnten, außerdem liege der Schlüssel für die Küche dabei, wo Waschmaschine und Trockner stünden. Ich solle am nächsten Morgen mit meiner Arbeit anfangen. Wir gingen in die Küche und aßen Tortillas mit Käse und Salat. Dann streiften wir in der Gegend herum, um einen Friseur zu suchen. Wir wollten uns unbedingt beide von einem Teil des Essensgeldes einen Pixie Cut machen lassen, so einen frechen, fransigen Kurzhaarschnitt. Das war die einzige Frisur, an die ich mich aus unserer Zeit in Kanada noch erinnern konnte. Katie hatte sich einen schneiden lassen, bevor sie nach Vancouver ging, bevor sie nach Vancouver gehen *wollte*, und vielleicht war das überhaupt der Auslöser für den Wahnsinn unseres Vaters. Ich weiß noch, wie sie ihn mir gezeigt hat, in ihrem Zimmer, wie sie mir zugeflüstert hat, das nennt man Pixie Cut, und da wird er völlig ausflippen vor Wut, und ich konnte ihr nur zustimmen und spürte einen heftigen Schmerz in Brust und Bauch, als sie herumstolzierte und sich bewunderte und furchtlos und unerschrocken ihrem Spiegelbild zulächelte.

Als wir uns dann in einem kleinen Friseurladen auf der Avenida Michoacán die Haare schneiden ließen, fiel plötzlich der Strom aus, und wir saßen im Dunklen. Die Friseuse beruhigte uns, wir sollten ein paar Minuten abwarten, aber das Licht ging nicht wieder an, und da Ximena immer mehr auf meinem Schoß herumzappelte, mit dem Kopf gegen mein Schlüsselbein drosch und ich ihr meine Haarsträhnen aus dem Mund pulen musste, beschlossen wir, zu zahlen und zu gehen. Die Friseuse bat uns, am nächsten Tag wiederzukommen. Als wir uns draußen gegenseitig im Schein der Straßenlaternen sahen, meinte Aggie, sie würde sich vor Lachen gleich in die Hose machen, und ich sagte, lieber nicht, du hast bloß die eine.

Du siehst aus wie Wilf!, prustete sie. Wilf war mein jüngerer Cousin, einer von denen, die im Haus der Filmleute gewohnt hatten, bevor die ganze Familie nach Kanada zurückgegangen war. Drei Männer kamen vorbei und riefen etwas von hässlichen *gringas*, worauf Aggie eine Tirade im unflätigsten Spanisch losließ, das ich je gehört hatte. Nicht mal von Jorge. Oder Diego. Wir gingen zur Pension zurück, holten aus der Küche eine Schere und nahmen sie mit auf unser Zimmer. Wir stellten einen Stuhl raus auf den Balkon, und dann schnitt Aggie meinen Pixie Cut fertig. Ich hob die blonden Strähnen auf, die sich babyweich anfühlten, und warf sie dann in den Müll. Ich legte die Füße aufs Geländer. Ich fragte Aggie, ob ich sie auch fertig schneiden sollte, aber sie meinte, das bräuchte es nicht, sie fände das Asymmetrische daran gerade toll. Dann blickten wir hinaus auf Mexico City, das berühmte »D. F.«, und auf den Bezirk Cuauhtémoc, unser neues Zuhause. Wir blieben noch lange auf dem Balkon sitzen, betrachteten die Lichter und hörten dem Verkehr und dem ständigen Sirenengeheul zu. Irgendwo in der Ferne brannte ein Haus. Wir redeten ein bisschen über das, was wir zurückgelassen hatten, aber nur wenig. Wir redeten übers Universum, über die Einsamkeit. Wir redeten darüber, wie man am besten fällt, so dass man sich nicht verletzt, und ob man im Licht der Venus seinen Schatten sieht oder nicht. Uns wurde ein bisschen kühl, aber keine wollte reingehen und die Sweatshirts holen, weil Ximena schlummernd auf dem Bett lag und wir nicht aus Versehen ihre Knöpfe drücken wollten.

In der Nacht wachte Ximena pünktlich jede Stunde auf und schrie die Welt an, ob all ihrem Kleinmut und ihrer koketten Doppelzüngigkeit, außerdem vermutlich auch mich direkt, weil ich keine Haare mehr hatte, die sie sich um die kleine Faust wickeln und mitsamt der Wurzel ausreißen konnte. Immerhin konnte sie mich noch vollkotzen, also tat sie das ein paarmal, und zur Krönung rammte sie mir ihren Schädel gegen die Nase, dass es mir das Wasser in die Augen trieb, worauf ich sie etwas heftiger neben Aggie auf dem Bett ablegte als nötig. Aggie wachte auf und meinte nein, tu sie weg, aber ich sagte nein, jetzt musst du sie eine Weile rumtragen, ich muss schlafen.

Was danach passierte, weiß ich nicht, denn Aggie übernahm das Kommando, und ich war sofort hinüber. Als ich wieder aufwachte, lagen die beiden auf der Ausziehcouch, Augen zu, Münder offen, als hätte der Schlaf sie aus dem Hinterhalt übermannt. Hätten sie mich bewachen sollen, wäre das der ideale Moment zum Abhauen gewesen. Von Ximenas Hinterteil waberte ein übler Gestank hoch. Ich blickte prüfend auf ihre Brust, und als die sich hob und senkte und wieder hob, dachte ich: Okay, du lebst.

Ich ging ins Bad und sah in den Spiegel. Kurz und fransig. Gut. Ich strich über meinen kahlen Nacken. Ich zog eine Strähne hinterm Ohr hoch und maß die Länge. Drei, höchstens vier Zentimeter. Gut. Ich betrachtete mich weiter. Sah ich Katie ähnlich? Keine Ahnung. Ich hätte meinen neuen Haarschnitt gern meiner Mutter gezeigt. Sie hätte gelächelt, den Kopf geschüttelt und mir einen Kuss gegeben. Sie hätte Angst um mich gehabt. Sie hätte die Hände vors Gesicht geschlagen und durch die Finger geguckt. Sie hätte meinen Mut bewundert. Sie hätte sich still und heimlich gefreut und den Augenblick in einem versteckten Winkel ihrer Seele aufbewahrt. Ich sah mich weiter an und gab mir große Mühe, Katie zu entdecken. Gab mir Mühe, meine Mutter zu entdecken, und sogar meinen Vater.

Was dann kam, verlief in vergleichsweise ruhigen Bahnen, so dass ich es nur in groben Zügen erzähle. Aggie geht seit September in die Schule. Sie hat eine dunkelblaue Uniform mit weißem Kragen, die sie nicht ausstehen kann, und eine Klarinette, mit der sie auf dem Balkon übt, und sie hat ein paar Freundinnen, die ab und zu vorbeikommen. Sie malt Wandbilder für unsere Wände, auf großen Bögen Packpapier, das Hubertus ihr in rauen Mengen beschafft. Sie hat einen sogenannten Freund namens Israel, der zufällig auch Bluter ist, so dass die beiden aufpassen müssen, wenn sie sich boxen, damit er nicht verblutet. Das passt zu ihr. Aggie versteht was von einem weichen, verletzlichen Innenleben. Israel hat einmal zu ihr gesagt, ihm würden sogar harte Worte weh tun, aber das war natürlich nur im Spaß. Sein neuester Plan ist, Kettensägenkünstler zu werden. Außerdem läuft er gern an Wänden hoch, schlägt einen Salto rückwärts und landet auf den Füßen. Das ist seine Visitenkarte, sagt er.

Ich arbeite. Zimmer putzen, Frühstück machen. Ximena, mein Gegenpart, sitzt auf ihrem Hochstuhl und beobachtet mich dabei. Aggie und ich besitzen beide ein Handy. Ich habe noch einmal versucht, Jorge anzurufen, aber es hieß, die Nummer sei nicht mehr vergeben. Ansonsten habe ich Aggies Nummer, die Nummern von

Hubertus und Natalie und die von Noehmi. Wir gehen manchmal ein Bier trinken, wenn sie nicht zu beschäftigt ist mit Uni und Anarchie. Ab und zu gehe ich auch in den Park und beobachte heimlich den Buchhändler. Ich denke oft an Jorge. Ob er je an mich denkt oder mich überhaupt vermisst? Ich wünschte, ich wäre eine bessere Ehefrau gewesen. Und manchmal tue ich so, als wäre ich mit Wilson zusammen. Dann liege ich morgens, bevor ich an die Arbeit muss, im Dunkeln im Bett, stelle mir vor, wie ich mit ihm rede, und denke daran, wie er damals seine Hand über meinen Körper wandern ließ.

Ximena kann inzwischen beißen, sitzen, zeigen und mit ihrem wonnigen Aussehen die Leute bezirzen. Die Touristen in der Pension sind immer erst ganz vernarrt in sie, bis sie sich mit ihnen anlegt, sich steif macht, an ihnen herumgrapscht und ihnen Nasen, Lippen und Ohren verdreht, nicht ohne dabei zu kreischen wie ein beleidigter Papagei, und dann darf ich sie wieder selber halten. Natalie meinte, wenn Ximena erst mal laufen lernt, kommt auf Mexico City eine Zerstörungswut zu, neben der das Erdbeben von 1985 aussehen wird wie ein Spaziergang.

Aggies Wandgemälde handeln fast immer von unserer Familie. Ist aber Konzeptkunst, sagt sie. Katie schwebt über jeder Szene als Geist, nimmt allerdings manchmal auch die Form einer Krähe oder eines Windhauchs an, und Aggie ist ein Kaninchen. Unsere kleinen Brüder tauchen, wenn überhaupt, als Regentropfen auf. Unsere Mutter ist ein Kuhstall, ich bin ein Traktor, und unser

Vater ist eine große Glocke oder das Sprühfliegerwrack. Diese Figuren sind auf Aggies Wandbildern in verschiedenen Situationen und bei verschiedenen Tätigkeiten zu sehen. Manchmal sprechen wir auch, sogar der Kuhstall, allerdings eher selten. Aggie redet nicht gern über ihre Wandbilder, und ich habe inzwischen gelernt, nicht zu viel zu fragen. Eine Frage stelle ich aber gern, und die beantwortet sie auch gern, nämlich: Wo ist denn hier Katie? Vielleicht ist der eigentliche Zweck ihrer Bilder, Katie darin einen Auftritt zu verschaffen, oder sie spricht über das, was Katie repräsentiert, einfach lieber, weil sie sich nicht so genau an sie erinnert und sich deshalb von der Realität nicht eingeengt fühlt. Einmal habe ich sie gefragt, wo denn Gott in ihren Bildern sei, und sie antwortete: Wird noch bekanntgegeben.

Neulich wollte ich Avocados kaufen und ging zur Abwechslung mal eine andere Strecke zum Gemüseladen. Dabei fiel mir ein Gebäude auf, an dem ein Schild mit der Aufschrift *Refugium Citlaltépetl* hing. Auf einem Plakat im Fenster stand in schwarzen Lettern: *Als ich nach Mexico City kam, war ich tot. Und hier bin ich wieder zum Leben erwacht.* Ein kleiner Torbogen an der Vorderfront führte in einen ruhigen Innenhof. Ich ging hinein und blieb vor einer Fotowand stehen. Eine Frau, die aus einem kleinen Büro kam, fragte, ob sie mir irgendwie helfen könne, und ich antwortete, dass ich das Poster vorn im Fenster gesehen hätte und neugierig geworden sei.

Was ist denn das für ein Haus?, fragte ich.

Wir sind ein Zufluchtsort für Exilschriftsteller, sagte sie. Das Zitat auf dem Poster stammt von dem kosovarischen Dichter Xhevdet Bajraj.

Ah, sagte ich.

Und wo kommen Sie her?, fragte sie.

Von hier, sagte ich, ich bin Mexikanerin. Ich wohne ein paar Straßen weiter.

Wir haben ein paar kleine Wohnungen für Schriftsteller, die gezwungen sind, ihr Land zu verlassen, sagte sie. Außerdem eine kleine Buchhandlung mit Bibliothek, und, wie Sie sehen, ein kleines Café. Ab und zu machen wir auch Lesungen oder andere Veranstaltungen – Musik oder Theater. Wir bemühen uns, den Menschen Geborgenheit und eine inspirierende Umgebung zu bieten. Sie deutete auf die Stühle, die im Hof aufgestellt waren.

Warum sind sie denn gezwungen, ihre Heimat zu verlassen?, fragte ich.

Aus den unterschiedlichsten Gründen, sagte die Frau und nannte mir einige. Ich nickte.

Und wie kommen sie dort raus?, fragte ich.

Das ist verschieden. Aber immer mit offenen Rechnungen und einem gebrochenen Herzen. Die Freiheit hat ihren Preis.

Und wo ist er jetzt?, fragte ich.

Wer?

Der Dichter.

Er wohnt in der Nähe, sagte sie. Hier, in La Condesa.

Aha, sagte ich. Mehr fiel mir nicht ein. Ich muss jetzt noch Avocados kaufen, sagte ich.

Das könne sie verstehen, sagte die Frau, sie würde Avocados auch so gern mögen. Dann bedankte sie sich für meinen Besuch und fügte noch hinzu, ich solle doch die Augen offen halten, wegen zukünftiger Veranstaltungen.

Gestern Abend hat Aggie sich breitschlagen lassen, Ximena zu hüten, wie sie das nennt, und ich ging mit Noehmi auf ein Bier in einer Kneipe namens Tinto's, ungefähr auf halbem Weg zwischen ihrem und meinem Viertel. Wir saßen uns in einer gemütlichen Ecke gegenüber, und sie erzählte von dem Stück, an dem sie gerade schreibt.

Es ist ein Einmannstück, sagte sie, und spielt bis zum Schluss in totaler Dunkelheit. Zuerst hören die Zuschauer die Stimme eines Mannes, der erkennbar irgendwie leidet. Dann eine Frauenstimme, die mit einem zweiten Mann spricht, und dann wieder andere Stimmen – Kinder, ältere Leute, eine Lehrerin. Allmählich wird klar, dass der erste Mann in einem Luftschacht steckt, und zwar im Dachboden eines Leihhauses, das er eigentlich ausrauben wollte, um Drogen zu beschaffen. Das Leihhaus gehört einem Freund von ihm. Die Frau ist seine Freundin, und die kommt jetzt ins Leihhaus und fragt seinen Freund, ob er ihren Freund gesehen hat. Der sei nämlich seit Tagen verschwunden. Der Freund sagt nein, hat er nicht, und fängt an, mit der Frau zu flirten. Der Mann in dem Luftschacht hört das alles, und es bringt ihn fast um. Aber er stirbt sowieso, er steckt schon seit ein paar Tagen in dem Schacht und ist am Verdursten. Mit der Zeit merkt man, dass die anderen Stimmen von Menschen kommen, an die er sich erinnert – von seinen Eltern, seinem Bruder und seiner Grundschullehrerin. Es sind die Stimmen der Menschen, die er zurücklassen wird. Am Ende des Stücks geht zum ersten Mal das Licht an, und man sieht einen Mann in einem gläsernen Schacht auf der Bühne. Sonst nichts. Kein Laut. Keine Stimmen mehr. Sein Gesicht presst sich ans Glas, und er ist tot. Die Leute wissen nicht, ob es schon vorbei ist, ob sie gehen sollen. Dann gehen sie doch allmählich, weil sie kapiert haben, dass das Stück aus ist.

Wie findest du das?, fragte Noehmi. Meinst du, es funktioniert?

Auf jeden Fall, sagte ich.

Dupont baut schon an dem Glasschacht, bei seiner Mutter in der Wohnung.

Ich würde es gern sehen, sagte ich.

Ehrlich gesagt wollte ich dich sogar fragen, ob du eine der Stimmen übernimmst, sagte Noehmi. Sie käme nur vom Band. Aber die Stimmen sind natürlich ganz wichtig, weil es ja sonst nichts gibt. Die müssen auf den Punkt kommen.

Ich soll eine Erinnerung dieses Mannes spielen?, fragte ich.

Genau, sagte Noehmi. Ich glaube, deine Stimme würde gut zu seiner Lehrerin passen. Die hat immer zu ihm gesagt, er kann im Leben alles erreichen, wenn er sich anstrengt und es unbedingt will.

Mein Spanisch ist aber nicht so gut, sagte ich.

Oh doch, sagte Noehmi. Du hast einen interessanten

Akzent, deshalb fände ich deine Stimme in dem Stück ja so cool. Sie hat was Eigenes, ist gut zu unterscheiden, dann verwechseln dich die Zuschauer auch nicht so leicht mit den anderen weiblichen Stimmen, verstehst du?

Schon, sagte ich.

Er findet ihre Sandalen so toll und will sie heiraten. Die Sandalen haben einen Keilabsatz und drei überkreuzte Riemchen. Er taucht plötzlich immer mit Cowboykrawatte in der Schule auf und kleistert sich die Haare auf die Seite, um ihr zu imponieren.

Der Lehrerin?

Ja, sagte Noehmi. Und einmal fordert er sie nach der Pause auf dem Korridor zum Tanzen auf, und dann muss sie lachen.

Und, tanzt sie mit ihm?, fragte ich. Ich dachte an Jorge, wie er versucht hatte, mir diesen Tanz beizubringen, und ich ihn so bitter enttäuscht hatte.

Also, ob ich das auserzählen werde, weiß ich noch nicht, sagte Noehmi. Wahrscheinlich tanzt sie eher nicht mit ihm, und er tanzt allein durch den Korridor. Aber das macht ihm nichts aus, weil er ja weiß, dass er ihr imponiert hat und sie zum Lachen gebracht hat.

Ach so. Ich lächelte ihr zu. Aus unerfindlichen Gründen kam mir meine Missionarinnentante in den Sinn, die mir mal in allen Einzelheiten geschildert hatte, wie die Dschungelstämme in Ecuador mithilfe von heißen Steinen ihre Schrumpfköpfe fabrizieren. Die Gesichtszüge bleiben dabei genau wie vorher, nur ist alles viel kleiner.

Also?, fragte Noehmi. Machst du mit?

Klar, sagte ich.

Am nächsten Tag ging ich am frühen Abend, vor dem Essen, spazieren. X. nahm ich mit, weil Aggie damit beschäftigt war, sich von Israel Skateboardtricks beibringen zu lassen, und ich mir nicht die abgrundtiefen Seufzer anhören wollte, wenn ich sie gebeten hätte babyzusitten. Ich hatte ein ungutes Gefühl im Bauch. Ich war nervös. Auf Plattdeutsch gibt es ein Wort dafür, aber übersetzt heißt es so was Ähnliches wie auf und unter einem durchgehenden Pferd, das … also, ich weiß nicht, wie ich das Gefühl beschreiben soll. Es war zu kompliziert, und ich war zu dumm, um alles auseinanderzuklamüsern.

Ich ging an dem Buchhändler im Park vorbei. Dann noch mal. Und noch mal, bis ich mich endlich traute, stehen zu bleiben und ihn zu grüßen. Der Buchhändler fragte, ob wir uns schon mal gesehen hätten, ja, sagte ich, er hätte mir sogar ein Buch mitgegeben, das ich noch nicht bezahlt hätte. Ich gab ihm ein paar Münzen, worauf er sich bedankte und fragte, ob ich denn noch ein Buch wollte, und ich sagte doch, schon, aber noch mehr Geld hätte ich nicht dabei.

Na, dann noch mal auf Kredit, sagte er, damit du immer wiederkommen musst. Er lächelte mich an, und ich schaute in die Bäume. Er wollte wissen, ob Spanisch meine Muttersprache sei, und ich verneinte. Was denn dann?, fragte er. Englisch?

Nein, antwortete ich, Deutsch. Er kramte in seinen

Bücherstapeln herum, zog eins mit dem Titel *Jakob von Gunten* heraus und gab es mir. Es stammte von Robert Walser und war um 1900 herum geschrieben worden, auf Deutsch. Der Buchhändler erzählte, er hätte so ein paar Bücher in Fremdsprachen für Touristen, die zufällig vorbeischlenderten und auf der Suche nach Lesestoff seien. Robert Walser ist auch gern spazieren gegangen, sagte er. Er hat zwanzig Jahre lang in einer psychiatrischen Anstalt gelebt, und als ihn jemand mal fragte, ob er dort sei, um zu schreiben, antwortete er, nein, ich bin hier, um zu spinnen. Eines Tages machte er dann einen langen Spaziergang, legte sich unter einen Baum und starb. Das ist alles, was ich über ihn weiß. Hoffentlich gefällt dir das Buch. Ich dankte ihm und verabschiedete mich. Dann fragte er mich, wie ich heiße, und ich sagte, Irma Voth.

Und Sie?

Puschkin, sagte er. Aber ich könnte Asher zu ihm sagen.

Ich betrachtete mein neues Buch, las den Text hinten drauf, blätterte. Wovon handelt es denn?, fragte er. Ich glaube, von einem Jungen, der auf eine Dienerschule geht, sagte ich. Und am Ende geht er mit dem Direktor in die Wüste.

Alles klar, sagte Asher. Ist das dein Baby? Ja und nein, antwortete ich. Es ist meine Schwester. Asher winkte Ximena zu, die ihn anschmachtete. Natalie hatte ihr einen Buggy gekauft, und wenn sie darin saß, wurde sie manchmal sehr nachdenklich. Asher gab ihr ein Pappbilderbuch, das sie sofort in den Mund steckte und gierig anknabberte. Dann schmiss sie es in hohem Bogen von sich, so dass es Asher nur knapp verfehlte und auf dem Boden landete. Er hob es auf und gab es ihr zurück.

Ximena und ich machten uns wieder auf den Weg. Ich schob ihren Wagen gemächlich zurück zu dem Refugium für Exilschriftsteller. Im Fenster hingen Plakate mit Werbung für verschiedene Kurse.

Bubbling-Phänomene und Non-Compactness

Fast nichts – das Wagnis des Minimalismus in der Kunst seit den 60er Jahren

Gezähmte Komplexität

Hat Homer in der *Odyssee* eine Sonnenfinsternis beschrieben?

Ich las Ximena die Plakate vor. Was meinst du?, fragte ich sie. Hat er oder hat er nicht? Sie verrenkte sich den Hals, um mich beim Lesen zu beobachten. Sie hatte schwarze Dreckränder um den Hals. Und wollte weiter.

Als wir nach Hause kamen, lag Aggie auf dem Bett. Sie wollte mir was zeigen, meinte sie und hob ihr Sweatshirt, um den Bauchnabel freizulegen. Er glitzerte. Ich hab mich piercen lassen, sagte sie. Hat Israel von seinem Taschengeld bezahlt. Es war ein winziges blaues Herzchen an einem silbernen Ring.

Tut's weh?, fragte ich.

Und wie!, antwortete sie. Aber ich hab so Zeug zum Desinfizieren gekriegt.

Ximena war in ihrem Buggy wieder eingenickt, also ließ ich sie einfach darin sitzen, legte mich neben Aggie aufs Bett und schloss die Augen. Sie wollte wissen, was denn los sei, und ich sagte, keine Ahnung. Ich war müde. Ich erzählte ihr, dass ich in einem Gästezimmer Ameisen mit teurem Parfum bekämpft hatte, statt das Insektenmittel aus dem Keller zu holen, weil ich einfach keine Lust gehabt hatte, den weiten Weg zu gehen. Und dann kriegte ich die Panik, weil es im ganzen Zimmer nach Parfum roch und der Gast bestimmt Hubertus oder Natalie erzählen würde, dass ich es für mich benutzt hätte. Also habe ich ein Streichholz angezündet, damit der Parfumduft verfliegt, aber dann roch das ganze Zimmer nach Schwefel. Ich wollte den Deckenventilator einschalten, aber die Touristin hatte nasse Klamotten zum Trocknen daran aufgehängt, und die waren so schwer, dass sich der Ventilator nur ganz langsam drehte und dann einfach stehen blieb, und dann roch es ein bisschen nach Rauch. Also habe ich das Fenster aufgemacht, damit der Schwefelgeruch und der Rauchgeruch und der Parfumgeruch rausgingen, aber da war kein Fliegengitter davor, so dass eine Horde von Insekten ins Zimmer schwirrte. Worauf ich die nächsten zwanzig Minuten Fliegen gekillt habe und die Leichen beseitigt und die ganze Zeit dabei geschwitzt wie ein Pferd, weil ich so Angst hatte, dass die Touristin gleich reinkommt.

Und, kam sie?, fragte Aggie.

Nein, sagte ich.

Was für ein Parfum war es denn?, fragte sie. Poison?

Gibt's eins, das so heißt?

Ja, sagte Aggie. Christian Dior.

Wie jetzt?, fragte ich.

Christian Dior ist der Designer, der das Parfum macht, erklärte Aggie.

Woher weißt du so was?, fragte ich.

Israel und ich kriegen immer Pröbchen für seine Mutter.

Ich erklärte Aggie, dass mir der ganze Lärm und das Gewühl auf den Straßen einfach ein bisschen zu viel seien. Dass ich die Sterne in Chihuahua vermissen würde und den Wind, der durch die Maisfelder rauscht.

Me encanta este lugar, sagte Aggie.

Ich weiß, sagte ich. Sie sprach inzwischen fast nur noch Spanisch. Dass es ihr hier gefiel, hatte sie gesagt.

Erzähl mir doch auf Plattdeutsch von deinem Tag, bat ich sie.

Wieso das denn?, fragte sie. Der war ziemlich langweilig.

Nein, ich meine, erzähl mir irgendwas, bloß auf Plattdeutsch, sagte ich.

Sie seien mit der Klasse ins Anthropologische Museum gegangen, erzählte sie, und sie hätte so gerne irgendwas geklaut, irgendein klitzekleines Artefakt, ein Amulett oder so was, das einst einem Aztekenkrieger gehört hatte.

Hast du aber nicht, oder?, fragte ich.

Natürlich nicht, sagte sie. Geht ja gar nicht. Die sind hinter Glas.

Ach so, sagte ich. Aber du hättest sowieso nichts geklaut, oder?

Keine Ahnung, sagte sie. Vielleicht doch, wenn ich mir sicher gewesen wäre, dass sie mich nicht erwischen.

Im Ernst?, sagte ich.

Na ja, vielleicht, sagte sie.

Lass es bleiben, sagte ich.

Wieso denn?, fragte Aggie.

Weil es dumm wäre, sagte ich. Und das weißt du.

Und dann kamen wir plötzlich auf Katie. Mir war nämlich eingefallen, wie sie einmal eingesperrt wurde, weil sie einen Polizisten tätlich angegriffen hatte. Sie war spätnachts zu Fuß von einer Buschparty nach Hause gegangen, und der Bulle hatte sie aufgehalten und gefragt, was sie um die Uhrzeit noch draußen machte, und weil sie ein bisschen betrunken war, kickte sie mit dem Fuß gegen seinen Wagen und meinte, das ginge ihn gar nichts an. Worauf er neben ihr herfuhr und allen möglichen Blödsinn erzählte und sie immer wütender wurde, bis sie ihm schließlich ihren Lipgloss an den Kopf warf, worauf er beschloss, dass ihn das sehr wohl etwas anging, und anhielt und sie auf den Rücksitz des Polizeiwagens zerrte. Sie strampelte und fluchte und brüllte, was den Tatbestand des tätlichen Angriffs plus Beamtenbeleidigung oder sonst was erst recht erfüllte, so dass sie im Knast übernachten durfte.

Sie war eine Nacht im Knast?, fragte Aggie.

Ja, sagte ich.

Mann, ist das cool!, sagte Aggie. Wieso erzählt mir nie einer was von Katie? Was für ein Lipgloss war's denn?

Keine Ahnung, sagte ich. Schoko-Minze.

Und wie ging es weiter?, fragte Aggie.

Das willst du lieber nicht wissen, sagte ich.

Doch!, sagte Aggie. Du kannst doch nicht einfach mitten in der Geschichte aufhören. Du hast keine Ahnung, was ich wissen will und was nicht.

Kannst du dir das nicht vorstellen?, fragte ich.

Nein, sagte sie. Wie denn?

Na ja, sagte ich, was glaubst du, was jemand wie Dad dazu sagt, dass seine Tochter festgenommen wurde, weil sie betrunken von einer Buschparty nach Hause kam, dabei einen Polizisten tätlich angegriffen hat und dann über Nacht im Knast bleiben musste?

Sie hat ihm doch bloß ihren Lipgloss entgegengeschmissen!, sagte Aggie.

Aggie, sagte ich.

Was denn?

Das weißt du ganz genau, sagte ich. Dafür brauchst du noch nicht mal deine Phantasie.

Von da an legte sich Aggie mächtig ins Zeug, um mich aufzuheitern. Manchmal packte sie mich einfach von hinten, wenn ich überhaupt nicht darauf gefasst war, rief: Überraschung! und schmiss mich aufs Bett. Als ich das einmal auch bei ihr probierte, musste sie lachen, meinte aber, dass ich aufpassen muss, wegen ihrem Nabel. Außerdem erfand sie ein Spiel namens Detektiv Baby: Ich lag zum Beispiel im Bett und las in meinem neuen Buch oder stand vor der Arbeit auf dem Balkon und band mir die Schuhe zu, da spürte ich plötzlich, dass mich jemand beobachtete. Und dann entdeckte ich Ximenas geheimnisvolle Riesenaugen, manchmal von unten, fast am Boden, und manchmal von hoch oben, knapp unter der Decke. Aggie stand nämlich hinter der Tür und hielt Ximena mal hierhin und mal dorthin, so dass nur ihr Babyschnüfflergesicht zu sehen war.

Eines Tages kam ich nach der Arbeit in unser Zimmer, um mich kurz hinzulegen. Ximena stand in einem Laufstall im Hof, wo Natalie mit den Blumentöpfen zugange war und ein Auge auf sie hatte. Es war ein strahlender Tag, und ich hatte morgens vor der Arbeit die Vorhänge zurückgezogen, damit die Sonne Aggie rechtzeitig für die Schule weckte. Als ich jetzt ins Zimmer kam, waren die Vorhänge jedoch zu, und alles war dunkel. Viel dunkler als sonst. Man konnte überhaupt nichts sehen. Außerdem war da ein komisches Geräusch. Ich flüsterte Aggies Namen und wartete. Einen Augenblick stand ich ganz still, um mich zu orientieren. Allmählich, als sich meine Augen an die Dunkelheit gewöhnten, tauchten kleine silberne Lichtpunkte auf. Anfangs sah ich nur ein paar, aber mit der Zeit wurden es immer mehr, und bald war das Zimmer damit erfüllt. Ich lächelte. Natürlich. Aggie hatte irgendwie die Fenster abgedunkelt, vielleicht mit Pappe aus dem Kunstunterricht in der Schule, und mit einer Stecknadel Hunderte von Löchern in die dunkle Fläche gestochen, um Sterne aus Sonnenlicht zu erzeugen. Ich machte einen Schritt in die Dunkelheit und stieß an etwas Festes. Es war ein kleiner Bodenventilator, den Aggie mit Zeitungspapierstreifen beklebt haben musste, damit es raschelte wie der Wind. Ich setzte mich vorsichtig auf den Boden und lehnte mich an die Tür. Saß einfach da im Dunklen. Blickte in die Sterne und lauschte dem Wind.

Ich saß da, bis Aggie von der Schule kam, durch die Tür stürmte und mich halb überrannte. Sie machte Licht und sagte ach, du hier! Neben mir, in Kopfhöhe, saß ein

Gecko an der Wand. Aggie ging mit dem Kopf ganz nah ran und sagte hallo, kleiner Gecko, wie fandest du deinen Ausflug nach Chihuahua? Ich dankte ihr für das Geschenk von Wind und Sternen, und sie sagte, ach, keine Ursache, das ging babyleicht, und dann zeigte sie mir ein überdimensionales Bild, das sie in der Schule in Kunst gemalt hatte. Es zeigte Katie mit wehenden Zöpfen, die in ihrer Zelle mit einem Karatekick gegen die Wand trat.

Es heißt *Schokominz-Lipgloss*, sagte Aggie.

Wow, sagte ich.

Wir legten es aufs Bett und betrachteten es.

Hast du eigentlich ihren Freund mal kennengelernt?, fragte Aggie.

Welchen Freund?, fragte ich.

Den, der sie überfahren hat, sagte Aggie.

Was redest du da?, sagte ich. Ich dachte, dir hat man nie was von Katie erzählt.

Ich rede von dem Freund, der sie nach dem großen Streit zwischen ihnen überfahren hat, sagte Aggie. Mom hat gesagt, er hätte sie bei dem Schnee nicht sehen können oder so ähnlich. Und wovon redest *du?*

Ich hielt mir kurz die Augen zu, in der Hoffnung, ich könnte etwas sehen, was nicht da war. Dann faltete ich die Hände zu einem kleinen Hohlraum, der nichts enthielt. Ich blickte zur Wand; der Gecko war verschwunden. Wir hatten Sonne, Verkehrslärm und Atemgeräusche. Wir hatten Kunst. Wir hatten einander. Wir hatten uns selbst. Wir hatten Erinnerungen, und wir hatten Lügen. Keine Bank hätte uns darauf Kredit gegeben.

Was hast du denn?, fragte Aggie. Wo ist X.?

Unten im Hof bei Natalie, sagte ich. In ihrem Laufstall. Katie hatte keinen Freund.

Doch, sagte Aggie. Hat Mom mir gesagt.

Tja, sagte ich. Aber sie hatte keinen.

Tja, sagte Aggie. Meinetwegen.

Also kann es nicht ihr Freund gewesen sein, der sie nach einem großen Streit in einem Blizzard aus Versehen überfahren hat, sagte ich.

Wer dann?, fragte Aggie. Sie stand auf und ging ins Bad. Ich konnte sie im Spiegel sehen. Sie säuberte ihren Nabel mit einem desinfektionsmittelgetränkten Wattestäbchen, tupfte und tupfte, sanft und gründlich.

Dad, sagte ich.

Sie hörte auf zu tupfen.

Sie hat ihm gesagt, dass sie nach Vancouver zieht, und er hat gesagt, das erlaubt er nicht, und sie hat gesagt doch, ich geh aber, und dann ist sie losgerannt, einfach die Straße entlang. Wahrscheinlich wollte sie auf die große Landstraße, um in die Stadt zu trampen, aber er ist ihr nach, mit dem Pick-up, und hat sie überfahren.

Sie hätte ihm nicht erzählen dürfen, dass sie weggeht, sagte Aggie.

Ich beobachtete ihr Spiegelbild. Sie hatte wieder angefangen, an ihrem Nabel herumzutupfen, dieser winzigen Pforte in ihre Vergangenheit. Sie tupfte und tupfte, während ich weitersprach, so dass sie zum Schluss den saubersten Nabel von ganz Mexiko hatte.

Eigentlich hat sie es ihm auch gar nicht erzählt, sagte ich.

Hast du aber grade gesagt.

Schon, hat sie ja auch, aber erst, nachdem ich es ihm erzählt hatte.

Du hast Dad erzählt, dass sie nach Vancouver gehen will?, sagte Aggie. Wieso denn das!

Weil ich nicht wollte, dass sie weggeht.

Du hättest es ihm nicht sagen dürfen, sagte Aggie.

Sie hat sich so darauf gefreut wegzugehen, sagte ich. Ich meine, sie war schon traurig, dass sie wegmusste, aber auch richtig glücklich.

Ist doch logisch, sagte Aggie.

Und ich hatte so eine Wut. Dass sie so glücklich war, weil sie weggehen wollte. Ich musste ihr versprechen, es Dad nicht zu sagen.

Du hast ihr versprochen, es ihm nicht zu sagen?, fragte Aggie.

Ja.

Aber dann hast du es doch gesagt.

Ich weiß. Ja.

Und dann ist Dad ihr mit dem Pick-up nach, und das wolltest du auch, sagte Aggie.

Ja, aber bloß, damit er sie wieder nach Hause bringt.

Du hättest es ihm nicht sagen dürfen, sagte Aggie.

Und dann ist er heimgekommen und hat zu Mom gesagt, er hätte sie nicht finden können, sagte ich. Er hat den Pick-up in die Garage gestellt und einfach ein paar Tage gewartet, bis es richtig heftig schneite, und dann hat er der Polizei gesagt, sie habe sich wegen einem Streit mit ihrem Freund aufgeregt und sei in den Schneesturm gelaufen und sei immer noch nicht wieder da. Daraufhin haben sie sie gesucht und ihre Leiche im

Straßengraben gefunden. Sie sei von einem Auto oder einem Truck überfahren worden, meinten sie.

Tja, sagt Dad, wenn sie einer überfahren hat, muss das ihr Freund gewesen sein, und die Bullen sagen okay, wer ist denn ihr Freund, und Dad sagt, er kennt ihn nicht und weiß nicht, wie er heißt. Katie sei aufgewühlt gewesen, bevor sie los ist, er habe sie gefragt, was los ist, und sie habe gesagt, sie hätte sich mit ihrem Freund gestritten. Die Bullen sagen, ach so, okay, dann fragen wir mal in der Gemeinde herum. Wir reden mit ihren Freunden und schauen, was wir da für Informationen kriegen, und Dad sagt, ja, danke, das wäre gut. Der Bulle fragt, ob Dad ein Foto von Katie hätte, und Dad sagt nein. Kein Foto?, fragt der Bulle. Und Dad sagt noch mal nein. Bei uns hätte man keine Fotos, das sei nicht üblich.

Ein paar Tage später kommen die Bullen wieder bei uns vorbei und meinen, keiner in der Gemeinde wüsste, wer ihr Freund sei. Vielleicht kam er ja aus der Stadt, sagt Dad. Vielleicht, sagen die Bullen. Und dann, vielleicht hat sie ja jemand anders überfahren, nicht ihr Freund. Und Dad sagt vielleicht. Vielleicht ein Trucker oder ein Bauer aus der Gegend, der gedacht hat, er hätte ein Reh oder einen Hund erwischt, und einfach weitergefahren ist. Es hätte an dem Abend so heftig geschneit, kein Mensch hätte sie sehen können, schon gar nicht im Dunkeln. Dann stellen die Bullen Mom und Dad noch ein paar Fragen. Warum Katie nur mit einer Jeansjacke und Turnschuhen bekleidet mitten im Schneesturm in die Dunkelheit rausgerannt sei? Weil sie sich über den Streit mit ihrem Freund so aufgeregt hat, sagt Dad, das hätte er ihnen doch schon gesagt. Schon, sagen sie, aber den Streit muss es schon früher an dem Tag oder sogar noch früher gegeben haben, wieso sie erst so viel später hinausgelaufen sei? Das würde sich mit ihren Erkenntnissen aus der Psychologie über impulsives Verhalten nicht decken. Na ja, sagt Dad, sie hätte an dem Abend wohl mit ihm telefoniert, also hätte der Streit vielleicht am Telefon stattgefunden, direkt bevor sie raus ist. Tja, sagen die Bullen, sie hätten sich bei der Telefongesellschaft von Manitoba erkundigt, und an dem Abend seien keinerlei Aktivitäten an diesem Anschluss registriert worden. Nichts. Tja, sagt Dad, vielleicht sei der Streit dann schon früher gewesen und Katie hätte sich erst mit der Zeit so hineingesteigert, dass sie dann irgendwann plötzlich in die Nacht hinausgelaufen sei. Vielleicht, sagt der Bulle. Und dann sagt er, die Autopsie hätte ergeben, dass Katies Leiche schon länger im Straßengraben gelegen hätte, nicht erst seit dem Abend. Vielleicht schon seit zwei oder sogar drei Tagen. Das würde ja überhaupt keinen Sinn ergeben, sagt Dad und zweifelt die Zuverlässigkeit der Wissenschaft an. Die Bullen fragen ihn, ob er sich vielleicht im Tag getäuscht hat. Ob es nicht sein könne, dass Katie vielleicht schon zwei, drei Tage früher verschwunden sei, als das Wetter außergewöhnlich schön und sonnig war und ein rennendes Mädchen am Straßenrand nicht zu übersehen gewesen wäre. Nein, sagt Dad, wenn sie schon so lange verschwunden gewesen wäre, hätte er das ja wohl gemerkt. Dann waren die Bullen kurz still und fragten Mom und Dad, ob sie mit mir allein sprechen könnten.

Mom und Dad gehen also raus in den Hof, und der Bulle fragt mich, was für ein Mensch Katie war. Ein lebenslustiger, sage ich. Ob sie einen Freund gehabt hätte, fragt er. Ja, sage ich. Das war gelogen. Ob ich den Freund kennen würde, fragt der Bulle. Nein, sage ich, kennen würde ich ihn nicht. Aber sie hat von ihm erzählt?, fragt der Bulle. Ja, sage ich, manchmal, nicht oft. Und dann musste ich ihm sagen, was sie von ihm erzählt hat, und ich sage, sie hat bloß erzählt, dass er locker und witzig ist und sie immer zum Lachen bringt und sie sehr mag. Ich wusste nicht, was ich sonst sagen sollte. Ich hatte keine Ahnung, wie Freunde so sind. Dann fragt er, wo der Freund herkommt, und ich sage, keine Ahnung, vielleicht aus der Stadt. Wie Katie denn einen Jungen aus der Stadt kennengelernt haben soll, fragt der Bulle, wo wir doch so weit draußen wohnen und sie gar keinen Führerschein hatte? Keine Ahnung, sage ich. Und dann habe ich eine Idee, und ich sage zu dem Bullen, Katie hätte mir mal erzählt, dass ihr Freund sehr aufbrausend wäre. Manchmal würde sie aus Versehen irgendwas Falsches sagen oder tun, zum Beispiel in seinem Auto mit dem Fuß aufs Armaturenbrett tippen, und dann würde er völlig ausrasten. Er sei ziemlich brutal.

Hm, sagt der Bulle, erst ist er locker und witzig und jetzt plötzlich brutal? Beides, sage ich, laut Katie ist er beides. Dann will der Bulle wissen, ob sie je seinen Namen gesagt hat oder immer nur von ihr Freund hier und ihr Freund da geredet hat. Ja, sage ich, immer ihr Freund hier und ihr Freund da. Okay, sagt der Bulle, kannst du mir sagen, ob es zwischen deinem Vater und

Katie je Streit gegeben hat? Nein, nie, sage ich. Hat sie nicht manchmal was angestellt, was ihn wütend gemacht hat? Nein, sage ich, überhaupt nicht. Ob ich mir da sicher bin, fragen sie. Es wäre doch normal, dass Väter sich manchmal über ihre Teenagertöchter ärgern, mit ihnen schimpfen oder ihnen manches verbieten. Ich schweige. Sie fragen noch mal, ob Katie Dad je wütend gemacht hätte, und ich sage nein. Dann fuhren die Bullen weg, und Mom und Dad kamen wieder in die Küche. Mom ist zu dir und den Jungs, ihr wart im anderen Zimmer, und Dad hat mich gefragt, was ich der Polizei erzählt hätte. Ich hab's ihm gesagt, und er meinte gut so. Und am nächsten Tag waren wir unterwegs nach Mexiko.

Aggie kam aus dem Bad und wechselte ihr T-Shirt. Genau, sagte sie, da hat Mom mir das mit dem Freund erzählt. Als sie ins andere Zimmer kam, wo die Jungs und ich gespielt haben. Sie hat mich also auch angelogen. Aggie zog das zweite T-Shirt aus und das erste wieder an. Sie nahm *Schokominz-Lipgloss* und klebte es an die Wand neben der Tür. Dann ging sie raus.

Ich kramte aus dem Badezimmerschrank eine Kerze, steckte sie in ein leeres Marmeladenglas und stellte sie unter Aggies Kunstwerk ans Bett. Die nächsten paar Stunden hielt ich Wache über Katie, die die Wände um sie herum eintrat. Gegen Mitternacht oder ein Uhr morgens kam Aggie schließlich wieder, quetschte sich zu mir und Ximena ins Bett und schlief in voller Montur ein. Am nächsten Morgen stand ich vor ihr auf, machte mich fertig für die Arbeit und weckte sie dann rechtzeitig für die Schule.

Als Nächstes malte Aggie ein riesiges Wandgemälde auf Packpapier und hängte es über unser Bett. Es zeigte unsere Familie am Küchentisch in Kanada, an den Händen gefasst, beim Beten. Katies Leiche lag mitten auf dem Tisch, um sie herum standen lauter dampfende Schüsseln mit Essen. Wir hatten alle die Augen zu – bis auf meinen Vater, der funkelte mich an. Das nächste Wandbild zeigte drei Mädchen bei einer polizeilichen Gegenüberstellung, sie, Ximena und mich, die in die Kamera starrten – verwahrlost, zerrauft und verratzt.

Ich fragte Aggie, ob wir die Bilder abnehmen und in die Kammer legen könnten. Wieso denn?, fragte sie zurück. Willst du vielleicht nicht dran erinnert werden, dass du die Tochter eines Mörders bist? Es tut mir leid, dass ich dir die Wahrheit gesagt habe, sagte ich, und sie: Lüg mich ja nie wieder an.

ELFTES KAPITEL

Noehmi und ich arbeiteten an ihrem Theaterstück. Besser gesagt sprach ich meinen Text immer wieder auf verschiedene Arten in ein Aufnahmegerät, bis sie zufrieden war. Ich spiel dir mal vor, wie du klingst, sagte sie. Ich hörte mir zu. Ich bin die Erinnerung eines zum Tode Verurteilten, dachte ich. Ich hatte ihn nicht retten können. Wir saßen spätnachts im stockfinsteren Innenhof, während Aggie, Ximena, Natalie und Hubertus schon längst schliefen.

Noch mal, sagte Noehmi. Kannst du es noch leiser sagen? Fast flüstern? Denk dran, deine Stimme hört ein Mann, der am Verdursten ist und den sein schlechtes Gewissen schier umbringt.

Wenn du dich anstrengst, flüsterte ich. Wenn du etwas unbedingt willst. Wenn du an dich glaubst und nicht aufgibst …

Das war schon sehr gut, sagte Noehmi. Aber probier, noch ein bisschen mehr Pausen zwischen den Sätzen zu machen.

Okay, sagte ich. Wenn du dich anstrengst. Wenn du etwas ganz unbedingt willst. Wenn du an dich glaubst und nicht aufgibst … Ich fragte Noehmi, ob sie für wahr hielt, was ich da sagte.

Ich weiß es nicht, sagte sie. Und du?

Ich weiß es auch nicht, sagte ich.

Aber so was würde eine Grundschullehrerin einem Kind doch sagen, oder?, meinte Noehmi. Es ist ein Klischee und soll in diesem Kontext ironisch klingen, denn wo steckt er grade, hm?

Aber es fällt ihm wieder ein, sagte ich.

Genau, sagte Noehmi. Komischerweise fällt ihm ausgerechnet das wieder ein.

Weil er in sie verknallt war?, fragte ich.

Das auch, sagte Noehmi. Keine Ahnung, sie war einfach der eine Mensch in seinem Leben, der geglaubt hat, er hätte der Welt was zu bieten.

Als wir die Aufnahme fertig hatten, war es so spät, dass Noehmi nicht mehr nach Hause laufen konnte. Ich holte ihr also ein Klappbett aus dem Schuppen, und wir schleppten es nach oben, und am nächsten Morgen machten Natalie und Hubertus vor lauter Freude, dass sie da war, uns allen ein großes Frühstück und verschoben meinen Arbeitsbeginn auf später. Dupont holte Noehmi dann ab, und ich musste mich sehr bemühen, nicht hinzustarren, als sich die beiden küssten, nicht groß zu bemerken, wie sich ihre Lippen trafen und öffneten, und wie liebevoll und selbstverständlich sie sich umarmten. Kaum waren sie weg, fragte mich Natalie, ob mir aufgefallen sei, dass Aggie anscheinend ziemlich schlechter Laune war.

Ja, sagte ich. Aber das gibt sich schon wieder. Das ist wahrscheinlich das Alter.

Genau, sagte Natalie. Die ganzen Hormone.

Genau, sagte ich. Und alles verändert sich.

Genau, sagte Natalie. Oder eben nicht.

Genau, sagte ich.

Als Aggie abends von der Schule nach Hause kam – die sie meinem Gefühl nach zurzeit sowieso meistens schwänzte, um mit Israel und einem Rudel Hunden im Parque México abzuhängen –, eröffnete sie mir, dass sie bei der Polizei anrufen wollte, um zu melden, dass unser Vater ein Mörder ist.

Aggie, sagte ich. Das tust du nicht.

Doch, sagte sie. Das ist genau das, was man als normaler Mensch macht.

Bei welcher Polizei willst du denn anrufen?, fragte ich. In Chihuahua? Oder in Kanada?

Hier in D. F., sagte sie.

Die werden sich bedanken, sagte ich. Die lachen dich aus und schicken dich wieder weg.

Dann in Chihuahua, sagte Aggie.

Dasselbe in Grün, sagte ich. Sie werden dir nicht glauben. Und wenn doch, ist es ihnen egal.

Dann eben in Kanada, sagte Aggie.

Glaubst du, die wissen das nicht längst?, fragte ich. Wieso hätten wir uns sonst nach Mexiko abgesetzt, kaum dass sie bei uns aufkreuzen, wenn Dad nicht Dreck am Stecken hätte?

Dann können sie ihn jetzt ja abholen. Wir sagen ihnen, wo er ist.

Aggie, sagte ich, so läuft das nicht.

Und dann können Mom und die Jungs zu uns nach

Mexiko City kommen, und wir können in einem richtigen Haus wohnen statt in einem Hotelzimmer.

So einfach ist das nicht, sagte ich. Da müssten die Bullen in Chihuahua schon mit den Bullen in Kanada zusammenarbeiten wollen, und das ist nicht der Fall. Es ist ihnen doch scheißegal, außerdem wird Dad seine eigene Geschichte erzählen.

Ist dir Gerechtigkeit vielleicht egal?, fragte Aggie. Und Wahrheit auch? Und Katie? Woher willst du wissen, dass Dad nicht noch jemanden umbringt?

Herrgott, deswegen sind wir ja hier, sagte ich. Ich habe dir nicht die Wahrheit gesagt, damit du plötzlich ausflippst und lauter Quatsch machst. Ich hab dir die Wahrheit gesagt, weil du mir den Sternenhimmel und den Wind ins Zimmer geholt hast, weil ich dir dafür auch was schenken wollte. Ich hab dir die Wahrheit gesagt, weil ich dich nicht in dem Glauben lassen wollte, dass Katie vielleicht doch irgendwann zurückkommt, aber jetzt wär's mir lieber, ich hätte die Klappe gehalten.

Ich wusste, dass Katie nicht mehr nach Hause kommt, sagte Aggie. Glaubst du, ich bin bescheuert? Glaubst du, ich hab gedacht, dass sie uns mitten in der Scheißwüste findet?

Aber nicht, weil wir so gut versteckt waren, sondern weil sie tot ist!

Weiß ich doch!, sagte Aggie. Ich dachte ja bloß, vielleicht ist sie doch nicht tot. Vielleicht ist sie noch in Vancouver.

Nicht *noch* in Vancouver, sagte ich. Sie hat es nie bis nach Vancouver geschafft, verdammt noch mal!

Von mir aus!, sagte Aggie. Dann einfach noch am Leben, ja?

Eben!, sagte ich. Deshalb wollte ich ja, dass du die Wahrheit erfährst!

Okay, von mir aus!, sagte Aggie. Jetzt weiß ich die Wahrheit und muss die Polizei rufen, weil man das macht, wenn man erfährt, dass jemand umgebracht wurde. Schon mal gehört?

Weißt du, was passiert, wenn du die Polizei rufst?, fragte ich. Dann wissen sie, wo du bist, und schlagen sich auf Dads Seite, weil er ihnen Geld gibt, und dann nennen sie dich eine miese kleine Ausreißerin und schicken dich und Ximena nach Hause, und fertig! Außer dass Dad dich dann windelweich prügelt und Mom wahrscheinlich noch dazu, weil sie behauptet hat, dass Ximena tot ist, und ich seh dich nie wieder, und Katie macht es auch nicht wieder lebendig, aber du bist für immer innerlich tot. Also los, ruf an! Hier, nimm mein Handy.

Ich schmiss ihr mein Handy entgegen, traf aber nicht. Es schepperte an die Wand, ein Teil flog weg, und dann fiel der Akku raus. Ximena wachte auf, lachte uns aus und hopste so heftig in ihrem Kinderbett herum, dass es von einem Zimmerende zum anderen rollte. Die Leute unter uns klopften laut gegen die Decke. Aggie klaubte die Einzelteile meines Handys auf, baute es wieder zusammen und gab es mir. Ich hielt es in der Hand wie ein verletztes Vögelchen, ganz sacht. Aggie holte Ximena aus ihrem Bett und tauschte ihre durchweichte Windel gegen eine frische. Ich legte mein Handy aufs Bett und ging ins Bad, um mir das Gesicht zu waschen. Stieg auf die Kloschüssel und blickte durch das vergitterte kleine Fenster hinaus auf die Stadt. Ich konnte zwar nicht bis zum Stadtrand sehen, nicht bis dorthin, wo der Himmel die Erde berührte, aber ich konnte mich erinnern. Ich konnte mich erinnern, wie mein Vater drei Tage nach unserer Ankunft in Chihuahua in der Scheune geschluchzt hatte. Meine Mutter hatte mich gebeten, ihn zu holen, das Abendessen sei fertig, und ich stand in der Tür zur Scheune und sah, wie er weinte, er saß auf einem Heuballen und hatte den Hut abgenommen und bemerkte mich nicht in der Dunkelheit, und dann räusperte ich mich und sagte, es gebe gleich Essen, und er blickte auf, sah mich an und sagte: Warum hast du mir gesagt, dass sie fortgehen will, Irma? Warum hast du das getan?

Am nächsten Morgen fiel mir beim Putzen im großen Zimmer im ersten Stock – dem zum Innenhof, das keinen Blick über die Stadt hatte – eine Zeitung ins Auge, die neben dem Bett am Boden lag. Die aufgeschlagene Seite zeigte ein Foto von Diego Nolasco und einen Artikel über die Premiere seines neuen Films *Campo Siete* in Mexico City. Ich lächelte seinem Foto zu – hallo, wie geht's dir? Dann rannte ich rauf in unser Zimmer, holte mein Notizbuch, rannte wieder runter und schrieb mir alle wichtigen Informationen ab. Ich faltete die Zeitung zusammen und legte sie auf das Tischchen am Fenster. Mir war nie in den Sinn gekommen, dass Diegos Film eines Tages fertig und für die Welt zugänglich sein könnte. Dass die ganze Energie, das ewige Rumgerenne, die

Warterei und die viele Verzweiflung plötzlich zu *einem* Lied verschmelzen könnten. Ich weiß nicht, warum mir Diegos Film vorkam wie ein Lied. Wahrscheinlich hatte ich keinen anderen Vergleich, außer der Bibel. Die Handlung hatte ich nie richtig kapiert. Es war alles so chaotisch und planlos, wie ein Traum, in dem Teile fehlen, erst große Hektik, dann alles verschoben, erst richtig und dann wieder falsch, erst pleite und dann wieder euphorisch, und der Himmel war nie ideal und dann doch, und die echten Tränen waren falsch und die falschen echt, und alle stritten sich und waren sauer und hatten Sex miteinander und wurden verhaftet und stießen Drohungen aus und froren in der Nacht und schwitzten am Tag und waren hungrig und bekifft und konfus und erschöpft und magenkrank und einsam und verängstigt. Ich wollte ihn sehen. Allein die Vorstellung, *Campo Siete* zu sehen, verdrängte alle anderen Gedanken und raubte mir die Kraft.

Ich beschloss, mir den Film allein anzuschauen. Ich hatte überlegt, ob ich Aggie mitnehmen sollte, wollte aber nicht, dass sie Alfredo, den Vater ihrer Freundin, beim Leinwandsex mit Marijke sieht. Ich wollte nicht hören, wie sie neben mir angeekelt stöhnt oder Würgegeräusche macht. Außerdem wusste ich nicht, wie der Film ausging, und hatte Angst, dass Oveja erschossen wird oder sonst wie verschwindet und Aggie ihren ganzen Schmerz noch mal durchleben muss. Aber irgendwann beschloss ich, sie doch mitzunehmen, weil sie mir sonst ewig böse gewesen wäre; mit den verstörenden Bildern von einem nackten Alfredo oder einem sterbenden

Pitbull musste sie dann eben fertigwerden. Mit dreizehn findet man zwar kaum etwas unerträglicher als tote Hunde oder nackte Männer im Alter des eigenen Vaters, aber so war das Leben nun mal.

Es fällt mir schwer zu beschreiben, wie sich das anfühlte, ins Kino zu gehen. Wir machten uns auf den Weg. Natalie und Hubertus wollten netterweise auf Ximena aufpassen und gaben uns sogar noch Geld für Popcorn mit. Aggie malte sich die Augen an. Wir fuhren mit dem Bus zum Kino, kauften die Karten, gingen rein und setzten uns in die weichen Sessel, rangelten ein bisschen um die Armlehne in der Mitte (Aggie gewann) und warteten. Es war ziemlich voll. Und laut. Und dann wurde es ganz still und noch dunkler, und der Vorhang ging auf, und der Film begann. Es war das Aufregendste, was ich bisher erlebt hatte.

Ich weiß immer noch nicht, worum es in dem Film wirklich geht. Ich bin nicht schlau genug. Oder ich will es nicht wissen, keine Ahnung. Ich heulte den ganzen Film durch. Ich sah den Himmel und die Maisfelder und die Gesichter der Menschen, die ich kannte. Sogar wenn Marijke den Text sprach, den ich ihr vorgesagt hatte, den falschen, die Sätze, die witzig sein sollten, sogar dann habe ich geweint. Diego hatte recht gehabt. Was sie für Wörter benutzten, war nicht so wichtig, denn ihre Gedanken und Gefühle drückten sich anders aus, auf magischere Weise. Seelen kommunizierten mit Seelen. Es war atemberaubend. Ich wünschte, ich könnte es erklären. Ich wünschte, ich würde was davon verstehen. Marijke hatte dunkle Ringe unter den Augen, die mir damals gar nicht aufgefallen waren. Sie sah ein bisschen gequält aus. Sie hatte etwas an sich, das ich erst jetzt, in ihrer Rolle, erkannte. Einmal sah sie direkt in die Kamera, und ich dachte nein, nein, Marijke, nicht direkt in die Kamera. Was hab ich dir gesagt? Alles schien verkehrt, die Gesichter, die Worte, die Zeit. All die Bilder, aneinandergereiht, und die Leute darin, die rumliefen, redeten, sich küssten, starben. Ich war so glücklich. Oder vielleicht ist glücklich das falsche Wort. Irgendwas verstand ich allmählich, ich wusste nur noch nicht, was. Als hätte ich mein eigenes Leben vorbeiziehen sehen. Es war wie ein Weg in mein Inneres. Es war, wie als der sterbende Mann in Noehmis Theaterstück die Stimmen aus seiner Vergangenheit hörte. Vielleicht ist einen Film sehen so ähnlich wie sterben, nur auf eine schöne Art. Da sind schon Wörter, die man sagen könnte, aber sie sind nicht stark genug, um zu beschreiben, was ich spürte. Oder zu stark. Und erdrückend. Irgendwo unter diesen Wörtern ist eines wie, keine Ahnung, Frieden oder so. Harmonie? Das trifft es vielleicht, aber auch nicht ganz.

Da saßen wir nun. Ich weinte leise um alles, was ich verloren hatte, um die paar Dinge, die ich gefunden hatte, und aus Gründen, die ich nicht erklären konnte, und Aggie neben mir musste wohl schwer das Kichern unterdrücken. Als Oveja auftauchte, packte sie mich am Arm und sagte, er lebt! Was ich interessant fand, denn es musste ja nicht tatsächlich stimmen, aber in dem Augenblick schien es wahr. Ich sah mich mit dem Rücken zur Kamera unter einem Baum liegen. Diego hatte mich in der Szene als Double für Marijke eingesetzt, weil die sich wegen der Schlangen geweigert hatte. Es war verblüffend. Ich hatte mich noch nie auf einem Foto gesehen, geschweige denn in einem Film. Plötzlich füllte Marijkes Gesicht die ganze Leinwand aus. Ich hätte fast laut geschrien. Als die Kinder aus unserem Campo auftauchten, sagte Aggie: Schau, da ist Aughte! Und jemand hinter uns im Kino zischte sie an. Die Felder und der Himmel wirkten so leer und so einsam und verlockend. Ich fragte Aggie im Flüsterton, ob sie Heimweh bekäme, was sie mit einem lauten Nein beantwortete, worauf sie wieder angezischt wurde. Als der Film zu Ende war, streckten wir unsere Beine und wollten schon aufstehen, da ging das Licht an, und eine Frau mit Mikrophon trat auf die Bühne und verkündete, dass heute Abend ein ganz besonderer Abend sei, denn wir hätten Diego Nolasco hier, der nun Fragen aus dem Publikum beantworten würde.

Ich wusste nicht, was ich tun sollte. Ich wollte nicht, dass Diego uns sah und irgendwem, der Polizei oder unserem Vater, verriet, wo wir waren. Aber nun war es im Saal hell, und wenn wir jetzt aufstanden und gingen, würden wir furchtbar auffallen, und ich hörte Diego schon rufen: Hallo Irma und Aggie, *como están*? Also duckte ich mich in meinen Kinosessel und machte Aggie klar, dass wir uns die Fragen noch anhören würden und erst danach gehen.

Darf ich auch eine stellen?, fragte Aggie.

Nein!, antwortete ich.

Der Frau hinter uns wurde es endgültig zu bunt.

Meine Güte, zischte sie, habt ihr denn keinen Funken Respekt?

Doch, natürlich, sagte ich, entschuldigen Sie.

Aggie wollte sich schon umdrehen und irgendwas zu ihr sagen, aber ich krallte ihr die Finger in den Oberschenkel und flüsterte auf Plattdeutsch, sie möge doch bitte, bitte ruhig bleiben und einfach die Klappe halten, worauf die Frau zu der Bemerkung ausholte, Aggie sei ein Punk und sowieso viel zu jung für den Film, und ich schon überlegte, ob ich ihr zustimmen sollte, aber dann tönte plötzlich Diegos Stimme durch den Saal, und er stand vorn auf der Bühne, ganz elegant, und sprach lächelnd ins Mikrophon, und Applaus brandete auf, großer Applaus, der alles übertönte, und Aggie lehnte sich wieder zurück und die Frau auch, und wir hörten uns einfach mal an, was er zu sagen hatte.

Zuschauer: Wie gefiel es denn den Mennoniten, dass ein Film über sie gedreht wurde?

Diego: Das lief natürlich nicht ganz reibungslos. Anfangs spürten wir Widerstand. Irgendwann wurde ihnen jedoch klar, dass wir einen respektvollen Film drehen wollen, und ich glaube, nachdem Sie ihn nun gesehen haben, werden Sie mir da zustimmen. Alfredo, der den Ehemann spielt, war sehr kooperativ und half die Wogen zu glätten, wenn es nötig war. Im Großen und Ganzen hatten die Mennoniten uns gern da und haben uns sehr großzügig ihre Zeit, ihr Land und sogar ihre Privaträume zum Drehen zur Verfügung gestellt.

Zuschauerin: Haben Sie je überlegt, die Premiere in Chihuahua stattfinden zu lassen, wo die Mennoniten den Film auch hätten sehen können?

Diego: Ja, das hatte ich vor, und ich möchte den Film immer noch liebend gern dort zeigen, damit die Gemeinde ihn sich ansehen kann, aber von der Logistik her ist das momentan noch etwas … kompliziert.

Zuschauerin: Der Film ist überwältigend. Atemberaubend. Vielen, vielen Dank dafür. Meine Frage ist, wie war der Dreh? Mit welchen Schwierigkeiten hatten Sie zu kämpfen?

Diego: Danke. Vielen Dank. Also, wir mussten oft auf das richtige Wetter warten. Wir haben ja zur Regenzeit gedreht, aber es regnete trotzdem nie, und im Endeffekt mussten wir künstlichen Regen nehmen. Das war problematisch, aber schließlich hat es doch funktioniert. Außerdem war es auch sehr heiß, und einmal ging uns … war eine der Hauptdarstellerinnen tagelang vermisst, weil sie … einen Hitzschlag bekommen hatte. Sie hatte sich vom Set entfernt und in der Wüste verirrt. Wir hatten sie davor gewarnt, aber … Ursprünglich hatte ich ein mennonitisches Mädchen von dort als Dolmetscherin und sozusagen Begleiterin für sie angeheuert, aber sie ist … sie konnte nicht bleiben, deshalb … Jedenfalls … ging es der Schauspielerin am Ende wieder gut. Sie musste … wegen Erschöpfung ein paar Tage ins Krankenhaus, und in der Zeit drehten wir dann andere Szenen.

Zuschauer: Hallo Diego. Erst mal möchte ich dir gratulieren. In meinen Augen ist *Campo Siete* ein Meisterwerk. Du bist ein außerordentlicher Künstler. Du hast einen Ort der Armut und Entsagung in einen Ort ganz eigener Schönheit verwandelt. Ich weiß nicht, *wie* du das machst, aber ich glaube, ich spreche für alle, die heute Abend hier sind, wenn ich sage, wir sind so dankbar, *dass* du es machst. Herzlichen Glückwunsch. Bravo.

Diego: Danke. Vielen Dank.

Zuschauer: Warum haben Sie ausgerechnet einen Film über Mennoniten gemacht?

Diego: Auf die Mennoniten als Gruppe kam es mir nicht an. Überhaupt nicht. Was mich interessiert, ist die Tatsache, dass keiner ihre Sprache versteht und dass sie so ähnlich sind. Es gibt keine wesentlichen Unterschiede zwischen ihnen, deshalb sind sie eigentlich nur Staffage für die pure Emotion. Sogar die ganze Szenerie, dass man gar nicht weiß, in welchem Jahrhundert man sich befindet oder wo, blonde Menschen in Mexiko, das ist alles im Endeffekt zweitrangig, wenn man einfach eine emotionale Wahrheit kommunizieren will.

Zuschauerin: Ich habe vor ein paar Monaten in der Zeitung gelesen, dass es in dem Campo, in dem Sie gedreht haben, zu einer Gewalttat gekommen ist. Können Sie dazu etwas sagen?

Diego: Ja, es gab eine Schießerei.

Zuschauerin: War jemand von Ihrem Team oder von

den Leuten, die sonst noch mit dem Film zu tun hatten, darin verwickelt?

Diego: Nein. Nein, das war … die Schießerei war auf der Farm nebenan.

Zuschauerin: In der Zeitung hieß es, dass es bei der Schießerei irgendwie um Drogen ging. Es hat mich sehr verblüfft, dass Mennoniten mit Drogen zu tun haben.

Diego: Tja, das … da gebe ich Ihnen recht. Aber ich weiß keine Einzelheiten. Es ging wohl irgendwie um Schulden.

Zuschauerin: Schulden im Zusammenhang mit Drogen?

Diego: Ja … ich glaube schon. Der junge Mann, der dort wohnte, hat die Drogen nur für jemand … aufbewahrt, für wen, weiß ich nicht. Die Gegend ist sehr abgelegen, deshalb eignet sie sich für so was. Die Menschen sind sehr arm. Es gibt nicht sehr viele Möglichkeiten, Geld zu verdienen. Und offensichtlich wollte der Besitzer … die Ware abholen, aber sie war nicht mehr da, worauf er wütend wurde und den jungen Mann … erschoss.

Zuschauerin: Wenn ich mich recht erinnere, stand in der Zeitung sogar, dass das Opfer mit jemandem aus Ihrem Team verwandt war.

Diego: Mit jemandem aus meinem Team? Nein, nein, das glaube ich nicht … ah ja, doch … das Mädchen, das ich vorhin erwähnt habe, das ich als Dolmetscherin für Marijke eingestellt hatte … der junge Mann … das Opfer … er war mit ihr verwandt.

Zuschauerin: War es ihr Vater?

Diego: Es war ihr Mann.

Zuschauer: Wenn ich recht informiert bin, haben Sie beim Drehen nur natürliches Licht verwendet. Ich hätte gern gewusst, wie sich das auf die Innenaufnahmen ausgewirkt hat.

Diego: Wie bitte?

Zuschauer: Wenn ich recht informiert bin, haben Sie beim Drehen nur natürliches Licht verwendet. Woher hatten Sie für die Innenaufnahmen genügend Licht?

Diego: Wenn durch die Fenster oder von ein paar Lampen im Zimmer nicht genug natürliches Licht kommt, dann ist es eben so. Dann bleibt die Szene dunkel.

(Er dreht sich zu der Frau, die ihn vorgestellt hat, und bedeutet ihr, dass er die Fragezeit fürs Publikum gern beenden würde.)

Frau: Wir haben jetzt nur noch für ein oder zwei Fragen Zeit. Ja?

Zuschauerin: Arbeiten Sie schon an einem neuen Projekt? Schreiben Sie ein neues Drehbuch?

Diego: Ja, natürlich. Ich arbeite immer an einem neuen Projekt.

Zuschauerin: Können Sie uns sagen, worum es da geht?

Diego: Nicht um Mennoniten, so viel verrate ich.

(Das Publikum lacht, und Diego lächelt und winkt zum Abschied.)

Zuschauer: Geht es um –

Frau: Es tut mir leid, aber wir müssen hier Schluss machen. Vielen Dank, Diego, dass Sie –
(Donnernder Applaus aus dem Publikum übertönt die Stimme der Frau, Diego winkt noch einmal und geht von der Bühne.)

Aggie und ich verließen das Kino und gingen in einen Park gegenüber. Es war sehr dunkel für Mexico City. Wir setzten uns auf eine kleine Bank, und Aggie flüsterte mir lauter tröstliche Worte ins Ohr, was einer Dreizehnjährigen eben so einfiel. Er ist wiedergekommen!, sagte sie, wunderschöne Worte, süße Versprechen und Umarmungen, aber ich weinte. Und Aggie hielt mich fest. Zu Hause dann, später, als sie mit verschmierter Schminke im Gesicht eingeschlafen war und Ximena ihre Flasche weggeputzt und an die Wand geschmissen hatte, holte ich mein Notizbuch heraus und machte eine Liste der Sünden, die ich begangen hatte. Es ist immer gut, einen Wegweiser zu haben, auch wenn er nur in die Hölle führt.

Ich habe ein Versprechen gebrochen und meinem Vater die Wahrheit gesagt, nämlich, dass Katie vorhatte, nach Vancouver zu gehen, weil ich nicht wollte, dass sie weggeht, und deshalb musste sie sterben.
Ich habe die Polizei belogen, weil ich nicht wollte, dass mein Vater ins Gefängnis kommt, und deshalb mussten wir nach Mexiko ziehen, wo meine Mutter immer mehr der Lebensmut verlassen hat.
Dadurch, dass ich die Polizei belogen habe, habe ich

meine Seele getötet, und jetzt glaube ich nicht mehr an ein Jenseits, weil mir das Leben nach dem Tod eigentlich genauso vorkommt wie das davor.

Ich habe aus egoistischen Gründen einen Job als Übersetzerin angenommen, worauf Aggie neugierig auf die Welt der Filmemacher und aufs Ausgehen und auf Jungs wurde und deshalb von meinem Vater verprügelt worden ist.

Ich habe Jorges Drogen gestohlen, um sie zu verkaufen und mit dem Geld abzuhauen und Flugtickets für mich und meine kleinen Schwestern zu besorgen, damit wir nicht alle von meinem Vater umgebracht werden. (Außerdem habe ich Diegos Pick-up eine Weile ausgeliehen, was auch auf Diebstahl hinausläuft.)

Weil ich Jorges Drogen gestohlen und an Carlito Wiebe verkauft habe, um mir das Leben zu retten, musste Jorge sterben.

Ich habe meine Schwester getötet.

Ich habe meine Mutter getötet.

Ich habe meinen Mann getötet.

Ich habe meine Seele getötet.

Ich las mein Sündenregister durch. Ich schlug mir mit der Faust an den Kopf. Ich schlug die Hände vors Gesicht. Und drückte fest. Ich ging ins Bad und sah in den Spiegel. Zehn rote Fingerabdrücke. Ich hob die Flasche auf, die Ximena weggeworfen hatte, und legte sie ins Waschbecken. Ich ging wieder in unser Zimmer und betrachtete meine schlafenden Schwestern. Ich dachte an

Jorges schäumende Schuhe. Wie er an der Ecke gewartet hatte. Voller Scham. Wie ich mich schämte. Ich wusste nicht, was ich tun sollte. Ich fragte mich, ob das immer so war, wenn einem ganz Großes bewusst wurde, zum Beispiel, dass man ein Serienmörder ist: dass man einfach nur von einem Zimmer ins andere gehen und Gegenstände und Menschen betrachten kann, ohne das Geringste zu verstehen. Marijke hatte sich getäuscht. Alles Schlimme war nicht leicht zu ertragen, und alles Gute nicht leicht zu erringen. Warum hatte sie in dem Film so gequält ausgesehen? Ich fasste an den Punkt zwischen meinen Augen, die Quelle meines inneren Lichts und der kosmischen Energie. Ich wartete darauf, dass etwas passierte, aber es passierte nichts. Ich kniete mich neben unser Bett, schlug noch einmal die Hände vors Gesicht und bat Gott um Verzeihung. Bitte, lieber Gott, sagte ich. Hilf mir zu leben. Als ich die Augen wieder aufmachte, war nichts anders. Ich machte sie noch einmal zu und noch einmal. Ich dachte an Marijke, die das auch getan hatte, in der Wüste, in der Hoffnung, wenn sie sie das nächste Mal aufmachte, würde ihr Sohn vor ihr stehen. Und dann fiel mir ein, dass sie mir nie erzählt hatte, warum sie eigentlich ab vierzehn nicht mehr älter geworden war. Ich machte die Augen zu und versuchte, Jorge zu sehen. Ich machte sie wieder auf, ging ins Bad, setzte mich auf den Badewannenrand und wusch mir die Füße, gründlich, und trocknete sie ab, ganz sorgfältig, zwischen sämtlichen Zehen, überall. Ich ging ins Bett. Ich träumte, dass ich vor unserem Haus in Kanada stand, im Vorgarten, und allen Menschen, die ich liebte, zum Abschied winkte. Ich musste fort, ich wusste nicht, wohin, und die Sonne schien so schön, und meine Großmutter und meine Eltern und meine Brüder und Schwestern und Jorge und alle meine Schulfreundinnen standen auf der Treppe vor der Haustür und lachten und winkten und riefen mir zu, sie hätten mich lieb. Vielleicht weinten sie sogar ein bisschen, aber sie bemühten sich, fröhlich und optimistisch zu wirken. Und in dem Augenblick war ich überwältigt, ich spürte all die Liebe, mehr als je zuvor, eine allumfassende Liebe, und dann wollte ich plötzlich nicht mehr fort. Aber in meinem Traum musste ich. Ich hatte keine Ahnung, warum.

Von dem Tag an hatte ich Kopfschmerzen, die nicht mehr weggingen. Ich sah Blitze in den Augenwinkeln, als kämen zwei Gewitter auf mich zu, langsam, von Osten und von Westen gleichzeitig. Aggie kaufte mir eine Riesenflasche Tylenol, und ich warf den ganzen Tag lang Tabletten ein, während ich versuchte, meine Arbeit irgendwie zu erledigen. Natalie vermutete, dass es vielleicht am Frühling lag, die Jacarandas explodierten gerade, oder dass es eine Allergie sein könnte oder der Stress. Oder ein Gehirntumor, sagte Aggie, der auf meinen Sehnerv drücke. Es sind bloß Gewitter, sagte ich. Keine Ahnung.

Hörst du es denn donnern?, fragte Aggie. Spürst du, dass in deinem Gehirn Wind aufkommt? Sie schleuderte mir die Tylenolflasche entgegen, und ich kippte mir ein paar in den Rachen, ohne mit Wasser nachzuspülen. Hubertus kaufte mir Vitamine und Mineralstoffe und sogar eine Flasche Lebertran, aber das Zeug nutzte alles nichts. Er schlug vor, ich solle ein paar Tage lang nicht arbeiten und mit einem feuchten Waschlappen auf der Stirn im abgedunkelten Zimmer liegen, also probierte ich das, aber von der Rumliegerei den ganzen Tag wurde ich nur unruhig und nervös. Aggie schwänzte sogar die Schule, damit sie sich um Ximena kümmern konnte und ich meine Ruhe hatte, aber das funktionierte auch nicht besonders, weil X. mit Vorliebe auf mir herumkrabbelte und an dem feuchten Waschlappen nuckelte und Aggie sich zu Tode langweilte und genervt war. Sie wollte lieber wieder in die Schule gehen und Israel treffen und ihr normales Leben leben.

Ich versuche, eine Lösung zu finden, sagte ich zu ihr.

Lösung wofür?, fragte sie.

Das weiß ich noch nicht, antwortete ich.

Und wegen dem siehst du Gewitter?

Wegen dem? Hast du eigentlich Englischunterricht in der Schule?

Israels Mutter meint, du solltest mal mit einem Priester reden, sagte Aggie.

Ich bin aber nicht katholisch, sagte ich.

Das macht nichts, sagt sie, sagte Aggie. Der nennt dich dann meine Tochter.

Meine Tochter?

Muss er dich nennen, sagt sie. Das ist bei denen so üblich.

Warst du schon mal dort?, fragte ich.

Ja, ich geh ab und zu mit Israel. Seine Mutter zwingt ihn dazu.

Wirklich?, sagte ich.

Am nächsten Tag fragte ich also Natalie, ob sie ein Stündchen auf Ximena aufpassen würde, damit ich in die Kirche gehen konnte, und sie sagte na klar, und ich suchte mir eine Kirche und ging in den Beichtstuhl. Ich wartete darauf, dass mich der Priester meine Tochter nennt, aber das tat er nicht. Er wartete darauf, dass ich etwas sage, irgendwas beichte, und ich hätte so gern alles erzählt, von den Lügen, den Diebstählen und den Morden, aber ich brachte kein Wort heraus. Ich wollte ihm nichts verraten, weil ich immer noch Angst hatte, dass dann meinem Vater etwas Schlimmes passiert. Ich schwieg. Der Priester fragte, ob ich ihm etwas erzählen will, und ich sagte nein. Nach einer Weile meinte er dann, er müsse heute noch mit einer ganzen Reihe anderer Leute sprechen. Ich schwieg weiter. Wenn ich also ein andermal wiederkommen wolle, dann könne ich das gerne tun, nur jetzt sollte er wahrscheinlich für andere verfügbar sein. Er sagte das freundlich und entschuldigte sich dafür. Ich wartete darauf, dass er mich meine Tochter nannte. Ich blieb stumm. Er fragte wieder, ob ich ein andermal wiederkommen wolle, aber ich blieb immer noch stumm, und dann sagte er bitte, meine Tochter, ich weiß wirklich nicht, was ich dir sagen soll.

Ich lag wieder im Bett, Blitze zuckten durch meine Großhirnrinde, und Ximenas Geschrei wehte vom Innenhof herauf. Ich versuchte immer noch, mir Jorge vorzustellen. Ich sah Katie, die packte, Klamotten in einen Rucksack stopfte und mich anflehte, ihr zu versprechen, dass ich nichts verraten würde. Ich sah meinen Vater als kleinen Jungen auf einer Landstraße in Russland. Ich versuchte, all dem auf den Grund zu gehen. Ich versuchte, einen Gedanken zu formulieren. Oder ein Heilmittel. Selbst ein einfaches Heilmittel würde mir für den Augenblick genügen. Aggie trug Ximena herum, um sie zu beruhigen, nachdem sie in ein Stromkabel gebissen hatte. Sie sang ihr ein Lied vor, ein albernes Kinderlied auf Plattdeutsch über Enten auf dem See. Ximenas Gebrüll klang anders als sonst. Sie litt tatsächlich. Sie hatte einen richtigen Schlag abbekommen. Ich kannte ihr Repertoire an Schreien in- und auswendig und wusste, was sie bedeuteten, aber das hier war neu. Sie war erschrocken und empört. Sie war doch schwach und verletzlich, sie war doch nur ein hilfloses Baby. Ich hörte ihrem Gebrüll zu und zog mir ein Kissen über den Kopf, aber die Schreie drangen immer noch durch. Und dann, weil meine kleine Schwester in ein Stromkabel gebissen hatte und sich nicht beruhigen ließ oder so, ganz genau weiß ich es nicht, jedenfalls verzogen sich die Gewitter in meinem Kopf und ich hatte die Lösung für mein Problem gefunden. Ich begriff, was es bedeutet, wenn man will, dass ein Mensch dableibt. Und ich wusste, was ich zu tun hatte. Und ich wusste plötzlich die Antwort auf meine eigene Frage: Wenn das der letzte Tag in deinem Leben wäre, was für eine Geschichte würdest du schreiben?

DU MUSST BEREIT SEIN ZU STERBEN!

Ich las die Überschrift in meinem Notizbuch, dem, das Diego mir vor langer Zeit geschenkt hatte, damit ich meine Gedanken und Beobachtungen festhalten konnte. Ich ließ seine düstere Aufforderung auf mich wirken. Ich strich das Wort STERBEN durch und schrieb LEBEN darüber. Dann kam mir das uncool und kitschig vor, deshalb schrieb ich ODER SO. PROBIER'S WENIGSTENS daneben. Das kam mir jetzt zu altklug vor, also schrieb ich in Klammern als Witz dahinter: AUCH WENN DU DABEI DRAUFGEHST. Dann fand ich Witze hier plötzlich unangebracht und strich alles durch, jedes einzelne Wort, und fing noch mal von vorn an.

Ich sitze in einem Flugzeug nach Chihuahua. Ich habe ein Foto für meine Mutter dabei, das sie wohl verstecken muss und nur ansehen kann, wenn mein Vater auf dem Feld ist. Es zeigt uns drei, ihre Mexico-City-Mädchen. Aggie hat eine gepiercte Augenbraue, ein irres Lächeln und wunderschöne Augen, und Ximena versucht, sich aus meinem Griff zu befreien, um die Fotografin (Noehmi) anzuspringen. Ich halte sie aber fest und sage etwas. Mein Mund ist leicht geöffnet, die Augenbrauen zusammengezogen. Typisch.

Natalie und Hubertus haben mir das Geld für ein Ticket gegeben, und sie wollen nur eins dafür, haben sie gesagt: dass ich verspreche wiederzukommen. Aggie wollte nicht mitkommen, was gut ist, denn ich wollte sie auch nicht dabeihaben. Sie ist noch so jung, dass mein Vater sie zwingen könnte zu bleiben, und ich wollte dasselbe Theater nicht noch mal. Aggie will lieber miterleben, wie sich auf dem Zócalo Tausende von Nackten fotografieren lassen. Noehmi hat Semesterferien, deshalb kann sie auf Ximena aufpassen (die sie inzwischen Cricket nennt), so dass Aggie während der paar Tage, die ich weg bin, trotzdem in die Schule gehen kann, und Natalies Freundin Fernande putzt für mich, sie braucht nämlich zusätzliches Geld, um ihren Scheidungsanwalt zu bezahlen. Ximena kann natürlich auch nicht mit, sie ist ja angeblich nicht mal mehr am Leben. Wenn mich mein Vater fragt, wo meine Schwester ist, geb ich die Frage diesmal zurück.

> Ich sitze im Flugzeug. Ich weiß nicht, was ich schreiben soll. Soll ich meine Träume aufschreiben?

> Es ist 11:02 Uhr am Vormittag. Ich heiße Irma Voth. Ich sitze in einem Flugzeug. Ich bin kein guter Mensch. Ich bin kein schlauer Mensch. Vielleicht bin ich ein freier Mensch. Falls sich Freisein so anfühlt.

Das strich ich wieder durch, weil ich fand, dass es nur zum Teil stimmte; und dann klappte ich mein Notizbuch zu und blickte aus dem Fenster. Ich schlug das Notizbuch wieder auf, weil ich dachte, ich hätte alle möglichen Ideen und Themen, über die ich schreiben wollte, aber jetzt bin ich mir schon wieder unsicher. Die Stimme meiner Mutter kam mir in den Sinn. Fang einfach an, Irma, sagte sie.

Ich will, dass man mir verzeiht. Ich will, dass man mir verzeiht, dass ich den Tod von so vielen Menschen verursacht habe, die ich liebe. Ich habe aber das Gefühl, das wird nie geschehen. Ich weiß auch gar nicht, wie es geschehen könnte oder ob es überhaupt möglich ist. Ich glaube eher nicht, aber ich hätte es gern. Ich habe nicht das Gefühl, dass Gott mir verziehen hat. Ich will, dass mir die Menschen verzeihen, die ich liebe. Wilson hat gesagt, Kunst ist Erlösung. Mein Vater hat gesagt, Kunst ist eine Lüge. Mir kann ich nicht verzeihen, aber meinem Vater. Und meine Hoffnung ist, dass uns das beide wieder lebendig macht.

Ich habe am Flughafen in Chihuahua City ein kleines rotes Auto gemietet und bin die kurvige, steile Straße nach Cuauhtémoc gefahren und dann die flache, heiße Landstraße nach Hause zum Campo 6.5. Ich bin an Carlitos Bruchbude vorbeigekommen und an Alfredos gepflegtem Bauernhof mit Plastikblumen in den Töpfen und an dem kaputten Sprühflieger, wo ich Jorge zu unserem ersten Treffen hinbestellt hatte. Ich bin einer Kuh begegnet, die mit dem Huf in dem Rost stecken geblieben war, der sie am Weglaufen hindern sollte. Ich wusste aus Erfahrung, dass ich lieber nicht versuchen sollte, ihr herauszuhelfen, weil sie vermutlich vor lauter Wut auf mich losgehen würde. Ich kam an dem ehemaligen Haus der Filmleute vorbei, in dem früher meine Cousins und Cousinen gewohnt hatten. Ich spürte die zärtliche Berührung von Wilsons todgeweihter Hand auf meinem Körper, jedem Zentimeter meines Körpers, und hörte ihn sagen, ich sei schön. Bist du noch am Leben?, fragte ich.

Das Haus, in dem Jorge und ich gewohnt hatten, war nicht mehr da. An seiner Stelle war schwarzes Gras.

Sonst nichts. Kein Stall, keine Scheune. Nichts. Jorge, sagte ich, es tut mir so leid. Ich stellte mir vor, wie wir beide in unserem Leuchtturm in Yucatán eng umschlungen tanzten, in einem runden Zimmer mit Blick aufs Karibische Meer.

Ich fuhr weiter. Ich sah, wie meine kleinen Brüder in der Einfahrt zum Hof mit einer toten Schlange spielten und meine Mutter am Zaun lehnte, als hätte sie schon lange dort gestanden, Wochen, vielleicht schon Monate, und gewartet, dass ich endlich auftauche. Ich stieg aus und winkte ihr und ging auf sie zu, und dann rannte sie los. Sie rannte und lachte. Sie rannte und lachte! Und dann umarmten wir uns, so fest, mein Gott, sie war so stark. Sie wollte mich überhaupt nicht mehr loslassen. Meine Brüder warfen sich mit hinein in diese wilde, stürmische Umarmung, und dann trat mein Vater aus dem Haus, schirmte mit einer Hand seine Augen gegen die Sonne ab und kam auch auf uns zu, zwar nicht rennend und lachend, aber stetig und mit festem Schritt. Und mir fielen ein paar Zeilen aus *Jakob von Gunten* ein, dem Buch, das mir der Buchhändler im Park mitgegeben hatte:

> Und eines Tages würde ich betteln, und da schiene die Sonne, und ich wäre so froh, über was, das würde ich gar nicht zu wissen begehren. Und da käme Mama und fiele mir um den Hals – –. Nette Träumereien sind das!

Und dann parkte ich das Auto und ging auf mein ehemaliges Zuhause zu. Die Vorhänge waren zugezogen, es war schon spät; tausend Sterne blinkten am Himmel, und die unverständlichen Laute verschiedener Tiere waren zu hören, die sich im Dunkeln verständigen wollten, und die Stimmen meiner Eltern und meiner Brüder, die auf Plattdeutsch ein altes Lied sangen, und ich stand eine Weile vor der Tür und horchte, bevor ich hineinging und sagte: Hallo, wie geht's euch?

DANK

Für ihre großen Bemühungen um die Entstehung dieses Buches danke ich Sarah Chalfant, Michael Schellenberg, Hannah Griffiths, Louise Dennys, Marion Garner, Kelly Hill, Deirdre Molina, José Molina und Nicola Makoway.

Auf Seite 196 zitiere ich aus einer wunderschön formulierten Todesanzeige, die mir eine Freundin in einem Brief geschickt hat. Sie war in der Zeitung *Globe and Mail* abgedruckt, aber ich weiß leider nicht, wann, und auch nicht, wer da so gebührend bedacht wurde.

Vielen Dank an Neal Rempel, der mir freundlicherweise erlaubt hat, einige Einzelheiten aus seinem Theaterstück *The Last Words of Dan Schultz* für meine Zwecke in diesem Buch (ab Seite 240) zu verwenden.